我的白莲人设不能掉

檐上春 著

江苏凤凰文艺出版社

图书在版编目（CIP）数据

我的白莲人设不能掉 / 檐上春著. -- 南京：江苏凤凰文艺出版社，2024.11
ISBN 978-7-5594-8681-3

Ⅰ.①我… Ⅱ.①檐… Ⅲ.①长篇小说－中国－当代 Ⅳ.①I247.5

中国国家版本馆CIP数据核字(2024)第098330号

我的白莲人设不能掉

檐上春 著

责任编辑	曹　波
责任印制	杨　丹
特约编辑	苏智芯
封面设计	Laberay 淮
出版发行	江苏凤凰文艺出版社
	南京市中央路165号，邮编：210009
网　　址	http://www.jswenyi.com
印　　刷	河北鹏润印刷有限公司
开　　本	700毫米×980毫米　1/16
印　　张	29.25
字　　数	507千字
版　　次	2024年11月第1版
印　　次	2024年11月第1次印刷
书　　号	ISBN 978-7-5594-8681-3
定　　价	68.00元

江苏凤凰文艺版图书凡印刷、装订错误，可向出版社调换，联系电话 025-83280257

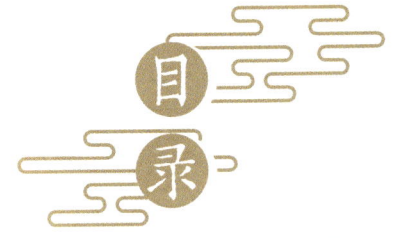

第一章
初遇⋯
001

第二章
花朝⋯
063

第三章
依靠⋯
129

第一章 初遇

[/]

暮秋九月,金桂落地。

秋日的气息从屋檐瓦舍卷过高门大院。

谢府侧门前桂花淡淡飘香,几个婆子打着哈欠站在一起,静静等着不知从哪儿冒出来的表小姐上门。

谢府尊荣富贵,上门来打秋风的穷酸亲戚年年都有,拐了十八道弯听都没听说过的人也都好意思上门,不给就在府门前哭闹。

也就是府上主母心善,不然换了旁家哪里容得了这帮宵小之辈这般撒野。

这不,这位突然登门拜访的表小姐,便是在府上待了几十年的老嬷嬷也不曾听过她的名头。

想到此,就不免让人轻视。

而此时这位不免让人轻视的表小姐戚秋坐在晃晃悠悠的马车里,正头疼不已。

从原身突然身亡,再到戚秋穿书到同名同姓的女配角身上不过短短三日,人还没有从震惊中缓过神来,系统就一连公布了两项任务。

头一个任务便是在谢府长住下来。

这倒是在戚秋的意料之中。

原著中所述,戚家将独女送往京城,原就是想借谢家的势,给女儿寻一门好的亲事,让她在京城中站稳脚跟。

作为书中的标准白莲女配角,原身也没让家里人失望,头一次登门就对着谢夫人"唱大戏",声泪俱下地哭诉着自己的艰辛,最后成功地在谢府里住了下来。

这也罢了,可她偏偏又看上了谢家公子谢殊,不择手段地各种作妖。

但奈何人家谢殊在原文中并没有感情线,注定一心只能搞事业,对这些情情爱爱丝毫不感兴趣。

　　白莲女配角屡屡受挫，最终于一个大雨滂沱之夜死在了城外的庙里。

　　死得很突然，虽然文中没有详细交代，但可以合理怀疑是被人给故意害死的。

　　从戚秋穿书第一天就被蒙面人灌了烈性毒药，便可见原身的艰难处境。

　　穿书第一天就惨遭炮灰待遇的戚秋被系统给救了下来，虽暂时保住了自己的一条命，但从今往后只能听从系统的差遣，完成它公布的每一个任务。

　　惨上加惨，难上加难。

　　思绪中，淡淡的桂花香从清风撩起的车帘缝隙中涌进来，马车也缓缓停下。

　　戚秋知道，这是到谢府了。

　　该来的总会来的，等马车停稳，戚秋深吸一口气下了马车。

　　到底是侯门显贵人家，侧门幽静秀致却不失气派。

　　门口站着几个婆子，虽是下人，却也衣着气派，其中一个正抬眼不动声色地打量着戚秋。

　　戚秋抖了抖裙摆，大大方方地站着任她看。

　　戚父的官虽然做得没多高，却是个肥差。作为府上唯一的小姐，戚秋的穿戴自然也不会差。

　　戚秋穿的这身华裙，流光溢彩，绣工了得，一眼便可见富贵。更妙的是戚秋头上戴的那支珠花钗，做工精美，仿佛风一吹，顶上雕刻的蝴蝶就会振翅飞走一般。

　　打头的李婆子在瞧见戚秋的第一眼便瞬间收敛了通身的不耐烦，眼中的轻视更是烟消云散。

　　这可不像是穷酸人家上门来打秋风的，怕不是真有什么来头。李婆子在心里暗暗嘀咕。

　　心里这样想着，李婆子率先上前来迎，笑得客气恭敬："这位便是戚家小姐吧，老奴给您请安了。夫人自收了拜帖就盼着您来，今日可把您给盼来了。"

　　说着李婆子躬身一欠，便算请安了。

　　这便比原著中好上太多了。

　　原著中有说，李婆子算是内院管事的婆子之一，在府上本就算是个颇有脸

面的婆子，出了府门，人家看在侯府的面上也都尊称她一声"嬷嬷"，给她几分薄面，她为人处世就不免高傲了些。

而原身又是个喜欢扮柔弱的白莲，到哪儿都是一副素素净净的小白花打扮。

虽温婉简约，可到底失了气派。

底下的下人又没见识，自然不知道她那一身看着素净的衣裙其实用的布料价格不菲，看着简单的簪子上镶嵌的玉石价格昂贵。

打量来打量去，只觉得寒酸。

原身初来乍到可没少受她白眼，被她轻视。

戚秋正是知道其中的缘故，特意找了能镇得住的衣裙首饰穿戴上。果不其然，这婆子便不敢再厉害了。

李婆子不知戚秋心中的小九九，彼此客套了两句后，李婆子满脸笑意地将戚秋迎进了府。

沿着九曲游廊，李婆子径直将戚秋领到了谢夫人的院子当中。

只是在快进谢夫人院子时，戚秋脚步一顿，不动声色地朝身后瞄了一眼。

她总觉得有人在瞧着她。

可扭头一看，身后除了跟着的几个谢府丫鬟，再无旁人了。

许是自己太过紧张了。戚秋抿了抿唇，眼瞅着李婆子在身前等着，也不好再耽搁，抬步走进了院子。

通报过后，丫鬟便将戚秋和李婆子带了进去。

谢府富贵，吃穿用度皆是上等。

刚撩开帘子，一股淡雅的清香就从屋里飘来，萦萦绕绕，好闻得紧。

屋子内，一位眉眼生善的夫人端坐于主位，一袭典雅紫衣更衬端庄。可以看出这位夫人保养得极好，肤色白皙，脸上也看不出岁月蹉跎的痕迹，只余下眉眼中的静好。

跟原著中描绘的和善夫人并无差别，想必这位就是谢夫人了。

戚秋匆匆扫了一眼后，规矩地低下了头。

谢夫人手上端着一杯热茶，刚低头轻抿，听见响动又微微抬眼。

她目光落在戚秋身上，放下了手中的茶盏，轻声细语道："来了。"

谢夫人笑得很和善。

屋子里宽敞明亮，窗前桌案上摆放的秋水仙沐浴在阳光下。

谢夫人身边站了不少奴仆，衣着得体，一双双眼睛都盯着戚秋看，好在戚秋稳得住，福身一礼大大方方道："戚家戚秋给夫人请安。"

谢夫人站起身亲自将戚秋给扶了起来，那双不沾阳春水的手很温暖。

她想拉戚秋坐下："快起来，无须多礼。我和侯爷在江陵时曾多次受你父母关照，很是感激。自打收到你母亲来信，我和侯爷就都盼着你来呢。"

谢夫人的声音很好听，温温柔柔得让人心生好感。

戚秋顺着谢夫人的力道起身，低着头乖巧地被谢夫人拉着坐下，恭敬道："家父家母对夫人和侯爷也甚是挂念，此番上京嘱咐晚辈一定要上门拜访，给您二位请安。前两日未在京城安置妥当，故而不曾上门请安，还请夫人勿怪。"

说着，戚秋就要起身行礼致歉。

"何须这般客气。"谢夫人连忙拉住戚秋，"你是个乖孩子，心意既到，这些虚礼便是最不打紧的。只是此次你一个姑娘家只身来到京城，不知在哪儿安顿的？"

"晚辈暂住在客栈中。京城中的宅子已经修缮好了，只须再添些奴仆去打扫打扫即可。"戚秋回道。

戚家在京城是有宅子的，所以纵使戚家原本打的主意是让原身进了京城后住在谢府，却也不知怎么开口去跟谢家提。

戚父戚母几番讨论之后无奈地打消了心思，哪承想原身在离家前曾不小心偷听到了戚父戚母的私下谈话，生出了不该有的心思。

为博得谢夫人怜悯，原身进门就先垂泪，一顿哭天抹泪之后虽成功住进谢府，却惹得府上下人轻视刁难。

敛去回忆，戚秋想到系统布置下来的任务，心思百转。

谢夫人闻言点点头："安排妥当就好。"

顿了顿，谢夫人又道："你一个姑娘家只身来到京城，想必多有不便之处。若是遇上了麻烦和不明白的事不要怕，只管吩咐下人来谢府问我。"

"多谢夫人。"戚秋站起，对谢夫人福身一礼。

谢夫人赶紧拉住戚秋："何须如此多礼，若是真要论起来，你还要叫我一声'姨母'。

"虽然你母亲这脉淡出了淮阳侯府，可到底还是一家子。还记得小时候，你母亲常常带着我玩闹，虽后来分家离得远了，但这份情却断不了，在江陵的时候我就没少受你母亲照拂。"

这话一出，满屋皆是一惊，屋子里的下人这才正眼打量着戚秋。

没想到，竟还真是个表小姐！

李婆子眼皮子一跳，越发庆幸起自己方才接待戚秋时没露出轻视来。

原身的曾祖父是被过继到淮阳侯府的，后来淮阳侯府分了家，原身这脉旁支既是庶子又无血脉亲缘，自然慢慢淡出了淮阳侯一族。

也因此，府上奴仆很少知道谢夫人娘家还有这一脉亲戚，当原身递上帖子自称表小姐登门时，下人们自是不识且多有不屑，以为又是从哪儿冒出来的穷酸户上门来胡乱攀亲。

毕竟上一个自称表小姐登门的还是老侯爷庶弟故交的儿子的妾侍的舅母家的外甥女的表姐。

下人们接了不少远道而来的"表小姐"，没想到如今竟然迎来了个真的。

只要这淮阳侯的族谱上还有着原身的名字，这表小姐就能当得名正言顺。

只是书中见面时，原身不知因何没有自己主动提起过，而谢夫人只顾着哄哭得梨花带雨的她，也没找到时机开口说起此事。

再后来府上大事不断，谢夫人便也顾不上这般小事了，倒叫原身背了"胡乱攀亲"的名号，被府上一些狗眼看人低的奴仆暗里挤对了好一阵子。

现如今谢夫人当着满屋子奴仆的面主动提起此事，府上的下人心里头都有数，等日后戚秋住进谢府时也就能省下不少事。

戚秋在心里默默地呼出了一口气，可想起之后要发生的事又不免心焦。

[2]

书中有说，谢母虽然和善，却是个外热内冷的性子。

就拿她第一次和原身见面时的场景来说，其实她很不喜原身第一次见面时哭哭啼啼的做派，却从始至终都没有表现出来，只在后来和奴仆的私下交谈中才可见端倪。

谢夫人心里想的是什么，从面上是看不出来的。

所以眼下谢夫人虽亲和，戚秋却没有松懈，守规矩地跟谢夫人闲谈，礼数丝毫不乱。

聊着聊着，便到了正午，谢夫人自然不放戚秋告辞，命下人备好了饭菜，留着戚秋一同用过了午膳后，戚秋又陪着谢夫人小坐了一会儿，收了谢夫人给的见面礼后这才起身告辞。

来时还好好的天，出府时却阴了下来。

乌压压的黑云罩在天上，像是要下雨的样子。

把戚秋送出府的依然是李嬷嬷，较上午来时，李嬷嬷脸上的笑意多了几分谄媚。

见变了天，李嬷嬷赶紧给戚秋送上了几把油纸伞。

戚秋深知"小鬼难缠"的道理，含笑让丫鬟接过，上马车时塞给了李嬷嬷一袋子重重的赏银。

等马车走起来后，跟着戚秋的丫鬟山峨撇嘴道："小姐何苦还要回那客栈里。那女掌柜如此欺人，上午我们走时还跟小二讥讽小姐，如今回去了可不是还要受她白眼。"

"不回去，水泱怎么办？"戚秋道。

山峨说的正是戚秋眼下在京城里住的客栈。原身头一次出远门没有经验，一上来便挑中了一家黑客栈。

那客栈女掌柜蓉娘背靠大树嚣张得很，见原身是只不懂路数的肥羊，说什么也不肯放人，原身想走都来不及。

如今住了不过两天，光房费就花了原身不少的盘缠，气得山峨天天跟蓉娘理论，连去官府击鼓鸣冤都想到了。

今日早上要去谢府登门，掌柜的怕她们跑，把一个丫鬟水泱和行李都扣在客栈了不说，还让戚秋拿了三十两的出门费。

山峨一想到曾经被几个人高马大的打手堵着门出不去的场景，还不禁后怕："您干吗不直接将此事告诉谢夫人，求她为您做主。谢府在京城家大业大的，难不成还会害怕一个客栈掌柜吗？"

戚秋倒是也想如此，可无奈系统傍身，身不由己。

除了系统布置下来的任务，她还有一条铁律必须遵守，那就是维持原身小白莲的人设不能崩塌。

而人设崩塌的后果就是宣告戚秋任务失败，她彻底死亡。

一百分为满，十五分为及格线，低于十五分就算人设崩塌，而戚秋初始白莲值就只有十五分。

不仅如此……

系统尚未绑定，宿主须接受绑定考验。系统颁布考验为：独自完成客栈打

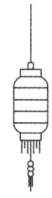

007

脸蓉娘任务。此番考验是检验宿主应变能力的硬性规定，只有通过此次考验，宿主才能顺利绑定系统，换取解药。

而为了这项考验，蓉娘被强行降智，一个有脑袋的人竟然真的能放心让她出门，也不派人跟着，更不怕她逃跑。

戚秋无言以对。

回了客栈，许是蓉娘不在，店里仅有的几个伙计冷眼看着戚秋和山峨上了楼，并未过多刁难。

山峨松了口气。

水泱正在房间里清点着行囊，见戚秋、山峨回来也是松了一口气，手上麻利地将收拾好了的首饰匣子塞回木箱里去。

趁着今日太平，戚秋便早早洗漱歇下了。

翌日。

外面的夜色还未完全退去，浓云翻滚，薄雾笼罩着京城的街街角角，拂晓的寒气四下蔓延，透着阴冷。

正是酣睡之时，街上冷清寂静，空无一人，便是粥铺早点摊也没有到开张的时辰。

景悦客栈二楼的房间却被人踹开，镂花的木门发出一声"哐当"巨响。

客栈里的两个伙计随着掌柜蓉娘走了进来。

守在门口的水泱顿时惊醒，有些害怕，想要上前去拦。

蓉娘没搭理她，看着里间缓缓坐起的人，缓缓说道："小姐，今日的房钱也该付了吧。"

早猜到会有这一遭，戚秋缓缓坐起了身。

不等她说话，山峨倒是先开了口。她怒道："前个儿才让你们要去了百两银子，难道还不够付今日的房钱吗！"

蓉娘不紧不慢地说："自是不够，这才来打扰小姐不是？我们开门做生意自然是要挣钱的，你们若是没钱就出门左拐，还住什么客栈。"

山峨被气得血色上头，戚秋却突然开了口。她嗓音压得低，听起来有些虚弱："我们是没钱了，听掌柜这话的意思是愿意放我们走了？"

蓉娘没料到戚秋会是这个反应，一愣，随即笑道："走可以，随身带的包袱要留下。"

"凭什么？"山峨气道。

闻言，蓉娘笑了一声，几个五大三粗的打手便从门外一拥而入，乌泱乌泱地站了一排。

水泱吓得退后了好几步，山峨的脸色也是顿时一白。

静了一瞬，戚秋缓缓说道："不就是要银子吗，吓唬人做什么？山峨，去给他们拿。银子没有，就拿首饰抵。"

闻言，蓉娘这才舒心。

等蓉娘拿了银子退出去后，戚秋看了一眼窗外，将谢夫人给的镯子递给水泱，不慌不忙道："下次若是那蓉娘再找你麻烦，便把这个给她吧。"

水泱顿时急了："小姐，这可是……"

戚秋目光幽深，对水泱眨了眨眼，止住了她接下来的话："听我的就是了。"

水泱一愣。

果然，不到晌午蓉娘又借口生事，讹走了不少银子不说，那只镯子也被抢了去。

到了下午，戚秋病了起来。

蓉娘掀开床幔看了一眼躺在床上，起了一头冷汗的戚秋，眼眸一眯，怀疑道："是真的病了，还是装的？"

"你……我家小姐都病成这样了，哪里是装的！"山峨气愤道，"不信你们就找大夫来瞧！"

话音刚落，戚秋就撕心裂肺地咳了起来，山峨赶紧拿了帕子去给戚秋擦嘴，却不想一股鲜血顺着嘴角流了下来。

蓉娘也被吓了一跳，赶紧挥手："赶紧带去凝晖堂，别死在我这儿了，真是晦气！"

凝晖堂是京城里的医馆，里面的大夫只坐诊不出诊。

趁着山峨和水泱扶戚秋上马车的工夫，蓉娘对着一道随行的伙计招手，压低声音道："瞧好她是什么病，若不是什么大病，就把人直接带回来，日后留给孙家烦心去。别让她们拿自己的银子开药，这花的可都是我以后的银子。"

孙家是京城有名妓院的老鸨。

伙计了然一笑，连忙点点头。

像这些模样生得好的外乡女子，进了客栈之后，不仅身上的银子保不住，还会被蓉娘卖到青楼里，赚最后一笔银子。

秋日本就多雨，出门时天就阴了，果然马车没行几步路，雨就落了下来，噼里啪啦地往下砸。

等到凝晖堂时，雨已经下大了。

秋风呼啸，带起的雨水模糊了眼前的视野。

只听雨顺着屋檐淅淅沥沥地往下落，砸在青石砖上，溅起几点小水花。

下了雨的秋日还是冷的。

山峨和水泱扶着戚秋下了马车，给戚秋拢紧了衣领，撑起马车上备好的油纸伞。

天雷在上空炸响，轰隆轰隆，震耳欲聋。

也是没想到雨中还有人策马狂奔，等戚秋等人听到马蹄踏水奔来的响动时，骏马已经快冲到跟前了。

山峨和水泱齐齐惊呼了一声。

水泱被吓得一愣，手上一松，罩在戚秋头顶的油纸伞便一下子被狂风吹走了。

冷雨之下，戚秋耳鬓的碎发被风吹得乱动，衣袖也被风吹得飞扬。

抬起苍白的小脸，戚秋愣愣地看着马背上的男子抬手猛地勒紧缰绳，红色骏马在只离她身前三寸处被迫扬起双蹄，难受地发出一声嘶叫。

"小姐！"山峨冲过来，拉着戚秋和水泱退后了两步。

在阴沉天色之下，红色骏马上身形高大的男子入眼便可见贵气惊艳。剑眉星目，唇红齿白，一袭用金线勾勒的玄衣锦袍更衬身姿如松挺拔。

他并未身穿蓑衣，用白玉冠利索束起的乌发已被雨水打湿，如墨一般。深邃的眉眼也一片湿润，豆大的雨点顺着他凌厉的下颌滑落。

男子肤色白，在雨幕中更是显眼，雨点砸在他身上更是添了几分朦胧。

他狭长的眸子微微低垂，眼眸漆黑，淡淡地看着马下的戚秋。

"抱歉。"

男子挑眉扫了一眼落在地上的油纸伞，开口道。低沉的嗓音随着淅沥的雨声落下。

其实是戚秋一行人突然冲出来的。

可还不等戚秋开口，远处一声清脆的哨响透过雨幕传来。

男子眸光一沉，再来不及多言。

匆匆冲戚秋歉意地微微颔首之后，他勒紧缰绳，马在雨水中再次狂奔起来。

骏马飞驰，青砖白瓦之下，戚秋只记得男子在滂沱大雨中的模糊背影。

010

[3]

在雨中耽搁了太久，等戚秋到凝晖堂时，身上已经湿漉漉了。

有系统帮忙，戚秋坐下由大夫一把脉，大夫眉头当即就皱了起来，连道"不好"。

跟来的客栈伙计一见这阵仗，赶紧上前询问大夫戚秋的病情，大夫见几人同路而来，便将病情的严重性和盘托出。

伙计一听顿时也不敢拿主意了，任由水泱流着泪去拿了药，就怕戚秋身子不好死在了客栈里。

等诊完了脉，开了药，一行人这才回了客栈。

回到客栈，伙计赶紧向蓉娘禀告戚秋的病情，蓉娘一听也是牙疼。

但孙家这次银子给得不少不说，在没彻底搞清楚戚秋的身份之前，她即使背靠大树也不能真让戚秋死在了她手里，只好任由水泱去煎药了。

大夫一连开了五日的药，说是五日后再来凝晖堂把脉看看。

这几日苦药味飘得满客栈都是，蓉娘早就忍不了了。

五日一到，蓉娘没让两个丫鬟都跟着，愣是把水泱给扣了下来。

扣了人，蓉娘看着戚秋远去的马车，到底是坐不住了，倒是旁边的小厮犹豫道："蓉姐，这一行人看着倒不像是穷陬僻壤来的，万一……"

"她若是真有来头，还能在我们这客栈里头住上七日，平白让我们讹诈？"蓉娘这几日算是想清楚了，斥道，"这几日我也算是受够了，赶紧把她丢给孙家，省得脏了我的客栈。"

话落，蓉娘也想起戚秋这几日的穿戴确实不俗，又犹豫了下，目带寒光指了指楼上，冷哼道："先把那个小丫鬟给我绑起来问问话。"

等戚秋再从凝晖堂回来时，已是山雨欲来之势。

客栈门在戚秋进来后就被关上了，蓉娘还派了几个人高马大的打手守着门。

外头已然日落，关上门的前庭更不见光亮，昏昏暗暗，只觉阴沉。养在水缸里的金鲤或许是感觉到了不安，使劲儿地拿尾巴砸水花。

蓉娘着一袭红衣薄衫跷腿坐在桌子上，香肩半露，居高临下。

扬手给自己倒了杯茶，蓉娘缓缓说道："小姐回来了，奴家正好有一事要与小姐商议。"

011

"商议？"

"摆出如此阵仗哪里是商议，分明是威胁！"山峨愤愤地捏紧了手里的帕子。

蓉娘指了指一旁的被捆起来的水泱，叹道："小姐手底下的丫鬟可真是笨手笨脚的，竟打碎了奴家的花瓶。我那花瓶可是个价值连城的宝贝，这丫头还偏死不承认，奴家就只好先把她绑起来了，等小姐回来也好处置不是？"

她话音刚落，水泱便摇着头又剧烈地挣扎起来了。她嘴被帕子堵住开不了口，只能双眼含泪冲着戚秋拼命地摇头。

戚秋苍白着脸，蹙起眉："你先把人松开。"

"那可不行。"蓉娘摇头，"若是松开绳让这丫头跑掉了，我找不着人岂不是白吃了个哑巴亏。"

戚秋觉得好笑，撕心裂肺地咳了几声之后，微喘着气道："都到了这个地步，掌柜的何须再东拉西扯。她一个丫鬟肯定赔不起你那价值连城的宝贝，你绑了她也无用。"

蓉娘打量着水泱："小姐此言差矣。她虽拿不出来银子，但好在模样生得不错，还是值几两银子的。"

水泱眼里的泪落了下来。

"用不着她卖身。"戚秋声音冷了下来，"既是我的丫鬟，她打碎了东西，自然由我来赔。"

戚秋脸上带着嘲意："掌柜的从一开始打的不就是这个主意吗？"

瞧着戚秋，蓉娘着实是惊了一把。

初次见戚秋时，眼前的姑娘娇娇弱弱，一副好糊弄的样子，不过三言两语就将她给忽悠得住了下来。

她反应过来后想走，被自己招来的几个打手一围住脸色瞬间就白了下来，双腿打战，之后便是半分都不敢再言语。

可如今，比那日更大的阵仗摆在她面前，她却不见惧色。不哭不闹，还有心思讥讽自己。

蓉娘压下心中的惊异，终于开门见山："小姐这样说，原也没错。既然小姐心中有数，那我也就不多费口舌了。把银子补齐了，我自然放你们主仆三人离开，不然就别怪蓉娘我翻脸不认人了。"

蓉娘自然不会真的放戚秋走，孙家的人已经等在后院了，只等着蓉娘算完账,他们就能将这主仆三人带走。

蓉娘话音刚落,身后站着的四五个打手便上前一步,个个模样凶狠。

为首的那个脸上还有一道疤,神色阴狞,从袖中掏出一把短刀,握着刀柄一用力,那锋利的刀刃便没入了桌面,刀牢牢地立在了桌面上。

山峨被吓得眼皮直跳,双腿开始打哆嗦,却还不忘上前一步保护戚秋。

戚秋拉住她,温声吩咐:"别怕,上去把我们值钱的东西都拿下来,给他们。"

不等山峨反应过来,蓉娘便笑了:"不麻烦小姐身边的丫鬟了,这不,我们已经给拿了下来。"

小二伙同打手将放在柱子后面的几只箱子抬出来,可不正是戚秋的行囊。

原本收拾整洁的箱子已经被扒乱了,衣物散了一地。戚秋放着首饰和银子的匣子被小二拿出放在了蓉娘手边。

蓉娘说道:"方才就听这丫鬟说小姐的外祖母原是宫中得脸的嬷嬷,这宫里出来的人果真是不一样,便是这般宝贝都有。"

蓉娘手上戴着那日讹过来的玉镯,细细抚摸,嘴上却道:"只是小姐这些东西虽值些银子,却比我那花瓶差远了。这些啊,还远远不够。"

这玉镯触手生温,通透纯正,便是蓉娘见多识广也没见过如此好的翡翠。

"你可瞧清楚了,这里面有些东西即便是在京城大户人家里也不可多见,你竟如此胡说八道!"山峨恼怒道,"再说了,你若是真有那么好的宝贝,还须在这儿干这黑心的勾当?!"

蓉娘凤眸一眯,无端生出几丝狠厉来,幽幽道:"奴家提醒姑娘一句,这有时候饭可以乱吃,话却不能乱说。"

戚秋咳了两声。

戚秋这两日脸色白了不少,对上蓉娘的目光却不见胆怯,平和得仿佛不把她放在眼里。

蓉娘简直不敢置信,一个体弱多病的商户之女面对这等情形竟然如此冷静从容。

莫不是这丫鬟在故意诓骗她。

蓉娘低头怀疑地看向水泱,转念一想又觉得不可能,毕竟这丫鬟吓得连路引都给了她。

丫鬟能撒谎,这盖有官府官印的路引上可是明明白白写着戚秋商户的出身和户籍地,如何能作假。

蓉娘暗道自己如今多疑，就听那厢戚秋开口说道："你既然有了算盘，就直接说吧，到底怎么样才能放我们走。"

蓉娘顿了顿，开口就是："五百两。再拿出来五百两我就放你们走。"

"五百两？"戚秋几欲冷笑，"你也真敢要。我家纵使经商，算得上富裕，却也断然拿不出这五百两银子来。"

"拿不出来？"蓉娘不想在戚秋面前短了气势，也跟着冷笑了一声，"你这丫鬟可交代了你表姐乃是高门显贵府上的妾侍，颇得宠爱，府上最不缺的就是银子。你拿不出来，你姐姐总是有的吧。"

水泱低着头低声抽噎，不敢去看戚秋。

"那是前两年了，如今府上有正室压着，她早已自顾不暇，哪里还有工夫管我，不然我也不至于在你这客栈困了这么久还脱不了身。"戚秋冷淡的目光扫向水泱，"况且她只是一个侍妾，人微言轻的，再有银子也落不到她手里。"

"如此看来，就只能委屈小姐了。"蓉娘的脸色沉了下来，目有狠色。挥了挥手，她身后的几个打手拿了绳子就向戚秋走来。

"慌什么，我话还未说完。"戚秋不慌不忙道，"我家虽拿不出这么多银子，但我外祖母离宫时曾运出了一把玉如意，就存放在京郊的玉行典当铺里。明日一早你们拿了字据去典当铺里取出来便是。这玉如意可是宫里出来的宝贝，足够值三四百两银子，剩下的我再给你凑就是了。"

闻言，那几个打手立马停了步子。蓉娘跟那刀疤脸对视一眼，随后道："我怎么知道你说的是不是真的，你若是蒙骗我们怎么办？"

"我人都在你手里，又跑不出去，骗了你，你回来直接杀了我便是。"戚秋不咸不淡道。

蓉娘琢磨了一下，觉得有理："那字据呢，我手下的人可是翻遍了你的行李也不见这东西。"

"这么重要的东西我岂会放在客栈，自然是随身携带。"戚秋从系在腰间的荷包里拿出字据，在蓉娘跟前晃了一下。

蓉娘想伸手拿，却被戚秋躲开了："现在还不能给你，若是你拿了契书今晚翻脸了怎么办，明日一早再来拿吧。"

"落到我手里你还想讲条件？"明日难不成就不怕他们翻脸了？蓉娘不屑地冷笑，扬起下巴示意刀疤男上去抢。

"你们若是抢，我就撕了它，让你们什么都拿不到！"戚秋毫不退让，"大不了你们就杀了我。我久病成疾，至今未曾见好，早就不想活了。只是你们要想好，我姐姐好歹是高门之妾，杀了我对你们有何好处？你们只是求财，我又跑不了，再拖一晚不过是为了求个心安。"

蓉娘跟刀疤男几番眼神交流，又不想真到手的银子飞走了，刀疤男最终道："罢了，今晚我领着人亲自看着她，她定是跑不了。"

他自是知道戚秋还是想要什么花招，但就不信了，在他这层层包围的客栈里，戚秋一个体弱多病的小姐还能逃得出去。

而且就算逃出去了，只要他派人通知大人……

刘刚冷笑，到时候她只会死得更惨！

蓉娘摆摆手，让底下的人将戚秋、山峨和水泱带回了原来的房间，那刀疤男也果然如他所说带着人守在了门口。

关上门，戚秋和山峨赶紧给水泱松了绑："还好吗？"

水泱点点头，擦净脸上的泪痕，附在戚秋耳边小声说道："我没事小姐，方才哭也是装的。按照您的吩咐，我该说的都说了，他们信了后也就没有再为难我。"

戚秋冲水泱竖了个大拇指。

水泱低头不好意思地笑了。

这一晚上，山峨和水泱都没敢合眼。戚秋也是，唯恐自己睡着了发生什么变故，接连给自己灌了好几杯茶。

好不容易熬到了天亮，能听到外面长街隐隐约约传来的喧闹声。

刀疤男"哐"的一声推开门，开门见山道："拿来。"

戚秋这次没有作怪，利索地拿出字据递了过去。

那刀疤男接过字据扫了几眼，吩咐手下："我亲自去拿，你们守好了她们。"

那几个手下应了一声，等刀疤男出去又将门关了起来。

玉行典当铺虽说在京郊，往返却也要两三个时辰。

不知过了多久，外面传来两三声狗叫，喧闹声越来越大。

戚秋知道时机到了。

她推开门，守在外面的人立马伸胳膊拦住了她。

戚秋也没想出去，只是道："我要见你们掌柜的，急事。"

几个打手对视了一眼，派了一个下去唤蓉娘。

不过片刻，蓉娘便推门进来了。想来是刚梳妆，发髻还来不及绾，她皱着眉不耐烦道："有何急事？"

见只有她自己，山峨手疾眼快地插住了门。

端坐在上位的戚秋双手放于腹前，笑不露齿："骂你。"

蓉娘："？"

[4]

还不等蓉娘勃然大怒，只听外面突然传来一阵急乱声，不知是谁拍着门冲里头的蓉娘喊了一句："走水了，掌柜的楼下走水了！"

想来起的火还不小，隔着门已经闻到了浓烟味。

蓉娘眼皮子直跳，下意识怒喝出声："那还愣着干什么，还不都赶紧下去救火！"

外面的打手连忙应声，门外立马响起了渐远的跑步声。

浓烟味越来越浓，蓉娘哪里还顾得上戚秋，拍门就要出去，这时却才发现门被人从里面锁了起来。

蓉娘赶紧将腰间的钥匙取下来，却怎么也打不开门锁，三两下之后才明白过来门上的金锁是被人给替换掉了。

而守在外面的人已经跑下去救火了。

蓉娘猛地扭头看向戚秋。

戚秋感受到目光抬起小脸，冲她矜持一笑。

蓉娘咬牙："你怎么敢！"

戚秋挑眉反问："做都做了，我有何不敢。"

蓉娘怒喝："你到底想干什么！"

戚秋很有耐心地重复了一遍："骂你。"

戚秋深知蓉娘的雷区，精准地在她的雷区上疯狂蹦跶："同为女子，你毫无共情之心，反而与恶人狼狈为奸、党豺为虐。身为人，你滥杀无辜，毫无人性，比畜生都不如！身为名儒之孙，你德行败坏，竟干出这般丧尽天良之事，关老先生若是知道你如此行径，恐怕托梦也要来暴打你这个不肖子孙！

"端看你，不配为人，不配为女人，不配为子孙，恐怕出门都要怕天上打雷。"

若说全书最让读者厌恶的女性角色有个排行榜的话，蓉娘这个没几章戏份的炮灰绝对能上得了榜。

原因无他,她太恶毒了。

原著剧情中有说,这个蓉娘无恶不作,却又专挑女子下手,确认了客人身份之后,只要是她能兜得住底的,几乎没有一个是散了财就能出去的。

不是没了命,就是被卖去青楼里头。

戚秋记得最深的一件事就是一个模样清秀的女子入京治病,结果误入了这家客栈,蓉娘摸清了她的身份后夺了她看病的银子,还把她卖进了京城里的一家青楼,又换了一些银子。

那女子不堪重辱,却苦苦支撑,等着爹娘来救。

那女子的爹娘是种庄稼的农户,女儿生病卖了家里仅有的几处薄田才换了些银子,勉强够女儿路上的盘缠和治病用。

家里没了积蓄,得知女儿失踪后夫妻俩报了官,却始终不见下音,只好沿路一边乞讨一边寻人。

父亲因为弯腰种田腰背不好,在路上险些瘫痪,没乞讨过,见到人只能笨拙地跪在地上使劲儿磕头,黝黑的脸上满是皱纹,额上因为磕头而青一块紫一块的。

母亲拿着画像,逢人就问,却始终打听不到什么消息。看着女儿的画像,母亲的眼睛都要哭瞎了,有时往地上一跪半天都站不起来。

那还是个酷寒的冬天,大雪纷飞,雪下得厚时能埋人小腿。幸亏一路上有不少好心人收留,捐赠棉衣,这对年近半百的老夫妻才没冻死在路上。

好不容易到了京城,夫妻俩从街上小贩的口中得知了女儿住过这家客栈,上门来寻人,却被蓉娘吩咐打手赶了出去。

夫妻俩跪在客栈门口求了半天,却始终没有求来个说法,最后只好黯然离去。

后来经人支着,去了京兆衙门状告蓉娘,却没想到京兆府尹早就跟蓉娘有所勾结,为防止此事败露,京兆府尹声称会为其做主,随便找了个由头将人扣下。

可怜这对老夫妻还以为一家团圆就在眼前,跪在堂前热泪盈眶一直给官老爷磕头谢恩。谁知……

衙门不方便动手,蓉娘便把人带走。在偏僻巷子里,蓉娘恼怒不已,竟吩咐人将这对老夫妻活活打死。

死时父亲粗糙的手里还死死地捏着女儿的画像,至死不能瞑目。

而就在仅隔一墙的房间里,他们苦苦寻找,至死都不能放下心的女儿被刀疤男带着客栈里的打手按着,任其摆布,凌辱致死。

外头,寒雪隆冬,本是团圆的节气,他们却再无相见之日。

原著作者文笔深厚,描写这样的场景时简直生动形象,代入感极强。

戚秋本身就极具共情能力,看到这一章节时匆匆几眼就难受得引起生理上的不适,一边不明白作者为什么要详写这部分剧情,一边在评论区疯狂辱骂蓉娘。

哪怕原著第一部完结之后,提到"蓉娘"两个字还是能轻而易举激起读者的怒火。

而现在回忆起书中的文字,再看着眼前嚣张跋扈的蓉娘,戚秋就觉得自己压了许多天的火气终于有些按捺不住了。

本来只是一本小说,可当戚秋穿进来之后,书中情节便不再只是文字。只要一想到那些惨死在蓉娘手中的人,戚秋就觉得悲愤。

蓉娘原也是官家小姐,后来父亲贪污受贿被抄了家这才有了今日。出身是她最不允许他人提起的雷区,她闻言怒火中烧,失了理智,三步并作两步冲到戚秋跟前,抬手就要挥下去。

戚秋岂能任她打,将她的手拦下,抬腿就是一脚。

蓉娘不防,踉跄两下跌倒在地。

戚秋站在脚台子上居高临下地看着蓉娘,吩咐山峨和水泱道:"按住她!"

蓉娘虽然干这样的黑心勾当,却没有功夫傍身,山峨和水泱很快就按住了她。

蓉娘的发丝凌乱,脸贴着地,眼中几欲冒火:"真是小瞧你了,等刘刚回来我就让你求生不得求死不能!"

刘刚就是那个刀疤男。

戚秋冷笑:"你以为刘刚还能回来?"

戚秋快步行至窗前,打开窗,外面长街上的动静映入眼帘。

客栈里头浓烟滚滚,乞丐围着客栈不走,客栈门口围着一圈看热闹的百姓,想必要不了多久,官兵就要来了。

蓉娘眸光闪了闪,不可置信地看着戚秋:"这都是你搞出来的动静?!"

不等戚秋开口,山峨就得意地扬眉道:"当然,我们小姐何许人也,还能坐以待毙等着被你害不成？"

蓉娘猛喘了两口气，眼中惊疑不定，想问戚秋到底想要干什么，又怕戚秋口中再次迸出"骂你"那两个字，自己再上赶着找骂。

她只好闭口不言，脑中想着应对之策。

戚秋指着窗外："我知你在想什么，你以为你跟京兆府尹串通好，来了官兵反而让你好脱身。但你大可以睁眼看着，看看第一个来的是官兵还是巡逻营的人。

"刘刚你就更不要指望了，看见这一幕他跑得比谁都快。"

马上就是花灯节了，为了京中治安，皇上安排了两支巡逻营满京城巡逻。

所以蓉娘这段时间格外低调，唯恐当了出头鸟，要不是戚秋一行人自己一股脑撞进来让她又起了贼心，这段时间她都要关客栈清闲一阵子了。

谁知本以为的小白兔，其实是个毒蘑菇，还害得她栽了这么大的跟头。

蓉娘咬牙切齿，却又暗暗心惊，只好在心里安慰自己等京兆府尹察觉出事情不对一定会通知大人，救她出来。

京城虽大，但只要戚秋没出城官兵就一定能找到她，到时候自己要将她活剐了泄愤才是！蓉娘在心里暗暗发誓。

只是……

"你到底是谁！"蓉娘这时若是再明白不过来自己被骗那就真是失了智。

戚秋腰背挺直，站如青松，闻言下颌一抬，说得铿锵有力："你的黄泉引路人！"

"……"

蓉娘被气得眼前一黑。

就在这时，或许是终于有人想到了还在戚秋房间里的蓉娘，跑过来使劲儿拍门："掌柜的你在里头吗？出事了！"

蓉娘听见"出事"两个字真是险些一口气上不来，没等她挣扎，山峨和水泱突然放开了她。

她来不及思考为什么，连忙大喊："快把门踹开，我在里头！"

外面那个打手不明所以，只好照做，三两下踹开了门，见到蓉娘如此狼狈，不禁错愕出声："掌柜的？！"

蓉娘恼恨不已，整理着身上凌乱的装束，本想吩咐打手将戚秋三人抓起来，楼下突然传来躁动，只听一道女声高喝："放肆，谢夫人你也敢拦！"

那个打手赶紧道："掌柜的不好了，巡逻营的人已经听到消息朝这边赶过来了。还有、还有谢家突然来人了,硬要闯进来,我们根本不敢拦!"

只觉一阵天旋地转,蓉娘揪着那打手的衣领直发颤,连声发问:"谢家?哪个谢家?谢侯府?!"

"正是。"打手赶紧回道。

蓉娘一听,腿直打哆嗦,一个天旋地转便坐在了地上。

先皇垂危之际,膝下子嗣贬的贬、死的死,无奈之下只好将胞弟的嫡子过继到名下,封为太子,也就是如今的皇上。

虽然当今皇上名义上是先皇的儿子,可到底没忘生父魏安王的养育之恩,在朝堂上也更加偏向魏安王这一头。

若论血缘,谢家谢侯爷那可是当今陛下的亲舅舅,在朝堂上自然也备受陛下依仗,连皇子都说得,放眼整个京城,除了皇帝,还真没有几个人敢惹谢家。

巡逻营也就罢了,怎么连谢府也跟着搅和进来了!

根本来不及多想,蓉娘在打手的搀扶下勉强起身,抬步向外冲去。

刚走到外头,还来不及下楼便瞧见谢夫人领着嬷嬷上来,冷眉肃目,眼见是动了怒火。身边的嬷嬷更甚。不知是谁指着蓉娘喊了声:"她就是客栈的掌柜。"

那嬷嬷立马领了人,不由分说地将他俩按倒捆住,不等她开口,嘴里就被塞了团抹布堵住了。

她只好一边挣扎着,一边被嬷嬷拎着上了楼。

谢夫人一马当先,刚进了屋子便听谢夫人一声:"秋儿!"

更是有嬷嬷惊呼:"哎呀表小姐,您这是怎么了?"

表小姐?

哪里来的表小姐?!

蓉娘惊得如同秋风中的落叶,瑟瑟发抖。

她脑子乱作一团,竟有些反应不过来,却也知道这次恐怕是大势已去,真的完了。

真是阴沟里翻了船!

而等嬷嬷拎着她进了屋子,蓉娘更是傻了眼。

只见方才还凶神恶煞、气势凌人的戚秋此时正苍白着脸站在榻前,柔柔弱弱,见到谢夫人后双膝一软就跌坐了下来。

发髻凌乱,小脸惨白,双目含泪却强忍不落,凄惨得宛如一朵饱受风吹雨打的小白花。

020

那可怜又倔强的小模样，哪里还有半分刚才说自己是黄泉引路人的气势。

见到谢夫人，她似是低头忍了忍，滚烫的泪水最终却还是滑了下来。她想要掩饰，声音中却是藏不住的委屈："姨母……"

戚秋的声音颤抖得厉害。

仿佛不堪重辱之后，终于见到了靠山。

蓉娘瞪大了眼睛，脑瓜子嗡嗡的，一时之间都不知道眼前到底哪件事更让她震惊了。

谢夫人连忙上去，扶住戚秋："好孩子，我都知道了，你受苦了。"

身边的嬷嬷赶紧解释："昨日老奴去凝晖堂拿药，正巧撞见了小姐身边的丫鬟，本想上前询问，谁知丫鬟走得快，老奴没跟上。回去报给了夫人听，夫人担心小姐，一大早便让人备了马车赶来，谁承想刚下了马车就见门口围了好些人哭喊，一打听才知道原来这是家害人的黑客栈，夫人就赶紧带着老奴闯了进来。"

嘀——谢夫人已知你的冤屈，"处置黑心客栈掌柜"任务已完成百分之七十，请宿主再接再厉。

系统这一声提示，宣告戚秋不用再当不能告状的哑巴。戚秋伏在谢夫人肩头，泫然欲泣，小白花的气息拿捏得死死的："姨母，我……"

谢夫人只觉得肩头一沉，便是一片温热，这么亲密的举止让她一怔。

山峨和水泱是个眼皮子活的，见状赶紧跪下来道："求夫人做主，这客栈掌柜的差点把小姐磋磨死！"

山峨和水泱隐下一些没说，专挑蓉娘的行径添油加醋，直说得谢夫人跟前的嬷嬷都鬼火冒。

"好一个掌柜的，天子脚下竟也敢如此猖狂，你好大的胆子！"

戚秋抽噎了两下，离开谢夫人的肩，拿着帕子擦泪，泪水却越滚越多："本好好的，谁知等我说要搬走时这掌柜的却突然就变了脸，不仅狮子大开口，还诬陷我的丫鬟砸碎了她的花瓶，将我的行李都抢去了不说，连门都不让出。还说、还说……就是天王老子来了她也不怕，让我不拿出一万两银子就别想出这个门。"

这简直就是血口喷人！

蓉娘气血上涌，一口气没上来，险些就要喷血了。

偏偏嘴上堵着东西，她还开不了口，只能任由这一个委屈不已，另一个为主申冤当着她的面添油加醋、胡说八道。

她明明只是一个仗势欺人的恶人，愣是被这俩描述成一个无法无天的缺心眼。

蓉娘恨不得跳起来去撕了她们三个的嘴。

这到底是些什么人，变脸比翻书还快！

那厢楚楚可怜、委屈巴巴的小白花戚秋还在垂泪，看得谢夫人心疼不已，连忙安慰。

正安慰着，门口突然传来一阵急促的脚步声，只见一个小厮快步进来，垂首禀报着："夫人，巡逻营的人赶来围住了客栈，公子也来了。"

这下，轮到戚秋反应不过来了。

而脑中沉寂许久的系统突然"诈尸"，疯狂提醒——

终极攻略目标马上出现，终极攻略目标马上出现，终极攻略目标马上出现。请宿主尽快做好准备。

[5]

随着系统急促的提示音落下，楼梯口的脚步声由远及近而来，最终停在了房门前。

"母亲。"是一道低沉而富有磁性的男声。

像是没有休息好，声音还略微沙哑。

谢夫人身边跟着的几位嬷嬷赶紧弯腰行礼，脸上笑开了花。

戚秋抬头望去——

男子身材高大，腰背挺直，着一身艳红锦制飞鱼服，腰间插一把绣春刀，面如冠玉，朗目疏眉，鼻梁挺直。

此时他拱手揖礼向屋子里的谢夫人问安，头微垂，看不清脸上的神色，只见下颌线清晰凌厉。

这便是原著中的男主角，戚秋的终极攻略目标——谢殊。

戚秋瞪大了眼睛。

穿书第一天，系统就将规则讲得很清楚，戚秋要想真正活下来，并且摆脱系统控制，唯一办法就是成功攻略原著男主角谢殊。

只有当好感度为一百分时的男主角谢殊亲口说爱，戚秋才能获得自由。

而令戚秋惊讶的是，这个男子她见过。

去凝晖堂那日，大雨滂沱。
原来那日她见到的男子就是男主角谢殊，她的终极攻略目标。
谢夫人明显也有些惊讶，身子往前坐了坐，勉强维持着表面端庄："你怎么回来了？差事可是办完了？"
谢殊答道："差事已经办好了，昨日便回了京城，只是还没来得及回府上给母亲请安。今日向王爷回禀差事后听说了这家客栈着火，便领了下属来救火，未承想母亲也在此处。"
"昨日都回来了，也不见你吱一声，哪怕是差下人过来递个信也好……"谢夫人嗔怪道。
话说到一半，谢夫人这才意识到场合不对，便止住了话音，轻声道："既然回来了，今儿个就回府上用膳吧。"
谢殊摇了摇头："马上就是花灯节了，京城治安本就重要，这家客栈火一着，王爷自然要过问，今日怕是要忙起来了。更何况……"
这"王爷"指的是魏安王，也就是陛下的生父。虽然陛下被过继给了先帝后只能称魏安王一声"皇叔"，但这血缘之情自然无可比拟。
陛下十分信赖魏安王，授以大权，而谢殊就在魏安王掌管的锦衣卫里当差。
谢殊的视线垂向一旁被五花大绑按住的蓉娘，想起了什么，神色冷了几分："更何况还有几桩案子要审问审问这家客栈掌柜的。"
谢殊本就生得硬朗桀骜，如今冷下脸再配上身上的那袭血染似的官服，很是唬人。
蓉娘浑身哆嗦了一下，赶紧低下头，不敢再与谢殊对视。
也是有够欺软怕硬的。

谢夫人有些失落，但还是点点头，体谅道："也罢，差事要紧。仅瞧外面哭闹的人也能明白这家客栈内想必冤情不少。你既领了差事，就好好办，还受害百姓一个公道。"
许是为了戚秋的名声，谢夫人没有在这里提戚秋的事，只是说："这里也不是说话的地方，我便先回去了，等你回府了我们再说话。"
谢殊点点头，目光淡淡扫过在谢夫人一旁垂首坐着的戚秋，也没有开口多问。

或许是早就知道，又或许是顾念着戚秋的名声。

"我吩咐人将府上马车移到后院，从那里回去吧，人少。"谢殊说。

谢夫人点点头拉着戚秋起身，准备离开，经过谢殊跟前的时候，却突然脚步一顿。

谢殊下意识把手往后藏，却还是晚了。

谢夫人松了戚秋的手，蹙着眉去捉谢殊背到身后的左手。

只见谢殊清瘦的手腕上露出一道伤痕，像是刚结疤。

谢殊见躲不过去，垂下眼帘无奈地笑了一下，轻声对谢夫人解释说："办差时受的一点小伤，过两日就好了。"

谢夫人怎么能放心，将谢殊叫到一旁，应当是要念叨两句。

戚秋没跟去，状似乖巧地等在原地，等房间里没人时，移到蓉娘跟前拿脚尖踢了踢她。

蓉娘或许是知道这次事情闹大很难脱身，一直焦急地透过敞开的窗户往外面瞧，抱着最后一丝希望，期待能有人来救她。

瞧了半天却也不见动静，心里清楚大势已去的蓉娘心如死灰地垂下头，满额的汗。

被戚秋踢了两下，她才迟钝地抬起头。

一看眼前的人是戚秋，她倒是瞬间来了精神，双目冒火，怒形于色，瞧那模样是恨不能摆脱身上的束缚扑上去咬戚秋两口。

戚秋不退反进，笑眯眯地抬起手冲她做了个抹脖的动作。

正是一副有恃无恐的样子。

蓉娘顿时目眦尽裂，理智全失，使劲儿挣扎着就要冲过来，被塞着抹布的嘴里发出几道咬牙切齿的呜声。

听到动静的谢夫人和谢殊快步向这边走来。

戚秋听到脚步声，立马收敛了挑衅的面容，耷拉眉眼，轻咬着下唇，清秀白净的面容上露出三分倔强，七分委屈。

她故作惶恐地看着蓉娘发癫，身子往后退了两步。

谢夫人赶紧走过来："秋儿，怎么了？"

戚秋朝谢夫人身后缩了缩，害怕地看着蓉娘，眼眶里又续上了泪珠，小声哽咽道："我想问问掌柜的将我的行李放在哪处了。旁的也就算了，里头还有您给的玉镯子和其他长辈给的见面礼。没想到我刚过去她就、她就……"

戚秋委屈地低下头，落了泪。

谢殊看着落泪的戚秋，又看了看一旁被气得上气不接下气的蓉娘，眸光闪了闪。

蓉娘目瞪口呆，怒到浑身直打哆嗦。现在就是将她嘴里的抹布取出来让她说话，她也被气到挤不出一个字来。

纵使她活了三十几年，风光过落魄过，却还真是头一次见到戚秋这样的人。变脸比翻书还容易，上一秒还在满面春风地挑衅你，下一秒就装得楚楚可怜、好生委屈。

颠倒黑白的功夫更是一绝。

蓉娘一口血哽在喉咙间，就是下不去。

谢夫人微微皱眉，侧身看了一眼身边的嬷嬷，那嬷嬷瞬间领悟，站出来冲蓉娘斥道："什么下贱东西，谢府的东西你也敢碰！"

谢夫人转身对戚秋宽慰道："不打紧，想必这些东西就放在客栈里，你留个丫鬟，我让孙嬷嬷跟着，一起把你的东西挑拣出来带回府上就是。"

戚秋闻言见好就收，缓缓止住泪水点点头。

山峨胆子大又能说会道，戚秋想了想便把山峨留了下来。

带着水泱，戚秋坐上了谢府的马车。

许是谢殊的安排，客栈前门人头攒动，百姓们挤着看热闹，后门却空无一人。谢夫人解释说："方才在客栈不便介绍你，等殊儿办完了差事回府，再介绍你们俩认识也不迟。"

戚秋知道这是谢夫人在维护她的名声，乖巧地点了点头。

虽然按照原著的设定，此朝代对女子多加宽容，但戚秋毕竟是个未出阁的小姐，名声这东西能维护还是要维护的。

谢夫人挂念着谢殊，有些心不在焉，但还是打起精神安慰着戚秋，询问着这两日她发生的事。

戚秋将早就想好的说辞一一叙述，顺嘴提了一句跑出去的刘刚。

谢夫人道："你放心，有殊儿在，他们定是跑不掉的，这次让你受了委屈。"

戚秋知道谢夫人挂念谢殊，将此事扯过之后反倒是暗暗安慰起了谢夫人。

谈话间，马车沿路回了府上，管家站在门口焦急盼望。

下了马车，管家这才松了一口气："夫人怎么去了这么久，老奴急得差点派小厮过去打探。"

"路上出了点岔子,不打紧。"谢夫人回道。

进了府,这次走的是正门。穿过几道门,绕了游廊,谢夫人带戚秋回了自己院子。

进了屋,谢夫人牵着戚秋坐下。

谢夫人说道:"你家当年举家搬离京城,府上连一个伺候的下人都没留。如今回来,你身边只跟了两个丫鬟不说,你又受了惊吓,若是府上没有妥帖的下人伺候着,我如何能放心?这几日你还是先住在谢府吧,等买齐了府上伺候的下人,再说搬回去的事也不迟。"

这话在戚秋的意料之中。

谢夫人和谢侯爷都是重情义的良善之人,又有过往的交情和关系在,如今戚秋遇到这事,不管戚家宅子里有没有人伺候,谢夫人都肯定不会袖手旁观,放戚秋一人回戚宅不管不顾的。

只是虽在意料之中,但有些面子功夫还是要做的……

"这……"戚秋故作为难,推辞道,"怎好来叨扰夫人和侯爷。"

"叨扰什么?你来住,我和侯爷高兴还来不及呢。谢府这么大,侯爷和殊儿差事又忙,府上经常就我一个人,有你来陪我那真是再好不过了。"谢夫人说道。

不等戚秋说话,谢夫人嗔笑道:"长辈开口,你可不能再推辞了。"

闻言,戚秋这才行礼谢过谢夫人的恩情。

见戚秋点头,谢夫人便开始吩咐下人:"安嬷嬷,你和玉枝带上几个丫鬟去将隔壁院子收拾出来,务必要上心。"

安嬷嬷起身应了,躬身就要出去,倒是那个玉枝应了声后盈盈笑着:"表小姐住的院子,奴婢自然上心。"

戚秋抬眸望去,只见玉枝白净的小脸上略施粉黛,身姿婀娜,果然如书上描绘的那般好颜色。

在书中这位也是个人物。

若说原身是书中人人唾弃的白莲小姐,那这位便是书中人人喊打的绿茶丫鬟。

因两人在书中的数次作妖,还被热心读者强行拉郎配,组了个叫"无影"的搭档。

取"呜嘤"的谐音,因为这俩哭起来一个爱呜呜呜,另一个爱嘤嘤嘤。

026

没想到第一次入谢府就有幸见到了原身的大热搭档，戚秋在心里感慨了一声后这才收敛了目光。

谢府下人多，手脚也麻利，一两个时辰就把院子给收拾好了。

谢夫人亲自领着戚秋去瞧。

这个院子离主院不过几步路，院子门口种了好些桂花，如今正到时节，还没走近便能闻到一股扑鼻的桂花香气。

想来那日在谢夫人院子里闻到的桂花香气就是从这个院子里飘出来的。

戚秋看着这个整洁干净的院子在心里暗暗道：这能不能算谢夫人对我的印象还不错？

在原著中，原身被安排到了谢府角落的一个客院，虽然景色也雅致，但离主院并不近，谢夫人的这次安排也被读者誉为这是她在整本书里做过最对的一个决定。

眼下她却被安排到了离主母院子颇近的落桂阁，这可是原著中呼声最高的女配角住过的院子。

[6]

落桂阁，顾名思义，一进院内，便是一棵棵金灿灿的树。

谢夫人拉着戚秋，在院子里到处瞧了瞧："你看看这院子可还喜欢？"

戚秋没住过古代的院子，但单看这布局摆设就知是一个不错的院子："这院子真好，满园的桂花也好闻得紧。"

"你喜欢就好。把这里当成自己的家，别拘着，有什么缺的、少的只管跟我说，不必客气。"谢夫人浅笑道。

将戚秋安置妥当后，谢夫人又拨了四个丫鬟给戚秋这才离去。

打头的那个丫鬟叫翠珠，模样清秀，很是机灵，见戚秋有些累了，便赶紧端来了水给戚秋净脸洗漱。

戚秋挂念着自己的终极攻略目标，只好以"初入府上，什么都不知道，怕说错话、做错事"为由，套着翠珠的话。

翠珠并未生疑，闻言将府上的主子一一说了一遍，最后一个才说到了谢殊。

"公子颇受皇上和王爷倚重信赖，差事忙，不经常回府。上次回府还是七八日前，公子要出京城一趟，回来收拾衣物。"翠珠说道，"公子差事急，连夫人这边都没来得及打声招呼，急匆匆地收拾东西便离府去了……"

翠珠一顿，终于想了起来："那日正好还是小姐您头次登门，只是公子是下午回来的，夫人当时午睡还没起身，醒了之后公子已经走了。"

戚秋点点头，想起了那日客栈初遇，又有些疑惑。

按照原著剧情来讲，七八日前谢殊应该已经在去往安州的路上了，又怎么会还身在京城。

戚秋默然，难不成是自己记错剧情了不成？

梳洗完毕之后，戚秋打发走了屋子里的下人，本想躺在床上回忆一下原著剧情。

哪承想这几日是真的累了，躺在床上竟真的睡着了。

醒来时，山峨和孙嬷嬷正支使着府上小厮将东西搬到院子里。

孙嬷嬷指着院子里戚秋的几口大木箱子，弯腰恭敬道："老奴和山峨姑娘收拾了一上午，小姐清点清点，看看可有什么落下的吗？"

戚秋自然不会真的当着孙嬷嬷的面上去清点，抬眸扫了两眼后便笑道："嬷嬷办事，我自是放心。"

客套了两句之后，戚秋亲自送了孙嬷嬷出去，走时还不忘让水泱给孙嬷嬷塞了一包碎银子，涨涨好感度。

孙嬷嬷是在谢夫人跟前伺候的，规矩严，推辞了两下没收，但走时脸上到底是带了笑意的。

等孙嬷嬷走之后，山峨和水泱将贵重东西搬进了屋子。

两人一边清点一边激动道："小姐，您真是神了！您怎么知道谢夫人身边的嬷嬷那几日会去凝晖堂里，奴婢原本还担心着。"

事关原著，戚秋自然不能应答。

好在两个丫头也不在意，继续叽叽喳喳地讨论着，说着说着，水泱又有些庆幸："幸好那掌柜的放小姐去了凝晖堂治病，不然……"

这事戚秋倒是能说上两句，解释道："这掌柜的能在天子脚下干这勾当，除了人脉，自然也有自己的路数，那几日只不过是在试探我们的底线罢了。

"若是我们背后有靠山，受了她的欺诈，她自然会通知人将我们接出去；若是我们一直受她的辖制，束手无策，她便心里有了数，知道我们是无依无靠的。因谢夫人的玉镯，她一直对我们的身份有所顾忌，在还没有彻底摸清我们的身

028

份之前,她是不会下死手的,自然也不会任由我病死在她的客栈里。"

水泱这才恍然大悟:"怪不得奴婢说这掌柜的行事怎么虎头蛇尾的,既然做了这黑心勾当,却又不做彻底,还肯放小姐出门,原来这是在给自己留后路!"

毕竟是天子脚下,没摸清底细之前蓉娘也怕踢到铁板,真的惹到了有权势的人。

山峨笑眯眯地接话:"所以蓉娘也是搜到小姐故意放在客栈里的假户籍后才敢彻底与我们撕破脸,不过我们有郑朝哥在外面帮忙,自然不怕她。"

郑朝原是戚父请来的贴身护卫,功夫了得。

当日进京时,因忙着帮原身去各府送拜帖这才没跟着一起入客栈,不然恐怕如今也要一同被困在这家客栈里头了。

蓉娘经营的那家客栈虽看似简单,但实则里头打手不少,郑朝混不进来,只能在外守着。

在原著里便是他替原身向谢府递了信求救,原身这才能脱身。

虽然戚秋受系统限制不能主动向谢府求救,但困在客栈里的那几日幸好有郑朝在外面,里应外合,这才有了今日蓉娘客栈的"盛况"。

清点收拾好了东西,见这几日被蓉娘讹走的银子和首饰一个不少,水泱苦了几日的脸终于放松下来了。

系统也及时送来了任务结算信息。

恭喜宿主,"处置黑心客栈掌柜"的任务已完成,现下发送任务奖励:五百两银票一张,蓉娘金簪一对,蓉娘的线索片段三个,打手线索片段五个,金玫瑰两朵。通过系统考验,额外再奖励两朵金玫瑰。

集够八个对应人物的线索片段,即可获得对应人物的回忆一段。金玫瑰更是有大惊喜的哦!

因为宿主在凝晖堂寻求系统帮助伪造身体情况,系统工费一千两,扣除奖励的五百两银票,宿主目前倒欠系统银子五百两,欠的银子过多会扣除白莲值,还请宿主继续加油!

戚秋的脸色顿时一僵。

一顿忙活之后,好不容易完成了任务却倒欠了系统五百两银子?

帮一次要一千两银子,系统这奸商,比蓉娘还能宰客!

压下心中无语,戚秋心思又落到了这四朵有大惊喜的金玫瑰身上。

戚秋暗暗地想,希望是大惊喜而不是大惊吓……

……

到了晌午，戚秋陪谢夫人用过午膳，谢夫人主动提议领着戚秋在府上转转。

谢府所居住的这处宅子是先帝赏赐下来的，原著的作者曾用数百字描绘谢府府邸的富丽堂皇，其中"精美绝伦""不同凡响""空前绝后"这三个词汇在这数百字中就出现过不下于三次。

戚秋当时看文时只觉得作者用词烦琐，匆匆扫过两眼后就翻了页，如今却是大饱眼福。

谢府之内当真值得作者用数百字来描绘，顺着长长的游廊往前走，宅内的亭台阁楼、假山亭榭便映入眼帘，由匠人精心打造的建筑可谓是雕梁画栋、尽善尽美。

于这落寞秋日中，谢府却也不见萧瑟。

下人们来来往往，穿梭在满园富贵之中。偶有一两个大胆的，眨巴着圆圆的眼睛偷偷地瞟着戚秋。

虽刚过了正午，但秋日多凉爽，算不上闷热。

府上菊花开得花团锦簇，枝叶在微风中轻颤。还未行至跟前，便有一股清香扑鼻而来。

谢夫人叹道："侯爷和殊儿差事忙，日日在府上不见人。侯爷如今已去京郊十日有余，只差人回来递过信，好在你来了，能陪我说说话。"

戚秋低眉浅笑。

谢夫人继续说着："不过自收了你父母递过来的信后，侯爷就一直挂念着你，等回来见到你，也算能放下心来了。

"算算时日，怕是过不了四五日侯爷就要回来了。"

[7]

谢夫人所言不虚。

四日后，谢侯爷回了京城。

与此同时，京城一家小有名气的酒楼里，郑朝抬步走了进去。

他并没有跟着戚秋等人一道直接回谢府，而是被戚秋吩咐了别的事。

因提早订了位子，郑朝一进去便有小二迎上前来带路。

上了二楼，径直推开左侧的房间，小二端上茶点便退下了。

郑朝推开窗户朝外看去。

明明是刚过了晌午不久，外面却很是凉爽。秋风席卷，落叶飞旋，街上充满小贩的吆喝声。

不知过了多久，有两三个壮汉骂骂咧咧地闯进了酒楼，郑朝这才合上了窗户。

他想起戚秋的吩咐，手握紧利剑，却又有些踌躇。

几经思索之后他终是无奈地叹了口气，戴上帷帽推开门，缓缓地走了出去。

下了楼，郑朝径直朝那几个壮汉坐的地方走去。

这几日戚秋在谢府吃好睡好，没事了就找谢夫人闲聊涨好感度。

系统告诉她，凡是在原著中有戏份的人物都有好感度条，涨得越高，惊喜就越多。

其实不用系统说，戚秋也明白。

以后若是想要居住在谢府，想要在谢府住得踏实，谢夫人的高好感度必不可少。

至于给戚府添置奴仆一事，谢夫人不提，戚秋自然也乐得能多拖延几日。

毕竟她吩咐给郑朝的事至今还没有动静。

谢侯爷虽落脚直接去了皇宫，但差了下人递信回来，说是等去圣上跟前回禀完差事，就要回府用膳。

正巧，谢殊身边的小厮也回来通传，说谢殊晚上要回府用晚膳。

谢夫人盼了几日，终于得了信，乐得坐不住，忙让下人去准备晚膳，且亲自去了小厨房做羹汤。

她还同一旁的戚秋嗔笑道："这爷俩真是，要么一个都不回来，要么一起回来。"

通过原著中曾提及过的谢夫人喜好，戚秋这几日投其所好，颇有成效。

这几日相处下来，谢夫人和戚秋亲密了不少，言谈间也不再拘谨。

戚秋在一旁装模作样地打下手，闻言在心里深感赞同地点了点头。

谢侯爷就罢了，但谢殊人在京城里，自那日客栈之后竟也没回过府。

急得谢夫人日日派人去大理寺打探消息，却是迟迟不见人归，眉头拧了一圈又一圈。

如今回来，谢殊怕是少不了被谢夫人一顿唠叨。

到了傍晚，夕阳西垂，落日余晖挂满枝头。

戚秋被谢夫人打发回院子梳妆打扮，刚坐在梳妆台前，系统就送来提醒。

请宿主注意，您的攻略目标即将再次出场。鉴于涉及原著重要剧情，特奖励春花玉金簪一支，增加十美貌值。仅此一次，请玩家谨慎选择是否佩戴。

戚秋听着，不知为何叛逆心一下上来，犹犹豫豫就想把手伸向"否"去。

还不等确定，系统冰冷的提示音再次响起。

请玩家注意，选"否"遭雷劈。

戚秋："……"

差点遭雷劈的戚秋忍辱负重地选了"是"。

下一秒，山峨就跟变戏法似的拿着这支春花玉金簪往戚秋发髻上插："小姐，毕竟是第一次在谢府用宴，还是要有些撑得起场面的首饰才行。幸好有这支春花玉金簪，不然奴婢还真不知该怎么办。"

戚秋默默看着，已经无力吐槽了。

行吧，大家都是工具人。

等梳妆完毕后，戚秋怕去得迟了更惹人注目，便赶紧带着山峨和水泱去了谢夫人的院子。

谢夫人的院子已然热闹起来了，下人们来来往往地上菜，谢夫人站在锦鲤池旁正喂着鱼，一见戚秋便冲她招手："快过来。"

戚秋依言走了过去，谢夫人摸了摸她的发髻笑道："上了脂粉，气色果然好多了。"

其实戚秋并没有涂抹胭脂，估摸着是头上那支金簪的加成起了效果，她闻言只好略带羞涩地低下了头。

微风轻拂，戚秋那袭淡蓝色绣花锦裙被风扬起，鬓边两缕碎发也在调皮地乱动。

锦鲤池旁是两棵垂地柳树，佳人两颊微红而立，低头含笑，眉目盛情。

也不知是哪股风不知好歹，夺了佳人帕子，惹得佳人蹙眉。

不等下人回神上前去拾，只见穿着一身白月牙锦袍的谢殊走上前来。

换下官服的谢殊少了几分戾气，狭长的眸子微微上挑，留存些许桀骜。

好在这袭白衣压住了他身上的肆意，给他添了两分随雅。

他走上前来，许是身上的衣物不怎么合身，那双骨节分明的手轻拽着衣领，眉头也随之紧了紧。

看着他离帕子越来越近，佳人含羞带怯。

一时间，就连池边的微风都渐渐温柔了下来。锦鲤池的鲤鱼在池子里欢快地扑腾着，枝头上是在微风中含羞娇怯的花色。

天时地利人和，一切都是那么美好，在场众人都眉眼含笑地等着谢殊弯腰将这方帕子捡起，递还给戚秋。

谢殊也没犹豫，踩着枯叶走上前，又……踩着那方绣着海棠的洁白帕子而过。

行至谢夫人跟前站住，他还不忘问一句："要开膳了吗？"

谢夫人："……"

戚秋："……"

众奴仆："……"

白瞎了。

众人无言以对，就连戚秋也有些说不出来话。

山峨赶紧上前将戚秋被风吹走的那方帕子捡起来，只是上面已经沾染了泥土，让人不忍直视。

谢夫人不轻不重地拍了一下谢殊，嗔怪道："看你干的好事，脚底下有张帕子都没看见，将人家姑娘好好的帕子给踩成这样。"

谢殊也是在山峨屁颠屁颠去捡帕子的时候，才发现自己刚才走过的路上还掉了一方帕子，无辜道："这袍子做小了，方才只顾着扯衣领，没注意到脚底下还有一方帕子。"

闻言戚秋又看了一眼那脏兮兮的手帕，有些想笑。

系统按照原著精心设计的天雷勾地火的场面，就这么被毁于一旦了。

原著中本是谢殊捡起帕子，行至戚家小姐跟前，伸手将帕子递还给戚家小姐。

交接时二人不小心手指相碰，一股触电般的感觉通至五脏六腑，看着眼前的翩翩公子，戚家小姐便立马羞红了脸。

可现在，戚秋为了走这重要剧情好不容易把脸给憋红了，谢殊却……

怪绣娘怪绣娘。

[8]

日落，等谢侯爷回来时府上已经点上了灯。谢侯爷先回了院子里，洗下一身风尘。

谢侯爷身高八尺，气质儒雅随和，眉目之间依稀可见年轻时的俊秀刚毅，可见谢殊的眉眼是随了他的。

戚秋上前福身见礼。

谢侯爷挥了挥手示意戚秋起身，感叹道："当年离开江陵时，你也不过五六岁，如今已经长成大姑娘了。"

谢夫人正张罗着席面，闻言笑着接道："是啊，在江陵的时候殊儿也才六七岁，两个人年纪相仿，经常在一处玩闹。殊儿当时正是不安生的时候，非要领着秋儿去爬树，结果自己摔了下来，在床上躺了半个月。"

或许是想到了当年的场景，谢夫人和谢侯爷齐声笑了起来。

倒是戚秋和谢殊两人，一个不是主人公，另一个早就忘了，此时只能低头，假笑的假笑，摸鼻尖的摸鼻尖。

不过戚秋却想起来这一段原著中的描写。

原身当年虽然只有五六岁的年纪，却也知道爱美了。那日她还特意穿上了府上绣娘刚绣好的衣裙，高高兴兴地跑到谢殊跟前，捏起裙摆矜持地转了个圈，本来是想要谢殊夸夸她的。

谁知谢殊完全没领悟到原身这点小心思，转身就领着原身去爬树了，还喊了府上几个小厮，比谁爬得快。

他本来是想要个帅，结果却从树上摔了下来，在床上躺了小半个月，吃饭都要人喂。

谢殊虽然想不起来这段往事了，却也觉得尴尬，好在谢夫人没有继续，而是说道："现如今孩子们都长大了，你和殊儿整日都忙着公务，这段时日都见不到人，好在有秋儿在府上陪我说说话。"

谢侯爷皱眉，看向谢殊："怎么，你在安州的差事不是办好了才回京的吗，怎么还好几日都见不到人？"

"可不是！"谢夫人没好气地斜了一眼谢殊，"人就在京城里，却不见回府，我盼了几日，今晚才等到他回府用膳。"

"不像话！"谢侯爷斥道。

谢殊无奈："儿子这不是领了新的差事？那家客栈看似平平无奇，实则背后牵连不少官员，且罪孽深重，害人无数。那日光是赃银就搜罗出了近十万两。民情民怨已沸然，陛下震怒，下旨让儿子彻查，这几日大理寺和刑部灯火通明，锦衣卫也忙成一团。儿子都几宿没合眼了。"

最后一句谢殊是故意说的。

果然，谢夫人一听就心疼了，哪里还计较谢殊一连几日不回府的事："怪不得看着都憔悴了许多，一看就是累着了。"

谢侯爷也道："客栈的事我今日回来也听陛下说起过，是要好好查、好好办。天子脚下，如此猖狂，可见背后根基颇深，只怕这段时日你要多辛苦一些了。"

蓉娘那家客栈经过戚秋那日一闹自然露了馅，现已经被查封，前几日衙役还从客栈后院挖出来了数十具骸骨，实属惊人。

百姓们纷纷跪在皇宫脚下喊冤，陛下大怒，京兆府尹连夜被撤去了官职扣押，然而事情远远没有结束。

越往下查，牵连越深，前天陛下气得都将御书房给砸了，一道道旨意下去，四五个官员丢了脑袋。

宫里的淑妃、安嫔也因为此事而被母族连累。

这阵子，京城因为这桩案子都快闹翻了天。

谢夫人这阵子也听到了不少关于此事的议论，自然也明白此事闹得有多大。叹了口气，只能叮嘱谢殊要多注意身体，忙起来也要记得吃饭。

戚秋这几日也听到了不少言语，除了蓉娘的，还有跑了的刘刚的。

刘刚到现在也没有被抓到，官兵已经封锁了城门，将告示贴满了大街小巷，还挨家挨户地搜人，却至今不见其下落。

马上便是花灯节，据说这几日连禁卫军都出动了。

用完了膳，月亮已经高悬。

秋高气爽，谢夫人一家许久没有坐在一起吃个团圆饭，便一起坐在庭中赏月品茶。

戚秋被拉去当背景板，兴致缺缺，可谢夫人没有放话她也不好说走，只能低着头蔫蔫儿地偷偷打瞌睡。

秋风袭来，夜里还是有些凉。

戚秋被这阵风吹得直哆嗦。

好在没一会儿，谢殊就以"乏了，想回去休息"为由站起了身，谢夫人自然不会拦，挥挥手，众人也就跟着散了。

戚秋这才得以回屋子睡觉，用帕子掩嘴打着哈欠，慢吞吞地往院子里走。

谁知，经过游廊时，戚秋突然被喊住。

抬眼望去，一道身影从一旁漆黑的树下走出来，廊下昏暗的烛光斜映至他眼下鼻唇，忽明忽暗，倒让他多了几分温和。

是谢殊。

他站在廊外，背着手，身后跟了一名小厮。

山峨在戚秋身前打着灯笼，戚秋站在廊上微微一愣，上前疑惑道："谢公子？"

游廊修建时用玉石堆砌，垫得高些。戚秋站在廊上，比站在廊外的谢殊高出半截身子，低头时，还能看见谢殊卷翘的长睫。

谢殊身后是一棵白玉兰花树，探出头的白玉兰花就垂在谢殊的宽肩上。

谢殊抬起头，微微烛光映在他眸中。

他颔首："戚小姐。"

说起来，这虽然是两人第三次见面，可真要论起来，这还是第一次交谈。

攻略目标就在身前，戚秋侧目微微抬眼，露出小白花标准姿态，轻声询问："谢公子找我有什么事吗？"

原著中可没有这个情节。

谢殊不露形色，只抬眉浅笑道："倒也没什么要紧事，只是那家客栈掌柜的说了一些话让我心生疑虑，想来问问戚小姐。"

戚秋心中一沉。

谢殊从怀中掏出一张路引，正是戚秋被蓉娘搜罗去的。

谢殊漆黑的眸子紧盯着戚秋，手指摩挲着路引纸面，目光幽深，问道："她说这张路引是从戚小姐的包裹里找到的，可顶上的……"

谢殊适时止住话音。

请宿主注意，危险时刻，请化解危机，稳住人设，男主角目前好感度为一。

备注：在客栈里做过什么你自己心里清楚。

戚秋："……"

其实不用系统说，戚秋也清楚，看过原著就知道男主角一旦对谁起了疑心手上就会有些小动作。

要不是蓉娘说了什么，要不就是男主角查出了什么。

不过既然做了，戚秋自然也想好了应对之法。

"这张路引自然是假的。"戚秋退后一步，身子有些抖，小声说道，"从江陵到京城，沿途经过君鞍山，那里山匪横行，声称劫富济贫，专挑有权有势的拦截。为了避免山匪，父亲就给我伪造了一张假路引。此举是有不妥，但实属无奈之举，还请公子勿怪。"

蓉娘就是因为搜到这张路引，这才认定了戚秋的身份。这张路引虽有官府官印，但也确实是假的。

戚秋低声继续说道："至于后面说的南阳侯表姐，进京治病，也不过是为了圆这张路引的谎罢了。"

谢殊没有接话茬，反而眉梢一挑，眯着眸子探究地看着戚秋："戚小姐在抖什么，是冷还是……"

戚秋抬眼状似无意地撞上谢殊的目光，目光一缩好似更害怕了，又往后退了一步，身子抖得更加厉害了。

谢殊："……"

他是什么洪水猛兽吗？

山峨上前一步，解释道："谢公子，我家小姐没遇上过这样的事，提起此事便不免有些害怕，还请您多见谅。"

戚秋适时地哭了两声。

"原来如此。"谢殊挑了挑眉，也不知是信了还是没信，却也没就此打住，紧接着又问，"只是戚小姐既已落到贼人手里，为何不坦明身份，还要加以隐瞒？直接告知了身份，掌柜的必定有所忌惮，也好脱身。"

戚秋早就想好说辞，闻言侧身垂首，只露出半边白皙脸颊。一双杏眸微微泛红，眼角似有泪光闪烁，戚秋抽噎了两下，委屈地说道："我怕。"

谢殊一顿。

拿帕子沾了沾眼角，戚秋的眼睫微垂，挂着泪，楚楚可怜的样子："原不是没想过，可那蓉娘……那蓉娘实在是太凶了，我怕她。"

山峨回想起在客栈里戚秋指着蓉娘骂的场景，再听着这句余音绕梁的"我怕她"，简直控制不住嘴角的抽搐。

"她派打手堵门，威胁我，还骂我，更声称要将我……她把我关在屋子里，骂我不识好歹，还放了火说要烧死我，送我上西天，我……"戚秋捏着手帕委屈垂泪，几度哽咽。

山峨："……"

山峨只庆幸蓉娘不在此处，不然肯定说什么也要扑过来咬死她家小姐。

戚秋生得算不上绝色，但胜在模样娇，哭起来自有三分我见犹怜。

一边哭一边抖，小模样看着可怜死了，任谁都不会怀疑她在颠倒黑白。

谢殊脸色莫名有些复杂："是我唐突了。只是蓉娘在审讯时说了一些话，身为主审官，我不能不问、不能不查，还请戚小姐配合。那日客栈着火……"

"这是怎么了？"一声高喝止住了谢殊后半截话。

转身一看，是谢夫人和谢侯爷。二人踱步上前，看见哭得梨花带雨的戚秋，谢夫人连忙询问："这是怎么了，好端端的怎么哭了……"

戚秋抬眸扫了一眼谢殊，轻咬着下唇，双眼噙泪，摇了摇头。

一看这阵仗，谢侯爷哪里还能不明白，转身就斥责谢殊："怎么回事，你把秋儿骂哭了？！"

谢殊："……"

谢殊揉了揉眉头："我没……"

戚秋拿着帕子擦泪，抽抽噎噎地附和："不关谢公子的事，是我……是我自己摔了一跤。"

谢侯爷扫了一眼戚秋，浑身干干净净，哪里像是摔倒后的样子，自然不信，沉下脸："现如今你是威风了，连姑娘家也不放过！若论起来，秋儿可是你的表妹，又是初来乍到，你不照拂着还敢欺负她？！"

谢殊："我真没欺负她……"

戚秋点点头，哽咽道："都是我不好……"

说完，泪就又滚了下来。

谢殊："……"

揉着眉心，谢殊用舌头顶了顶左脸颊，简直是被气笑了，还来不及再开口……

谢侯爷大怒："你还有脸笑！"

谢殊："……"

……

一阵鸡飞狗跳之后，等戚秋一行人身影逐渐走远，谢殊往后一靠，背抵着树干，懒散地低着头，不知在想些什么。

"公子，戚家小姐的话可信吗？"一旁的小厮抬起头，小心翼翼地问道。

月色挥洒，从树叶的缝隙中穿过。

谢殊揉着眉心，闻言嗤笑了一声，将手中的路引揉成一团。

"鬼话连篇。"

[9]

戚秋昨晚实实在在暗讽了谢殊一回，以为再见面不会得什么好脸。为了避免尴尬，早上去给谢夫人请安时特意晚了一刻钟，谁知还是正好撞上了谢殊。

谢殊已经换上了官服，手上捧着一顶镶嵌着红玉石的官帽，艳红的飞鱼服衬得他肤色更加冷白。他掀了帘子往外走，两人正好打了个照面。

见到戚秋，谢殊愣了一下，却没在脸上看出丝毫不悦，颔首向戚秋打了招呼之后，这才系上官帽离去。

他步子大，看出来走得很急。

戚秋目送谢殊出了院子，等下人进去通报之后，这才掀了帘子进去。

谢夫人正扶额坐在软榻上叹气，见戚秋进来，眼前一亮，连忙向戚秋招手："快过来。"

戚秋上前，还不等福身请安，谢夫人就一把握住戚秋的手拉着她坐下："你来得正好，等下陪我一起用早膳吧。我吩咐小厨房煲了两个时辰的汤，最补身子了。"

戚秋点点头，又有些疑惑："夫人不和侯爷一同用膳吗？"

谢夫人闻言又是叹了口气："侯爷天还没亮就被下属叫走了，本以为还有殊儿陪着，谁承想他也急着办差，来不及用早膳了。"

戚秋抿嘴一笑："那秋儿来得正及时，补身子的汤正好都便宜我了。"

谢夫人也笑了起来："就算你不来，我也要派人去叫你，怎么会少了你的。"

话音刚落，戚秋却掩嘴轻咳了起来。

"怎么了这是？"谢夫人伸出手给戚秋顺着后背，连忙问道。

戚秋摇了摇头，眼底因喘咳泛起一圈红："没什么大事，想来是昨日夜里着了凉。"

谢夫人一听赶紧让人去请大夫："这秋日里着凉可不是什么小事，还是让大夫来瞧瞧吧。"

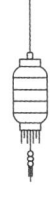

戚秋本不欲折腾，奈何谢夫人已经派了下人去请府上的大夫，也就不再推辞了。

戚秋昨日夜里吹了点小风，回院子里的时候就有些喘咳，但戚秋活蹦乱跳这么多年，也就没将这点小咳嗽放在心上，谁知后半夜的时候就不舒服了起来。

说到昨晚，谢夫人又想起了谢殊将戚秋"欺负"哭的事，趁着等大夫的间隙向戚秋缓缓解释道："昨晚，我和侯爷已经问过他，也训过他了，今早我又说了他一遍，你千万别将此事往心里去。

"他就是个直性子，涉及公事更是个六亲不认的。那蓉娘在牢狱里胡乱攀咬，不论是谁，都派了锦衣卫去问。况且这桩案子全程有王爷盯着，蓉娘说是你放火烧了客栈，他也不能依着交情装没听见，不然王爷那边也说不过去，所以昨晚也就鲁莽了些。"

这桩案子发生在花灯节前，又闹得这么大，为了安抚民心，魏安王全程坐镇大理寺和刑部。

戚秋自然不会往心里去，毕竟这火真的是她让郑朝放的。

虽然戚秋让郑朝控制了火势，不会伤到人，但在京城里面纵火可不是什么小事。蓉娘既然咬死是戚秋放的火，那谢殊身为查清此案的官员就不能不过问。

纵火一事戚秋也实属无奈，她依着原著的剧情，知道谢夫人身边的嬷嬷会每隔六七日就去京城里的凝晖堂为儿子抓药，故意让山峨蹲在那里装偶遇。

可戚秋并不知道谢夫人会什么时辰来客栈探望她，眼看蓉娘已经按捺不住，万一谢夫人在路上有什么事耽搁了一会儿，来得晚了，她已经凉透了怎么办。

无奈之下，戚秋只好让郑朝在外面点火烧客栈。一来拖延时间制造混乱保命；二来只有闹得越大，围观的百姓越多，京兆衙门才不好将此事按下。

谢殊可不是旁人，身为原著唯一主角，是作者笔下集万千智慧于一身的角色。

昨晚眼看谢殊就要问到客栈纵火一事，戚秋自知肯定糊弄不过他，可如果承认火就是她为了制造动静引来禁卫军故意放的，那就更说不清了。

一来京城纵火确实触犯朝廷律法。

二来也圆不上戚秋之前向谢夫人哭诉自己后来被蓉娘囚禁起来的谎。

到时若是谢殊问起来——既然有下人在外面守着，与其放火为什么不直接派人去谢家求救？她要怎么说。

总不能直说——我绑定的系统不让我说，说了就让我原地去世。

谢侯爷和谢夫人来得正巧，为了脱身，戚秋只能暗讽了男主角一回。

说不定现在男主角的好感度就是零分。

虽然零分和一分差距也不大就是了。

在谢夫人面前，戚秋倒是敢张嘴糊弄，委屈道："殊表哥是为了办案，我都明白的，怎么会往心里去？只是那掌柜的竟然如此污蔑我，我若是真有纵火的本事，还会被她困在客栈里吗？"

话落，戚秋拿着帕子捂嘴又咳了起来，眼尾也泛起了红。

谢夫人不了解案情，自然也不会相信眼前柔柔弱弱的戚秋会纵火，给戚秋顺着气，也道："可不是！不过你放心，殊儿问过了之后心里也就有数了，自然不会再由着她污蔑你。"

谢殊自然不会任由着蓉娘乱污蔑人，但昨日没问出来什么，自然不会就此打消疑心，肯定会派人再去查。

不过作为原著中多次帮着原身胡作非为的"刁奴"，戚秋对郑朝的办事能力还是放心的。

不等谢殊查出什么，想来她计划的事就要有动静了……

说话间，大夫来了。为戚秋诊了脉，开了药，谢夫人吩咐人拿了药方下去煎药。

用过了早膳，戚秋喝了药没多久就眼皮打架开始犯困。

谢夫人知道这是药劲儿上来了，便让戚秋回去歇着了。

一连睡了几个时辰，到了午时戚秋才被叫醒。

山峨和水泱打了水伺候戚秋洗漱，正梳头时只听外面脚步匆匆，随后丫鬟就掀了帘子通报说是谢夫人身边的嬷嬷来了。

戚秋摆了摆手，让人进来。

孙嬷嬷进来后急匆匆地行完礼，开口第一句就是："表小姐不好了，您快跟老奴去夫人院子里！"

戚秋神色一顿，让山峨绾了个简单的发髻，便跟着一同去了谢夫人处。

谢夫人等在院子门口，一见戚秋便上前拉着她的手朝外走："快快快，不等了，我们出府。"

直到上了马车，谢夫人才解释道："方才下人来报，说是戚宅着火了！我派了人去打探，却迟迟不见回来，索性我们自己去瞧瞧。"

"怎么会着火了？！"戚秋大惊。

谢夫人也直摇头，直道最近京城乱。

等马车快到戚府时才知为何打探的人迟迟未归。锦衣卫封锁了街道，正在一一排查可疑之人。

谢夫人掀开车帘，即使隔着些许距离也能瞧见戚府惨状。只见浓烟滚滚之下，戚府门头被烧了大半，连外墙都倒了半截，可见之前火势惊人。

百姓不敢凑到锦衣卫跟前，只好隔着老远看热闹，他们一路过来听到不少百姓的议论。

"幸好这火虽然大，但宅子里没住人，不然这么大的火逃都不知道往哪儿逃。"

"谁说不是，也幸亏有人撞见，在火起来的时候正好领来了衙役救火，不然火势被风一吹蔓延到别家可就糟糕了。"

"这……这……"水泱看着被烧得塌了半边门房的戚宅，急得拉住了戚秋的衣袖，"小姐，这可如何是好！"

戚秋回握上水泱颤抖的手，攥紧了，面色却是惨白，双唇抖了抖，看着谢夫人像是急得说不出来话。

"别急，我们先去瞧瞧。"谢夫人赶紧安慰道。

锦衣卫封锁了街口，好在一看是谢家的马车，通报过后还是给让了路。

走近了瞧，戚宅更是惨不忍睹，门头上挂的匾额都快被烧没了，一角落空，在上头摇摇欲坠。

谢殊就站在被烧毁的匾额下头，衣摆沾染上了污渍，脏了一圈。

他身侧还站了一个人，躬身正在回话。

谢夫人一下马车就赶紧喊了谢殊过来，回话的人也跟着走了过来，走近了才发现是个熟面孔。

水泱错愕出声："郑朝？"

郑朝抬起头，对着戚秋弯腰唤了一声："小姐。"

戚秋红着眼眶上前："郑朝，这是怎么回事？好端端的，府上怎么会着火呢！"

不等郑朝开口说话，谢殊道："戚小姐别急，府上是被人恶意纵火了。"

也不知道他到底是不是在安慰人，谢夫人嘴角一抽。

戚秋一听，果然更急了，脸色又白了一分，急喘两下后上前两步慌道："怎么会这样！是何人？为何要在戚宅纵火！"

"歹人纵火时被你府上的小厮看到了，如今锦衣卫拿了画像封锁了街道，想必歹人很快就会被抓到了。"谢殊顿了顿,"只是……歹人在戚府上下洒了药酒,虽然发现得早,但火势起得猛,戚宅暂时怕是不能住人了。"

戚秋闻言惨白着脸,身子一晃,幸好水泱手疾眼快扶住了戚秋,这才没让她跌倒在地。

山峨道:"这可怎么办,那我们岂不是没地方住了?"

谢夫人一听,自然开口说道:"怎么就没地方住了?"

[10]

谢府秋浓院正屋里,戚秋面色苍白,背靠着软枕坐在床榻上,正低声啜泣。

谢夫人在一旁温声安慰着:"快别哭了,小心伤着眼睛。你放心,有谢家和你表哥在,此事定会给你一个说法,以后你就只管住在谢府里头,你父母那边我亲自写信去说,你就别操心了。"

戚秋红着眼眶,没说"好"也没说"不好",只是哽咽道:"秋儿给姨母和表哥添麻烦了,说来脸红,这才进京没几日,就闹了这么多麻烦事出来。"

"有什么麻烦的,都是一家人不说两家话。况且这本也是你表哥该办的差事,只管让他忙活去。"谢夫人说道。

因戚宅着火的事,谢夫人连午膳都没来得及用,戚秋适时地慢慢收敛了难过,好让谢夫人能回去歇息。

水泱代替戚秋去送谢夫人,回来时见戚秋静静地坐在床上,目光微垂,不知在想什么。

想着戚秋还是因为戚宅被烧的事伤心,水泱便移到桌案边想要倒杯茶给戚秋,安慰道:"小姐别担心,有夫人的情面在,谢夫人不会不管我们的。若是小姐实在不放心,不如写封信告知老爷夫人,求他们拿主意。"

说着,水泱倒好了茶,抬头准备递给戚秋。

却见戚秋不知何时掀了被子坐在床边,双脚踩着地,脸上的泪痕早已消失不见。

日光从明亮的窗纸上透过来照在戚秋脸上,连头发丝都洒上一层金光。

戚秋抬起左手挡在额前,懒洋洋地眯着眼,哪里还见刚才那副可怜垂泪的委屈模样。

水泱顿时一愣。

见水泱望过来，戚秋弯起圆圆的杏眸一笑，冲她眨了眨眼后轻声说道："去将郑朝叫来。"

……

刑部地牢里阴暗潮湿，常年不见阳光，地上略坑洼处还有着积水，一脚踩上去，衣摆便染上一片红。

此时正值午后困倦之时，地牢外墙的藤蔓顺着墙壁向上攀爬，遮住了地牢里唯一一扇天窗。

地牢里面静悄悄的，几个狱卒围着一张方桌坐下，手撑着脸打盹。

突然"哐"的一声巨响打破了地牢的安静，地牢的大门被人从外面用力推开。

几个身穿飞鱼服的锦衣卫冷着脸一拥而入，手里还提着几个被五花大绑起来，头上套着麻袋的壮汉。

打盹的狱卒猛地惊醒，一见这阵仗赶紧上前。

谢殊走在最后面，素靴一脚踩在坑洼里，还不忘顺手关上地牢的大门："收拾几间牢房出来。"

顿了顿，谢殊扯了下嘴角笑道："有新'客人'要招待了。"

狱卒一听，顿时不寒而栗，都不敢抬头去看谢殊的神色，忙灰溜溜地招呼同伴去收拾牢房。

那几个壮汉被锦衣卫粗暴地扔进了刚收拾好的牢房里，在地上使劲儿地蚰蜒挣扎着，嘴里止不住地发出闷哼。

一名锦衣卫上前，将几人头上的麻袋取了下来。

只见这几个壮汉脸上青一块紫一块，嘴里被塞了布团。一看到身前站的锦衣卫瞬间惊恐地瞪大眼睛，身子抖着，拼命往后移。

狱卒偷瞄着，心道，这几个人被押进来时一定没少挨打，就是不知是犯了什么错。

锦衣卫虽雷霆办案，但除了审讯，还鲜有动手殴打犯人的时候，想来这几个人犯的事还不小。

谢殊走了进来。这牢房门设得矮，他进来时还需微微弯腰。

几名锦衣卫在他的示意下上前，按住抖着身子往里缩的犯人，开始搜身。

火折子、引火石、几张近几日购买药酒的单子……这几人身上都搜出了纵火之物。

狱卒心里有了数。

"大人，您看。"镇抚使将搜出来的东西递到谢殊跟前。

"拿着这几人的画像去问问这几张单子上的店家。他们买的数量多，又是近几日的事，店家应该还有印象。"谢殊道。

当日锦衣卫及时封锁了附近几条街道，拿着根据郑朝描述画出来的画像四处巡查，最终在隔壁街道一处没人住的老宅子里抓到了这几个歹人。

不仅如此，还发现因这处老宅子许久没有住人，被这几个歹人鸠占鹊巢，当作了自己的家。

锦衣卫闯进去的时候，不须仔细搜查就找到了摆在地窖里的几十桶酒水和大量装着黑油的坛子。

数量之多，显然不是一时半会儿就能搜罗齐的，怕是蓄谋已久。

这几人在戚宅纵火时，府上的小厮回府拿东西时正好撞见，知道自己不是这几人的对手，便赶紧纵马去衙门求救。

来回不过一刻钟的时间，偌大的戚宅便被烧塌了半边，可见是因为府上被洒满了药酒引火。

镇抚使曹屯光是想想就觉得后怕，这么多引火的酒、油，可以烧毁京城十几处宅子了。

花灯佳节在即，京城若是一连发生几起纵火事件，岂不是要大乱？

到时候陛下震怒后怪罪下来，恐怕不少人都要因此被责罚，被摘了乌纱帽回家种田怕都是陛下开恩。

幸好是戚府小厮正好撞见，看到了歹人模样，不然这些人放了火就跑，见势不妙再溜出京城，不知要查到猴年马月才能抓到他们。

越想越看眼前这伙贼人可恶，曹屯手握紧，顿时觉得他们反抗时他下手还是轻了。

正想着，地牢的大门再次被人从外面推开，锦衣卫千户傅吉快步走了进来，到谢殊跟前站定，双手抱拳禀报道："大人，景悦客栈着火一事，属下调查出了一些新东西，还请您过目。"

景悦客栈就是蓉娘经营的客栈。

傅吉递给谢殊一张证词："属下排查景悦客栈周边时，一家农户说那几日夜里总是看到一个身材魁梧的男子在周边晃悠打转，着火前一日夜里，那男子手上还提着一桶东西，不知是何物。"

"农户说虽然看不清那人的脸,但看到那人身上穿的衣袍背上绣了一个好似玉佩的花纹,很大。因很少见过这样的花纹,那农户的妻子便多看了两眼,所以记得很清楚,属下便让她将花纹画了下来。"

谢殊将供词翻面,只见上面歪歪扭扭画着一个花纹,果然很像是一枚玉佩。

站在一旁的曹屯也顺势看了过来,一见这花纹顿时目光一凝,眼皮一跳,惊道:"这……这不是跟……"

曹屯指向缩在牢房角落里的这几个壮汉。

那个老房子里除了放置大量的酒、油,还有一些包裹和换洗的衣物,其中有几件衣袍上就绣有与这酷似的花纹,他当时没在意,匆匆翻过之后就放下了。

曹屯赶紧吩咐人将衣袍和包裹拿进来,抖开袍子背面一看,果然是一般无二!

"这……"没料到贼人已经被抓到了,傅吉也傻了眼。

"属下这就提审这伙人。"几日的忙活眼看有了眉目,傻眼过后,曹屯和傅吉激动道。

谢殊眸子低垂,紧紧盯着衣袍背面的花纹,不知在想什么,半响后才淡淡地"嗯"了一声。

领了命,曹屯和傅吉去往牢房亲自提审犯人。

曹屯松了一口气道:"此事终于有了眉目,也不枉兄弟们辛苦这几日。"

傅吉附和:"是啊,这几日我都不敢合眼。"

顿了顿,傅吉撇嘴小声道:"就在我来时,还听到客栈掌柜的在上头攀咬大人的表妹,简直是满口胡言。若是真按她的供词去查,恐怕查到猴年马月也查不出来什么。"

曹屯冷哼:"她现在就是秋后的蚂蚱,蹦跶不了几天。前两日就连秦丞相都攀咬进来了,跟疯了一样。"

两人说着拐进了牢房里,这一审就是三个时辰。

这几个壮汉看着块头大,骨头却软,吐了不少东西出来。

曹屯和傅吉越听,眼皮跳得越厉害,彼此对视一眼,眼中都是惊疑不定。不敢犹豫,两人忙拿上了供词去找谢殊。

外头,已是落日黄昏。

街上车水马龙,人来人往,热闹非凡。朝霞之下,一抹秋色探出头,在微风中轻颤。

周遭好似一片祥和。

正屋里，戚秋打发走了屋子里的下人，又让山峨和水泱守着门，这才抬眸对郑朝说道："这段时日辛苦你了。既要跟我里应外合，又要帮着盯梢。"

郑朝连道"不敢"。

戚秋又叮嘱了郑朝几句，赏了他一吊银钱，这才浅笑着轻声说道："回去后别忘了把衣物烧掉，这件事我希望只有你知，我知，再无第三人知晓。"

郑朝心尖一颤，不敢揣测这话中深意，忙点头应"是"，手上将戚秋赏的那吊银钱抓得紧紧的。

直到退出戚秋的院子，郑朝回想这几日发生的事，仍是心有余悸，站在院子门口双肩一塌，狠狠地吐了一口气出来。

暮色已至，谢侯爷听闻戚宅被烧一事也回到了府上。

安慰了戚秋几句后，谢侯爷也表明了态度，直言让戚秋尽管在谢府住下，不必忧心住处之事。

半个时辰之后，等戚秋再从谢夫人的院子里出来时，她留住在谢府的事已板上钉钉。

系统提示音及时响起——

恭喜宿主，"长住谢府"任务已达成，奖励银钱一百两（已扣除）。玉镯一对，食谱一本，蓉娘的线索片段两个，玉全帮帮众的线索片段两个，金玫瑰三朵。

目前总剧情已进行百分之三，白莲值十九分，谢夫人好感度二十五分，谢侯爷好感度二十分，谢殊好感度五分，请宿主继续努力。

戚秋脚步猛地一顿。

她暗讽了谢殊之后，好感度反而涨了？？

……没想到你竟然是这样的男主角。

[11]

自那日审讯之后，京城全体戒严。不仅城门口严格把控排查可疑人员，禁军还奉旨挨家挨户地搜查。

面对这突如其来的严查，许多人都丈二和尚摸不着头脑，抱怨声不绝于耳，只鲜少的知情人才知道这严查背后的凶险。

水泱就总觉得她家小姐知道些什么。

自从拍板戚秋住在谢府后，谢夫人又吩咐人把秋浓院给重新修整了一番，还在院子里给戚秋置办了一间小厨房。

戚秋投桃报李，按照系统给的食谱，做了一道合谢夫人口味的蟹粉酥亲自送去。

谢夫人一吃果然赞不绝口。

戚秋见美食投喂初有成效，再接再厉，今日又做了一碟桂花香糕想要给谢夫人送去尝尝。

到了谢夫人院子，戚秋才发觉今日府上又来了客人。

京城消息传播快，戚宅被烧毁的事传出去之后，戚母娘家这边的亲戚便陆续登门过问，本以为今日依旧如此，进去之后才发觉气氛有些不对。

刚掀开帘子，就见谢夫人沉着脸不发一语，南阳侯夫人推了茶盏猛地站起身怒道："如今彬儿入狱，你这个当姨母的就打算见死不救吗！"

戚秋心里有了数。

此次京城严查，根结就在于那伙歹人的供词。

新皇登基，根基尚且不稳，便有狼子野心者在暗中苟且。这几年江湖上就异军突起了一个新兴帮派，名为玉全帮。

不仅公然跟朝廷作对，还经常暗中生事。朝廷几次围剿无果，反而助长了此帮派的嚣张气焰，行事越发放肆大胆。

这伙歹人便是玉全帮的帮众，此次他们混进京城来就是为了在上元节前夕纵火生事，扰乱民心。

而且混进来的帮众还不止他们一伙。

因为是几伙人分头行动，在原著中，这伙人也确实逍遥了一阵子，直到计划烧毁第三处宅子时，被守株待兔的谢殊带人当场抓获。

戚秋故意让郑朝将戚宅的富贵，以及主家要过几日才会搬回来住的消息透露给他们。

这伙人本就缺钱，听闻戚宅富贵，自然心动。一咬牙，便改了原先定的纵火地点。

郑朝一直蹲在戚宅附近守株待兔，见到这伙人的踪迹后便立马报官，虽然还是让他们跑了，但锦衣卫迅速封锁了街道，又有郑朝亲手描绘的歹人画像在，抓捕一事就变得轻而易举。

如此一来，戚秋既完成了寄住谢府的任务，还找到了人背锅，同时也让谢殊提早抓获了这伙歹人。

这几日全城戒严，禁军到处搜捕同伙，本就在风口浪尖上，偏偏南阳侯世子却不知收敛，跟人玩起了射火。

射火是京城近些年流行起来的射箭玩法，在箭头上擦上火油点上火，将箭射在枯草上看谁的火烧得旺。

因为有些时候火势无法控制，所以这种玩法惹出不少祸事，前些阵子刚被明令禁止，只是没有严查。

前两日，南阳侯世子又手痒，便喊了几位公子哥去了京郊偷偷玩，结果那日风吹得大，火星被风一吹火势便控制不住了，眼看火越烧越大，就要蔓延至树丛，几个人心里都发怵，便一哄而散。

好在禁军及时赶到，这才没烧到庄稼、树丛。本以为是混进京城里的其他几伙人又下了手，谁知一经排查，竟是公子哥无聊时的把戏。

魏安王大怒，下令将这几人抓进了大牢。

南阳侯夫人刚知道此事时还有些不以为然，觉得不过是一件小事，塞了银子就会将人放出来，哪承想却接连碰壁。

她这才明白此事的严重性，最终实在无法这才求到了谢夫人跟前。

毕竟谁都知道谢殊就在魏安王麾下当差，自然有几分薄面在。

她和谢夫人在未出阁时就不对付，为了儿子如今还是低了头，谁知谢夫人却丝毫不给她面子，绝口不提帮忙的事。

她气愤不已，却又无可奈何。

谢夫人自然不会因为她去为难自己的儿子，两人话赶话，便闹得有些不愉快。

戚秋进屋之后便垂首站在一旁，这事也轮不到她说话。

南阳侯夫人不甘心，又嚷嚷了两句，却全被谢夫人给挡了回去，最终只能气冲冲地走了。

等南阳侯夫人走后，戚秋这才上前，将食盒里新做的糕点拿出来："姨妈别生气，秋儿新做了糕点，姨妈尝尝。"

谢夫人中午没动几下筷子，眼下也确实饿了，便拿起了一块。

谢夫人不爱吃太甜的，戚秋依着喜好做得软糯清香，满口生津，谢夫人紧皱的眉头也终于松开了："还是你贴心。"

浅尝了几口，谢夫人却又叹了气："殊儿这阵子忙，瞧他那日回来人又瘦了一圈。"

前两日，谢殊回来用了顿午膳，只是刚放下筷子就又被王爷给遣人叫走了。

戚秋一顿："姨母担心表哥？"

谢夫人点点头："那孩子是个不懂变通的，事不忙完绝不休息，我就怕他折腾坏自己的身子。"

戚秋想起昨日系统公布的新任务，心中一动："姨母若担心，不如去瞧瞧？"

"这……"谢夫人有些犹豫，"怕是会打扰殊儿办差。"

"姨妈担心表哥吃不好，我们备上吃食给表哥送去就回来，想来也耽误不了多少时间的。"戚秋道。

谢夫人一听觉得有理，便赶紧吩咐小厨房做了几道谢殊爱吃的菜。

戚秋趁机说道："秋儿最近还学了一道参鸡汤，最是补身体了，不如做了一同给表哥送去。"

戚秋害羞道："这几日多亏姨母和表哥照拂，秋儿感激不尽，只是许多事也帮不上忙，只会做些羹汤，还望姨母和表哥不要嫌弃。"

一听这话，谢夫人便也不再推辞。

戚秋回了院子，立马掏出系统给的食谱，按照步骤做了起来。

等鸡汤煲好，谢夫人那边也备好了马车，拎上鸡汤，戚秋跟着谢夫人去了刑部。

通报过后，谢殊身边的小厮出来了。

领着二人进了刑部，小厮道："公子昨日一夜没合眼，方才睡下。"

谢夫人听了一阵心疼。

小厮将谢夫人和戚秋领到谢殊房间门口，刚欲敲门，却被谢夫人制止了："且让他再睡会儿吧，我们先去前头转转。"

小厮闻言又把谢夫人和戚秋领到了前头的小花园里。

小花园左右两侧是大牢，虽然叫作小花园，园子里却是光秃秃的，不见绿色，与谢府精致的花园相比实在过于寒酸。

眼见也没什么可转的，谢夫人和戚秋便坐在了石椅上。谁知刚坐下，离去的小厮就又匆匆地回来了。

小厮满脸为难，犹豫了下，径直走到了谢夫人跟前："夫人，南阳侯夫人来了，说是要见公子。"

一听，谢夫人如何不明白，眉头紧皱冷下脸道："我去见她！"

刚走了两步，谢夫人又想到了什么，扭头去跟戚秋说："你且留在这儿吧，不必跟我过去了。"

这次去怕是要吵起来，谢夫人不怕杨氏，可戚秋身为小辈实在没必要掺和进去，免得被杨氏那个小心眼记恨上。

戚秋明白其中的弯弯绕绕，点点头，便止了步子乖乖地等在小花园。

清风微拂，戚秋坐在石椅上，百无聊赖地玩着手里的帕子，心里盘算着系统新布置下来的任务。

不知过了多久，前面突然传来了一阵嘈杂的脚步声，还伴有女子的挣扎叫喊。

戚秋觉得这声音有些耳熟，抬头一看，果然是老熟人。

只见蓉娘蓬头垢面，穿着破烂囚服被两个侍卫押着往前走。

她手脚拼命地挣扎着，身上还有伤口往外渗血。有个侍卫嫌她吵，伸手捂住了她的嘴不让她叫喊。

或许是感受到了戚秋的目光，蓉娘看了过来。

一见是戚秋，她愣了一下后嘴里突然拼命嘶吼起来，身子也像疯了一样挣扎着，侍卫差点没拉住她。

侍卫看见戚秋也愣了一下："刑部重地，姑娘怎么跑到这儿来了？"

戚秋站起身，盈盈浅笑道："我是跟随姨母来给谢殊表哥送吃食的。"

说着，戚秋指了指身后山峨、水泱手上的食盒。

侍卫一听便明白了戚秋的身份，点点头不等再开口，手上突然传来一阵刺疼。

他下意识拿开手，低头一看，只见手指上被蓉娘咬出了一个见血的牙印。

蓉娘指着戚秋，气得身子猛烈抖动，眼中几欲喷火："就是她，就是她放火烧了我的客栈！在京城里纵火，你们为什么不抓她！"

那两个侍卫闻言皆是一愣。

蓉娘还在怒吼："不是别人，就是她，快抓她，快抓她啊你们！你们刑部难道要包藏在京城纵火的歹人不成！"

蓉娘吼得撕心裂肺，话还没说完就咳了起来。

押着蓉娘的两个侍卫看看蓉娘，再看看立在不远处不慌不忙的戚秋，彼此对视一眼后，对蓉娘的话都感到有些不知所措。

戚秋微微蹙起眉头，好似有些困惑："这位娘子的话我怎么有些不明白。"

蓉娘一听更是愤怒，都不咳了，张口骂道："我一定会杀了你的，我一定会杀了你的！"

若不是戚秋，她何须落到这般田地。

蓉娘骂得难听刺耳，山峨一听就蹦了起来："放肆，我家小姐也是你能说的？！"

两个侍卫这才猛地反应过来，赶紧伸手去捂蓉娘的嘴。

看着眼前娇娇弱弱一脸无辜的戚秋，这两个侍卫被吓出一身冷汗，心道，这人是真的疯了，谢大人的表妹也敢攀诬！

蓉娘左侧的侍卫赶紧解释道："姑娘别往心里去，这犯人被连日讯问恐怕是已经疯了，见人就咬。"

戚秋闻言点点头，睁着圆圆的杏眸，善良道："原来如此，希望人没事。"

[12]

身后突然传来一声轻笑。

戚秋扭头看去。

只见谢殊不知何时已经打开门出来了，立在她身后不远处。

他像是刚睡醒，双手背在身后，身上的飞鱼服虽然穿得板正，却是一副睡眼蒙眬的样子。

那两个侍卫赶紧躬身："谢大人。"

蓉娘看到谢殊，疯得更厉害了。

两个侍卫想捂住蓉娘的嘴，又不敢在谢殊面前坏了规矩，急出一身冷汗。

谢殊倒是不见怒气，挥了挥手道："把人押下去吧。"

那两个侍卫这才松了一口气，赶紧拖着蓉娘下去了。

蓉娘被拖走后，周遭就安静了下来，只听微风拂叶的沙沙声。

戚秋福身一礼："殊表哥。"

谢殊走上前，问得直白："你怎么来了？"

戚秋指了指食盒："姨母担心表哥，吩咐厨房做了一些吃食送来。只是方才南阳侯姨母也来了，姨母便去前头了。"

谢殊点点头，坐在跟前的石凳上。

戚秋将食盒接过，放在石桌上准备打开把里头的饭菜端出来，却不想谢殊也伸出了手，骨节分明的手指从戚秋手上接过食盒。

"我自己来吧。"谢殊道。

将饭菜摆出来，发觉已经有些凉了，戚秋轻声问道："要不还是拿下去热一热吧？"

谢殊摆了摆手，拿起筷子。

他吃得急，虽没有狼吞虎咽，但带来的饭菜不过一刻钟就被一扫而光。

放下筷子，谢殊没让戚秋和下人动手，自己收拾好了桌面上的残羹冷炙，这才冲一旁的小厮招手："母亲在哪儿？"

小厮道："还在前头被南阳侯夫人缠着，脱不开身。"

谢殊点点头，吩咐道："你去跟母亲说，我吃了刚送来的饭菜吐血晕倒了，再派出去个人装作要叫太医。"

戚秋："……"

小厮："……"

小厮在谢殊的坚持下，带着一言难尽的表情去了。

也别说，这法子听起来虽然不妥当，但被杨氏纠缠了半天的谢夫人很快就回来了。

一见谢殊好生生地坐着，谢夫人如何能不明白，嗔怪地瞪了他一眼："你这孩子。"

谢殊笑："不这样，姨母今日若是见不着我，就是缠到晚上也不会让您走的。"

锦衣卫领的差事已经办得差不多了，剩下的都是禁军搜查的活了。为了避免南阳侯夫人日日堵在刑部门口，谢殊一连几日闲散在家。

这可把谢夫人给高兴坏了，每日让小厨房换着花样做菜，戚秋也见缝插针地送过几道菜，但为了不引起谢夫人怀疑，也不好过度殷勤。

望着系统任务进展，戚秋深深地发愁。

三个月内给男主角谢殊吃自己做的饭，3/20。

三个月内亲自给男主角谢殊送绣品，0/5。

三个月内提高男主角谢殊好感度到三十分，目前好感度为五分。

一连三个任务，也就第一个任务有些许进展，其他的简直束手无策。

好在花灯节快到了。

这几日京城里已经开始张灯结彩了，灯笼挂满大街小巷。

花灯节这天，戚秋想送个荷包给谢殊。

戚秋没摸过针线，本想自己绣个试试看，结果尝试了三天，荷包没绣出来不说，手上还被戳了好几个针眼。

戚秋果断放弃，上街买了一堆荷包回来。

终于等到花灯节这天，府上热热闹闹用过了午膳之后，谢夫人道："秋儿想必还没在京城里过花灯节，等到晚上，外面街上可热闹了，有耍杂技、猜灯谜的，不如到时候让你表哥带你上街去看看可好？"

戚秋自然是求之不得，眨着眼睛故作害羞："若是能有表哥带着自然是好，就是不知表哥晚上是否有空？"

美人相邀，谢殊抬起头："有点没空。"

戚秋："……"

早知道就不多问这一嘴了。

谢夫人问："你做什么没空？"

谢殊无辜道："晚上跟人约好了要在城南角斗鸡。"

花灯节这天不仅有耍杂技、猜灯谜的，城南角还有斗鸡擂台赛。

谢殊院子里就养了一只斗鸡，毛发雪白，每天都有专人喂养，谢殊宠这只斗鸡宠得跟亲儿子似的。

戚秋还记得她翻看原著的时候，一下子就被这养鸡的男主角给震撼到了。

别的书，男主角的宠物一般都是老虎、狮子、狼，再不济也是猫猫狗狗，谢殊多高傲，人家养鸡。

平日里再高贵冷艳的谢殊也抵挡不了斗鸡擂台赛的诱惑，每到花灯节这天晚上就气宇轩昂地抱着他的斗鸡准时出现在城南角。

戚秋把这茬给忘了。

谢夫人已经看不惯谢殊院子里养的那只斗鸡很久了，闻言怒道："斗鸡重要还是带秋儿转转重要！"

谢殊欲言又止。

戚秋低下头暗暗地想，她哪配跟谢殊的"亲儿子"比。

有一年谢殊追杀逃犯的时候被人暗算伤了腿，一直卧床静养，到了花灯节那天腿还瘸着下不了地，都不忘让人给他抬到城南角。

简直是斗鸡界的楷模了。

谢殊看了一眼对面坐着的戚秋，脑子里的弦搭上，也觉得这样当众拒绝戚秋不好，刚想忍痛答应，反应过来的谢夫人就赶紧抢在他话前头开口。

谢夫人深知自己儿子是什么德行，妥协了一步："那你就先带着秋儿四处转转，再去城南角斗鸡。"

谢殊一听自然答应。

到了晚上，夜色降临，外面已然热闹了起来，天上飘起了孔明灯。

府上挂着黄澄澄的灯笼，光洒在游廊上，星星点点恰似星光。

等戚秋出了屋子，就见谢殊等在院子门口。

那只毛发雪白的斗鸡窝在谢殊怀里，用嘴亲热地啄着谢殊的手指，画面有一种说不出来的诡异温馨感。

戚秋看得嘴角一抽。

外面街上人多，戚秋和谢殊不打算坐马车，便没让下人备车，谁知刚走出府门没两步，前头一辆马车就从暗处行了出来。

马车的帘子被掀开，一张白净无瑕的小脸露了出来，对谢殊招手唤道："谢哥哥。"

女子跳下马车来，跑到谢殊跟前。

谢殊淡声道："沈小姐。"

戚秋瞬间明白了眼前女子的身份。

身为原著中的男主角和唯一的主角，谢殊怎么可能只有原身一个爱慕者，眼前这位想必就是沈国公府的三千金，谢殊忠实的爱慕者之一，沈佳期。

沈佳期弯了眉眼："谢哥哥，好巧，你也是要去城南的吗？不如我们一起。"

每年花灯节的时候谢殊几乎都会去城南角，沈佳期自是知道，所以故意等在这里。

谢殊摇摇头，婉拒道："我们要去陵安河那边，怕是不顺路。"

陵安河那条街上热闹，耍杂技、猜灯谜几乎都在那条街上，而且还可以在河里放花灯。

"我们"两个字终于让沈佳期注意到了一旁的戚秋，她问："我们？是和她一起吗？"

沈佳期转头看向戚秋："你是谁，我怎么从来没在京城里见过你？"

"我刚来京城，沈小姐自然没见过我。"戚秋自报了家门。

沈佳期小声嘟囔："原来是上门投靠的。"

戚秋温婉地笑着，只当没听见。

沈佳期本就是为了和谢殊同行这才谎称要去城南角，眼下一看，赖着要和二人同行。

系统的提示音响起：即将进入原著剧情，请同意沈小姐同行。

戚秋心神一震，努力回想着这一段剧情。

谢殊本不愿意答应的，但戚秋抢先一步点了头，他就也不好再说什么了。

弃了马车，三人一同去往陵安河。

越接近陵安河，嘈杂声越高昂。一路走来，不少女子都提着花灯，三两结伴往前走。

沈佳期本就是爱玩的性子，看着别人手中提的花灯便眼馋，闹着想要。

三人停在一处卖花灯的小摊前，看着眼前各式各样的花灯，戚秋也起了心思，放下脑中思索，挑起了花灯。

谢殊对这些东西不感兴趣，就退到一旁等她们俩挑选。

挑着挑着，戚秋就看上了一个兔子灯。

这兔子灯做得活灵活现、小巧可爱，戚秋一眼就看上了，可刚伸手还没来得及拿起来，就被另一个人径直给拿走了。

沈佳期道："店家，这个兔子灯我要了。"

戚秋："……"

她想起来了。

原著中原身也挑中了这个兔子灯，刚要拿起来却被沈佳期夺去。

原身不敢和沈佳期争执抢夺，又记恨她一路上黏着谢殊，新仇旧恨加在一起，本就愤怨，可沈佳期还在没完没了地秀着自己的兔子灯。

后来因为陵安河附近人实在是太多了，两人便和谢殊走散了，原身趁机故意将沈佳期的兔子灯烧毁。

虽然这个做法很幼稚，但确实激怒了沈佳期，事后原身还在谢殊跟前倒打一耙，两人从此结仇。

要不怎么说她能穿书，不仅跟原身同名同姓，喜欢的东西还都一样。

她虽然方才没有记起原著剧情，却和原身一样看中了这个兔子灯，又一样被沈佳期拿去，也算是完成了剧情走向。

和原身的愤懑不同，戚秋见兔子灯被沈佳期拿走后却觉得没什么可生气的。

毕竟也没规定她看上了兔子灯别人就不能看上，况且她也没来得及伸手去拿，也不见得就是沈佳期在针对她才故意抢的。

摊上就一个兔子灯，戚秋看了一圈又挑中了一个小猫的，谢殊见她俩挑好了便付了银子。

拿着花灯一路走到了陵安河，果然是人山人海。

沈佳期炫耀了一路自己的兔子灯，如今口渴了便去酒楼里买茶水，戚秋也走累了，便坐到一旁休息。

谢殊闲着无事，便站在前头看人耍猴戏。

他看了一会儿，觉得无趣，刚退出来，一个戴着面纱的女子却走到他身边。

女子福身一礼，看着有些娇柔扭捏，还回头看了一眼。

她身后站着几个女子，见她回头便娇笑成一团，又冲她挥挥手，鼓励她大胆一些。

那女子见状鼓起勇气道："这是奴家亲手绣的香囊，想赠予公子，公子若是愿意……"

花灯节里，若是郎有情，妾有意，可以互赠贴身之物，传达爱意。

谢殊若是接了香囊，回赠了玉佩，想必明日就有人登谢府说媒了。

谢殊微微退后一步，拱手婉拒："我常年奔走，身上不便带香囊，还请姑娘见谅。"

那女子便明白了谢殊的意思，虽然惋惜，但还是全了礼数后离去。

在谢殊身后的戚秋却突然被当头一棒。

她把花灯节里互赠礼物表意这事给忘了。

原著是以谢殊视角展开的，因此每年花灯节只会说到谢殊去城南角斗鸡，其他关于花灯节的内容，要么不提，要么一笔带过。原著全文有一百多万字，她哪里会记得这一笔带过的内容。

戚秋低头看了看手里的荷包，先不说谢殊不会收，就说这今日送荷包也过于不妥。

她今日给谢殊送荷包，若是被误以为在表达爱意，在谢殊好感度为五分的情况下，这样做无疑是让谢殊以后躲着她走，她还如何完成最终攻略任务。

戚秋一想到任务失败后原地去世的结果，顿时哆嗦了一下，想赶紧把手里的荷包收起来。

谁知这时谢殊却突然扭过头来。

四目相对,戚秋的手顿时一抖,荷包就从手里掉到了地上。

谢殊一顿,视线从戚秋身上移到了戚秋脚边的荷包上。

他不动声色地挑了下眉。

戚秋心中慌乱,弯腰匆忙捡起掉在地上的荷包。

面对谢殊深邃幽暗的目光,戚秋脑子一抽,说道:"这是我亲手绣的荷包,十两银子一个,表哥要买吗?"

谢殊:"?"

[13]

花灯节这日是没有宵禁的。

入夜之后的陵安河,热闹依旧不减分毫。长街之上,熙来攘往,喧闹之声不绝于耳,放眼望去便是一片太平盛景。

垂在河边的一排柳树,叶子早已失了翠绿,树梢上挂着四角玲珑灯,昏黄的光晕在夜里灿如明月,点亮了一整条长街。

柳树下,陵安河旁,戚秋和谢殊却像是被这些热闹给隔绝了。

谢殊看着戚秋手里捏着的桂花荷包,表情有些一言难尽。

戚秋在谢殊的注视下,脸上扯出一抹干巴巴的笑,想要将手里的荷包给收起来,赶紧结束这略显尴尬的场面。

正好这时,沈佳期跑了回来,隔着一段距离都能听到她的惊呼。

趁谢殊转身之际,戚秋赶紧将荷包收了起来,悻悻地松了一口气。

沈佳期被冒失的小孩撞了一下,怀里刚买回来的一堆小玩意儿掉了一地。

山峨和水泱上前帮她去捡。

撞人的小孩手里拿了一小罐东西,不知里头装的是什么,尽数都浇在了沈佳期的衣裙上。

裙子湿了半边,黏黏稠稠的,沈佳期的眉头顿时便皱了起来。

撞人的小孩子衣着破旧,看到沈佳期脏了的衣裙,一个劲儿地弯腰道歉,脸色都白了,眼里也蓄上了泪。

沈佳期见状也不好跟小孩过多计较,只能摆摆手让人走了。

"前面便是锦绣阁,不如去里面换件衣裳?"戚秋提议道。

沈佳期揪着裙摆,嫌弃地看着衣裙上的污渍,无奈道:"也只好这样了。"

去锦绣阁,谢殊便没再跟着,而是在明春楼里等着。

明春楼是京城第一酒楼,里面的厨子便是给宫里的公主、娘娘也做过膳食,适逢花灯节,酒楼里的食客更是络绎不绝。

戚秋早就想去尝尝,却一直不得空,谢夫人知道后便让人在酒楼里提早订了个位子。

等戚秋和沈佳期二人回来,明春楼二楼的走马廊里已经挤满了人,朝着外面张望,戚秋坐下来好奇地问:"怎么都围在那儿?"

沈佳期哼了一声,道:"这你都不知道。花灯节这日,陵安河里会有花船百戏,不仅如此,梨园每年也会推出一位名角来,据说今年来的便是近两年名动京城的映春姑娘。"

映春姑娘。

戚秋回忆了一下,依稀想起了这个人物。

这位映春姑娘在原著里戏份不多,戚秋也想不起来更多的,只记得在原著中描写她模样生得极美。

戌时一刻,外面传来歌舞声,走马廊里也是一阵欢呼。

一听便知是花船来了。

戚秋还没见过这样的场景,听见响动,也推开窗户往外瞧去,沈佳期紧随其后。

只见波光粼粼的陵安河上映着淡淡光晕,几艘六篷船带着浓浓夜色而来。船身两侧垂以湘帘,前后各站着几名衣着艳丽的女子,在乐声中翩翩起舞。

船身还未到跟前,便觉芬芳怡人,四方惊艳。

河岸旁已经挤满了人,男女老少皆有,纷纷朝着花船张望,欢闹声不绝于耳。

花船驶来,却并未停留,一艘接着一艘顺着陵安河向前划去。

那位映春姑娘的花船便在最后一位,还没行近,欢呼声便又大了起来。

明春楼离陵安河还有些距离,瞧得不怎么真切,却也可见船头挺立佳人的曼妙身姿。

沈佳期看了一会儿觉得不过瘾,便想凑近了瞧,于是三人又下了明春楼,朝着陵安河走去。

越到陵安河人越多,沈佳期不好去拉谢殊,又怕走散了,只好紧紧地拉着戚秋的衣袖。

临近陵安河,系统再次送来提醒。

已经进入原著剧情,请宿主完成剧情,烧毁沈家小姐的花灯。若没完成,白莲值扣十分,任选一位原著人物好感度减半。

好感度减半也就算了,白莲值扣十分她可就要没命了!

戚秋心里一咯噔,面上却是不动声色,她拉了拉沈佳期的衣袖,小声道:"这里人多,沈小姐可要拉好我。"

沈佳期不甘示弱:"这里是京城,戚小姐人生地不熟的,应该是跟好我才对。"

话虽如此,沈佳期却紧拉着戚秋的衣袖,不见松手。

戚秋见状也不争这口舌之快,反拉着沈佳期的衣袖,脸上挂着柔柔浅笑:"沈小姐说的是,那我就跟好沈小姐。"

谢殊人高马大地顶在前头,他们很快就挤到了河岸前,正好撞上映春姑娘的花船驶来。

映春姑娘果然如原著中描写的那般绝色,明眸皓齿,芳菲妩媚。

她站在船头,身上一身薄纱轻扬,莞尔一笑的样子胜过身后万千灯火。

花船上还有人在往岸边撒铜钱,岸上不少人就等着这个时候,如今牵一发而动全身,顿时引来一阵哄抢。

衙役们也不顶事,懒散地推阻着,岸上便乱了起来。

本就乱,又不知是哪个纨绔子弟带着府上家丁拥了进来。家丁蛮横地推着岸边捡铜钱的百姓,可银子当前,百姓也不肯往后退。

几番推搡下来,戚秋自己都不知道被挤到了哪里。

好在她牢牢地拉着沈佳期,两人虽被挤得头昏脑涨的,但到底没走散。

至于谢殊,果然与原著中一样,不知身影了。

等二人从混乱的岸边挤出来后,沈佳期看着刚换上的衣裙添了几个脚印,气得直跺脚:"这都什么人啊,看个花船百戏还这么大的排场,一点礼数都没有!"

抱怨完,沈佳期这才想起来找谢殊:"谢哥哥人呢!"

找了一圈,却也不见谢殊的人,她急道:"不会是被挤到另一边了吧!"

戚秋适时开口:"沈小姐,我们还是先找个地方整理一下衣装吧,这乱糟糟的怎么见人。"

沈佳期低头看了看自己的衣裙，又瞧了瞧戚秋，道了一声"晦气"后只能气鼓鼓地点头。

戚秋的发髻快被挤塌了，找了棵偏僻的树，水泱赶紧上前帮她重新梳理。

沈小姐今日是瞒着家里人出来的，身边没敢带丫鬟。

见状，戚秋笑眯眯道："沈小姐，让我的丫鬟帮你也重新梳一下头发吧，你的发髻都乱了。"

沈佳期自己也看不见，闻言不疑有他，别扭地点了点头。

山峨上前给沈佳期梳妆，戚秋伸出手微微一笑道："沈小姐，你先梳妆，花灯我先替你拿着吧。"

沈佳期拿着这个兔子灯一路，早就玩腻了，便顺势给了戚秋。

戚秋不动声色地拿过兔子灯，手上的帕子紧挨着灯面。

等梳好发髻，二人从树下走出来去寻谢殊。

沈佳期不想再提着兔子灯，便也不说将兔子灯拿回去的事。

戚秋正愁着怎么找借口一直提着兔子灯，见沈佳期不提，也乐得自己拿着。

走了没两步，耳边便有了嗡嗡声。

起初沈佳期还没在意，可等嗡嗡声大了，她这才觉得不对。

皱起眉，刚要四处查看时就听耳边传来了一声戚秋的尖叫，紧接着就见戚秋将她的兔子灯给甩了出去。

兔子灯被重重地砸在地上，顿时便坏了一角。

沈佳期本就窝了一肚子火，见状便没再客气，拧着眉扭头呵斥戚秋："你干什么，一惊一乍的！"

戚秋一副惊魂未定的样子，闻言好似有些害怕，指了指地上的兔子灯小声说道："沈小姐，顶上有蜜蜂……"

沈佳期最怕蜜蜂了，顺势看过去，只见兔子灯上停了好几只蜜蜂，嗡嗡响着，一眨眼的工夫便又飞来了几只。

沈佳期吓得后退了一步，也跟着惊呼了一声："蜜蜂！"

好在蜜蜂没有缠住人，只停在兔子灯上面。

沈佳期松了一口气，却仍是心有余悸："怎么会有蜜蜂！"

戚秋也是惨白着一张脸，摇了摇头，佯装不知："是啊，怎么会有蜜蜂。"

山峨猜测道："这附近想来是有蜂窝，会不会是方才沈小姐被撞倒时，除了衣裙，这盏灯上也被沾了糖水。"

去锦绣阁换衣裙的时候，还是山峨发现的，洒在沈佳期衣裙上的不是普通的水，而是糖水，怪不得那么黏腻。

眼见扑上来的蜜蜂越来越多，沈佳期也懒得计较这个，挥了挥手道："快，赶紧走吧。"

戚秋却没应声，而是扬起下巴对着山峨示意了一下。

山峨领悟，点点头，拿出早就准备好的火折子，跑到兔子灯跟前点燃了灯穗。

穗子一起火，蜜蜂见着明火便都飞走了，兔子灯也被烧毁了一角，不能再用了。

恭喜宿主，完成剧情，奖励随后发放。

"你这是干什么！"沈佳期虽然没打算拿回来这兔子灯，但见戚秋的丫鬟烧了她的灯，脸便又拉了下来。

"若是不烧了，蜜蜂不会走的，叮到别的人就不好了。"戚秋解释道。

戚秋抬起脸，一脸歉意："不过到底是我毁了沈小姐的花灯，这路上若是再遇到卖花灯的，我再买一个花灯赔给沈小姐。"

闻言，沈佳期也不好再说什么："罢了，一个花灯而已。"

这种兔子灯，每年花灯节到处可见，也没什么稀奇的，沈佳期见得多了，自然不会因为一个花灯过多计较。

处理完了花灯，两人一边说着，一边向前走去。

就在这时，前方人群却传来了一阵骚动。

走在前面的人群突然扭了头，个个神色慌张地往后跑去。

"这是怎么了？"山峨赶紧拉住一个人问道。

那人急忙说道："几位姑娘快往回走吧，前面出大事了，官兵都围了街！"

第二章 花朝

[14]

沈佳期一听便有些慌了："到底是出了什么事，在花灯节这天竟然惊动官兵围街。"

官兵围街可不是小事，更何况今日还是花灯节。

花灯节是开朝便有的节庆，一直沿存至今，这日便是宫里的娘娘也会开席设宴。

有时公主和皇子也会在这日溜出宫来玩耍。

今日官兵出来围街，定是出了大事！

可别是皇子、公主溜出宫被刺杀了！

沈佳期被自己的想法吓了一跳。

皇子、公主若是在宫外被刺杀，陛下大怒，她在禁卫军里当差的哥哥会不会被牵连？丽妃姑姑若是为哥哥去求情会不会被陛下迁怒？那沈国公府……

完了，沈佳期越想越紧张，她家不会被株连流放吧！

"到底发生了什么事，真是急死人了！"沈佳期急得一头汗。

山峨见状想要再问，那人却来不及再说，撒腿跑了。

余下沈佳期和戚秋面面相觑，都有些茫然。

戚秋也是傻了眼，这剧情再次走偏了吧？

原著中，原身和沈佳期拌嘴之后，一个气红了脸，另一个哭红了眼，在谢殊跟前是闹了个不欢而散。

沈佳期气冲冲地走后，谢殊让人把原身送回了府，自己欢欢喜喜地抱着"亲儿子"去了城南角。

可现在……

这是出了哪门子事？

难不成是潜伏在京城里的纵火之人没有揪出来？

如此，可能要出大事了，戚秋暗暗地想。

原著中因为纵火的江湖人士迟迟没有抓到，虽没有出现伤亡，但此事到底有损皇家颜面，一连几个官员被罚，就连谢殊也没逃掉一顿训斥。

若是今日花灯节哪里被恶意纵火，恐怕皇帝必然大怒。

若是再出现伤亡，那这个花灯节谁都别想好过了。

谢殊肯定要被责罚，谢府也会受牵连，到时如果府上的人觉得她是个扫把星，把她赶出府去，那她还怎么攻略谢殊！

若是完不成任务……

戚秋心想：我不会开始即结束，直接迈入原地去世的结局吧！

正乱糟糟地想着，山峨拉了一下戚秋的衣袖，好奇道："小姐，前面是不是又安静下来了？"

戚秋抬头看去，果然前面的骚动已经平静下来，人群也不再慌张回头看，只有两三个结伴的书生一边摇头，一边往回走。

山峨赶紧上前询问："几位公子，前面到底发生了什么大事，怎么方才那么多人都往回跑？"

那几人一听接连摇头，嘲笑道："什么大事，不过是几个公子哥花灯节胡闹罢了。"

一个书生接道："两位出身高门的贵公子为了映春姑娘大打出手，府上的家丁也跟着动了手，真是风光。如今两位公子哥一个被狗咬断了腿，另一个被水蛇咬伤了手，不仅惊动了官兵围街，而且连太医都来了，当今世道真是荒唐。"

戚秋："……"

沈佳期："……"

两人对视一眼，默默无言。

她们两个在心里稀里糊涂地想了这么多，结果……

就这，就这？

戚秋听完也想要情不自禁地跟着道一声"荒唐"。

这两位不知名的缺心眼到底是怎么做到打着架，一个让狗给咬了，另一个让水蛇给咬了。

简直让人不由得纳闷为何这场斗殴的主要战斗力如此诡异。

沈佳期就直白多了，不雅地翻了个白眼："这两个是不是有什么毛病？"

065

"干出这么丢人的事，还敢闹出这么大的动静，现下说不定满京城都知道了。到底是哪户人家能教养出这么缺心眼的人？"

沈佳期连自己被流放后，怎么在流放的路上乞讨窝窝头都想到了，结果却发现是一场闹剧，一惊吓之后说话便没再客气。

今日就没顺气过，沈佳期心里憋着火，一路跟戚秋吐槽着，还扬言一会儿一定要"认识认识"这两个缺心眼。

说着又往前走了几步，便看到了前方被官兵围起来的街道。

谢殊的小厮等在那里，正四处张望，见到二人走过来连忙迎上前："终于找到两位姑娘了。特别是沈小姐，快、快跟我来，我家公子找您有急事。"

沈佳期一惊，内心有些娇羞雀跃，喜道："谢哥哥急着找我？是有什么事情吗？还是只是担心我……"

小厮顿了一下，什么也没说，领着沈佳期和戚秋去找到了谢殊。

谢殊站在满地狼藉当中，脚下扬起的黄土和几名受了伤的家丁彰显着这场斗殴有多激烈。

谢殊身前站了两位少年，一高一矮，应该就是这场闹剧的两位主人公。

高的锦衣玉冠背对着戚秋和沈佳期，矮的看着年纪不大，浑身都湿透了，身上裹着一件小披风，正耷拉着脑袋，哭丧着脸听谢殊训诫。

沈佳期小跑到谢殊跟前，盈盈俯下身子，面带红晕："谢哥哥你找我？"

谢殊点点头，不等沈佳期再说话，干净利索地将背对着她们的高个少年拽了过来，往沈佳期跟前一推，言简意赅道："贤弟。"

那个高个少年这才尴尬地转过身，浓眉大眼，和沈佳期长得有几分相像。

少年早前打架的气焰早就熄灭了，挠了挠头，低眉顺眼地对着沈佳期弱弱地唤了一声："姐姐。"

沈佳期："……"

戚秋："？"

沈佳期傻眼了好一会儿，人都有些站不住了。瞄了一眼戚秋，整个人尴尬得恨不得当场跟谢殊养的鸡一起打鸣。

好半天她才缓过来这个劲儿，提高嗓音怒道："沈佳习！怎么是你！"

谢殊解释道："贤弟被狗咬伤了腿，动不了。派人去给国公府递信却被挡了回来，国公爷和国公夫人声称不要这个儿子了，让我们把他丢到陵安河里淹死算了。实在无法，我只好找来你将人带回去。"

沈佳期："……"

……戚秋都有些不敢去看沈佳期的脸色。

等沈家姐弟走后，谢殊看着低了他一头的少年又冷了脸，却也没再训斥，摆摆手吩咐了人备好马车。

走到戚秋跟前，谢殊破天荒地关心了一句："方才走散了，你们两个姑娘没遇上什么麻烦吧。"

戚秋佯装乖巧地摇了摇头。

谢殊又回身指了一下身后的少年，介绍了他的身份，随后道："苏和惹了祸事，我要将他送回淮阳侯府，今日怕是无法再陪你去四处转转了。"

不等戚秋开口，身后的苏和便急了："表哥你别把我送回府上，我爹知道这件事会打死我的！"

谢殊不为所动。

戚秋正好也不想再逛，闻言便顺势上了谢殊备好的马车。

一同上来的还有谢殊的鸡、苏和的狗。

戚秋的嘴角狠狠一抽。

这到底是个什么家族。

少年名叫苏和，出身淮阳侯府，论起来算是谢殊和戚秋的表弟。

此时他正摸着枕在自己脚上的狗头，为自己回府之后会有的遭遇而泪流满面。

谢殊被他哭烦了，冷着脸没忍住又训斥了两声："现在知道害怕了，跟沈家二郎打架的时候、放狗咬人的时候，你怎么不知道害怕。"

苏和闻言哭得更大声："我好好地看花船，是那个沈家二郎先找我的麻烦，我这才放旺旺去咬他的，他还把我推进河里，幸好那水蛇无毒，不然我现在就已经两腿一伸没命了！"

谢殊懒得理他，等马车到了淮阳侯府门前就把他给踹了下去。

没一会儿，苏和却又哭丧着脸爬了上来。

谢殊："？"

马车外头随后过来了一位嬷嬷。

嬷嬷低着头，语气平稳恭敬："侯爷和夫人说了，淮阳侯府养不起这么'有出息'的儿子，不让公子进家门，让老奴直接将他丢到陵安河里淹死算了。"

谢殊："……"

067

苏和不想被淹死，抱着谢殊的腿死活不丢手，连谢殊养的那只鸡都看不过去了，小跑过来啄苏和的手。

苏和养的狗护主，一边汪汪汪地叫着，一边拿爪子扒拉着鸡。

鸡毛都给扒拉掉了好几根。

谢殊养的鸡岂能受这委屈，扭头就扑棱着翅膀开始啄狗。

狗躲闪不及被啄得汪汪直叫。

一时之间，马车内鸡飞狗跳。

字面意思的那种。

戚秋人都看傻了。

苏和见自己的狗落了下风顿时心疼地高呼："表哥，管好你的鸡！"

谢殊："……"

谢殊闭了闭眼，额上却还是青筋直跳。

拎着苏和，谢殊转头又摁住了自己的鸡，压着满腔怒火让车夫掉头回谢府。

也是巧，快到谢府时正好撞上了沈家的马车。

沈二郎一看就是也没能进府门，怀里还抱着被家里人扔出来的包裹，由沈佳期陪着，估摸着也是正在寻去处。

仇人见面，分外眼红。

沈二郎抱着包裹，苏和抱着自己的狗，两人掀开车帘对着龇牙。

戚秋掏出一方祈福帕递给马车外的山峨，山峨明白，敲了沈家的马车，将这方帕子递给了沈佳期。

谢殊认出来，这方帕子应该是从花船上扔下来的。

花船上除了铜钱，今年还会扔出一百张由锦绣阁姑娘绣的福帕，这帕子上绣着经文，还是在佛前开过光的，听说能保佑女子姻缘顺遂。

沈佳期非要闹着往前凑，不过是早早知道了此事，也想要一方这样的帕子罢了。

戚秋领了烧毁她花灯的任务，心里过意不去，知道她想要这个，便努力抢了一方想要给她。

沈佳期自然知道戚秋抢了一方福帕，她虽然眼馋但也没有抢夺的道理，只能强忍着，闷闷不乐。

却没想到戚秋竟然主动将这方福帕给了她，一时之间心情有些复杂。

顿了片刻后，沈佳期接过福帕，对戚秋轻声又别扭地道了一声谢。

谢殊好奇地问："你给了她，你不要吗？"

戚秋摇摇头："我不信这个。"

戚秋确实不信这个，这福帕又不是系统给的，有攻略任务在身，这福帕保佑不了她姻缘顺遂。

戚秋看着谢殊幽幽地想，拿了福帕也没用，又不能让你突然发现我内心的真善美，让你爱我爱到雨夜流泪狂奔。

谢殊冷不丁打了个喷嚏。

回了谢府，谢殊先吩咐人给苏和收拾出了一间客房。

等苏和打着哈欠走后，戚秋正要福身告辞，却见谢殊掏了十两银子出来，递给她。

戚秋不解，诧异抬头。

谢殊抬起眸子，烛光映在其中，如洒下金光的明月，竟还有几分温柔。他缓缓说道："你那荷包不是十两银子吗？"

戚秋呆愣了一下，有些不敢置信，掏出荷包，试探性地将手里的荷包递到谢殊跟前。

谢殊接过荷包，颔首告辞："今日奔波，早些休息吧。"

在明春楼里，谢殊仔细思考了一下戚秋卖他荷包的事，认为自己想明白了。

戚秋初入京城，要花钱的地方多，戚宅又刚被烧了，手上不宽裕也实属正常，自己身为表哥怎能袖手旁观。

能帮一把就帮一把。

买了荷包，谢殊心里还挺认可自己的这个想法，越想越觉得是这个理，可还没走两步，就听戚秋在身后轻唤道："表哥，等等。"

谢殊转过身，见戚秋扭扭捏捏不好意思地走上前，面上装得云淡风轻，心里却道：看吧，表妹定是十分感动，要感谢我。

清了清嗓子，谢殊一脸矜持淡然，刚想委婉地抬手表示"别夸，害羞"——然而不等他开口，只见戚秋又迅速掏出了几个一模一样的荷包。

戚秋眸子闪着光，亮晶晶地看着谢殊，双手将荷包递到谢殊跟前，内心还有些抑制不住的小激动："表哥，我这儿还有几个荷包，你还要买吗？"

谢殊："……"

[/5]

"我怎么没有完成任务，你这系统出问题了吧？"戚秋简直难以置信。

昨日夜里她厚着脸皮一股脑儿卖给了谢殊六个荷包，本以为能顺利地完成送绣品的任务，谁知等任务结算的时候，却被系统告知送绣品任务进展仍然是零。

戚秋急了。脸都丢了，你跟我说任务没完成？

面对戚秋的质问，系统沉默了一会儿，不慌不忙地把任务提醒再次摆到戚秋跟前。

三个月内亲自给男主角谢殊送绣品，0/5。

"送"字被系统给重点圈了起来。

让你送，没让你卖。送绣品是为了表达情意，你卖掉算怎么一回事？

系统冰冷的提示音透着淡淡鄙视。

戚秋："……"

戚秋无语凝噎，只能怪自己审题不认真。

见戚秋不再抗议，系统按部就班地开始发送奖励。

完成原著戏份，目前总剧情已完成百分之五，奖励银钱一百两（已扣除），白莲值加一分。

目前宿主负债三百两银子，请于三十日内还清，超过三十日，每日利息五两银子。

还欠这么多，戚秋登时头大如牛。

因为让系统帮忙在凝晖堂伪造身体情况，戚秋被迫负债累累。

由于系统规定，戚秋手里现有的银子并不能用于还债。

这些银子就好比游戏里的初始银钱，戚秋可以随意花费，却不能返还系统。

只有通过自己挣取，书里的重要角色给予，以及完成系统任务得到的奖励银钱才会被系统承认，可以用于和系统交易还债。

所以纵使戚秋手里握着大笔银钱，却无法对系统使用，一连完成两个任务却还是成了倒欠系统三百两的"负婆"。

检测宿主已赚取了七十两银子可以用于还债，请问是否使用？

这七十两银子就是昨日卖给谢殊荷包挣的。

戚秋手里有大量"初始银钱"可以花费，这银子留着也没用，自然要用于还债。

戚秋点了"使用"。

已收取七十两银子,欠款还有二百三十两,请宿主继续努力。

怎么努力?

戚秋认真想了想,决定加快系统任务进展,争取早日完成任务,赚取任务奖励。

戚秋把水泱叫了进来,让她去外面再多买几个荷包回来。

水泱不明所以,但也没有多问,取了银钱,一个多时辰之后就将买回来的一大堆荷包摆在戚秋面前。

正好,谢夫人派人来叫戚秋去院子里用午膳。

戚秋到院子的时候,苏和和谢殊已经到了。

两个人站在院子里,苏和不安生,一会儿缠着谢殊闹,一会儿去逗谢殊养的斗鸡。

谢殊烦了,见苏和偷拔自己鸡的毛,冷着脸踢了一下他的屁股,对着自己的鸡发号施令:"小毛,啄他!"

窝在地上的小毛应声而起,抻着鸡脖子就去啄苏和。

苏和一边连蹦带跳地躲着,一边向屋里的谢夫人求救:"姑母救我,表哥让鸡啄我!"

谢夫人小睡了一会儿,方才起身,正在梳妆,听到苏和的惊呼后便让几人先进了屋。

等菜上齐,谢夫人正好从内室出来,她第一时间瞪了谢殊一眼:"赶紧把你的鸡送回院子里。"

说完,这才招呼众人坐下。

谢夫人让戚秋坐在了自己左手边,脸色稍霁,缓声说道:"昨晚的事我听说了,想来你昨晚也没玩尽兴。今日你若是还想再转转,我陪你去,也省得麻烦这个不靠谱的。"

花灯节一共三日,昨日是第一天。

戚秋倒也没什么想转的,但听谢夫人这么说,还是乖巧地点了点头。

谢夫人从身边嬷嬷手上接过一张请帖递给戚秋:"也就今日能再转转了,这是长公主府刚递过来的请帖,邀各府女眷明日去公主上做客赏玩。"

花灯节这几日,长公主总会挑个得空的日子举办宴会。

长公主消息灵通,请帖上不仅有谢夫人,还有戚秋的名。

戚秋叹了一口气。

果然,系统的提示音在下一秒缓缓响起。

即将进入原著戏份,请宿主接下请帖。

才出虎穴,又入狼窟。

真是做不完的系统任务,戚秋萎了。

用过了午膳,谢夫人便只带着戚秋出了府。

走的时候,苏和还凑近谢殊耳边小声嘟囔道:"姨母果然还是想要个女儿,戚家表姐一来,你我在姨母跟前都没地位了。"

苏和有些不高兴地拿着筷子戳碗里剩下的白饭。

以前来谢府的时候,姨母凡事都是先顾着他,如今出府玩都不带着他了。

谢殊侧目看了他一眼,皱眉道:"别戳了,把碗里的饭吃完。"

苏和知道谢殊的秉性,不敢顶嘴,端起饭幽怨地吃着。

倒是一旁谢夫人院子里的嬷嬷接了苏和的话茬,笑道:"夫人怎么会不顾及公子,只是昨日公子才闹出了事,今日还是待在府上避避风头吧。"

苏和道:"姨母这是嫌我麻烦?"

那嬷嬷顿时就不再说话了。

谢殊站起身,斜他一眼:"你不是个麻烦吗?再多嘴一句你就回淮阳侯府吧。"

苏和顿时不敢说话了,端着碗低头扒饭,眸子里闪过一丝不高兴。

等戚秋和谢夫人再回来的时候,天色已经暗了下来。

戚秋送谢夫人回了院子后,掉头去了谢殊的院子。

谢殊还没回来,戚秋便坐在一旁的亭子里等了一会儿。

大约过了半个时辰,这才等到谢殊的身影。

应该是刚办完差事,谢殊身上的官服还没有脱下来,只将官帽取下放在手里。

谢殊掠过周遭影影绰绰的树木,步伐幽幽,像是在思索什么事情。

见到戚秋,谢殊一愣:"你怎么在这儿?"

戚秋站起身,低着头,夜色笼罩之下,只露出白皙的侧脸,月色温柔朦胧,佳人如春日桃花,含羞带怯。

谢殊目光一顿,转了视线。

戚秋好似有些不好意思，手指一直揪着帕子，脸颊也染上了绯色："昨日夜里，多谢表哥买了我的荷包。"

这句迟来的感谢并没有让谢殊雀跃，面色反倒有些复杂。

戚秋低着头看不见谢殊脸上的神情，自顾自地掏出今日刚让水泱出去买的荷包，又想到了系统的交代——

让你送荷包是为了表达情意！

戚秋在心里一咬牙，为了任务豁了出去。

她软下嗓音，再抬起头时双瞳含水，眸中仿佛揉入了万千月光："为了感谢表哥，我又绣了几个荷包想要送给表哥。"

谢殊："……"

谢殊觉得自己有点疲惫了。

他深吸一口气，尽量委婉地拒绝道："表妹，我一个男子真用不上这么多荷包。"

戚秋一听面上闪过一丝受伤，捏紧荷包，她难过道："可我只会绣这些东西了。"

谢殊揉着额头，半是无奈："不过是几十两银子罢了，表妹不用放在心上。"

戚秋眼里续上了泪，难堪道："表哥不收，莫不是嫌弃我？"

谢殊："……"

谢殊拧着眉头，看戚秋几欲垂泪，终究还是妥协了："罢了，你给我吧。"

戚秋就等着这句话，闻言瞬间止住了泪水，压抑着内心的喜悦，利索地从袖中一连又掏出四个荷包，连同手里的那个一起递给了谢殊。

谢殊看着递到眼前的五个荷包，不敢置信地看向戚秋，脑袋上像顶了个大大的问号。

"你这是？"

戚秋一心惦记着自己的任务，见谢殊不收，双手捧着荷包又往谢殊跟前送了送："表哥？"

女子的手纤白细长，手上的墨绿色荷包绣得工整，谢殊的表情却有些一言难尽。

谢殊觉得自己又明白了。

他叹了口气，掏出了五十两银票准备跟戚秋一手交钱，一手交货。

却不想戚秋看到他手里的银票顿时急了："表哥，我不要银子！

"这是送给你的！"

谢殊一顿，纳闷地看着戚秋，有些不明所以。

昨日急着卖，今日为何又不收银票了？

见戚秋面带急切，看着他手里的银票压抑又克制，谢殊左思右想，又悟了。

怕是嫌银子少了。

也是。

一针一线绣出来的，又是自家人，谢殊也不好小气，又掏出了一张五十两的银票，用眼神真诚地示意戚秋——

够了吗？

戚秋："……"

戚秋急了："表哥，这真不是银子的事，这是我的一番心意！"

谢殊一听却犹豫了，看着戚秋手里的荷包，虽绣得工整，但……

罢了罢了，哄抬物价就哄抬物价吧。

谢殊又掏出了一张五十两的银票。

五个荷包，一个三十两，这可算是天价了，总不少吧？

谢殊希望戚秋能够适可而止。

一个荷包三十两，五个荷包一共一百五十两。

一百五十两，欠系统的债务直接少一大半。

戚秋看着谢殊手里的银票，心里百感交集，默默无言。

明知不应该，几经克制下却还是该死地、可耻地心动了。

回院子的路上，戚秋握着手里轻飘飘的几张银票，心里既懊恼又雀跃。

银子当前，这谁顶得住？

戚秋暗暗地劝慰自己，这不怪她，是债务太过沉重。

正想着，系统猛然冒出。

在原著剧情线中，实时监测男主角好感度。

目前男主角好感度增长，谢殊好感度为八分。

戚秋："？"

四周寂静，只闻风吹树叶的沙沙声。

戚秋整个人呆立在原地，震惊到说不出来话。

……谢殊，我真的不太懂你。

[16]

　　秋日里总是多雾，鱼肚泛白的清晨，薄雾笼罩着京城大大小小的角落。

　　灵山脚下，公主府别院的大门已经敞开，里面的奴仆正来来往往地忙碌着，公主府的管事嬷嬷更是领着府上的下人早早等在府门前恭候贵客。

　　等谢府的马车到时，上空日头已经高悬。

　　长公主这次举办的花灯宴设在了京郊别院，谢府离得远，尽管早早启程，等到公主府门前时，前头依旧停了不少马车。

　　受邀而来的各户高门女眷下了马车，偶有相熟者停留在门前悦声攀谈，相互打趣。

　　不知是哪个下人眼尖，瞧着了刚刚停稳的谢府马车，高喊了一声："谢府的马车到了。"

　　话音刚落，府门前便起了一阵窸窸窣窣的骚动。

　　听到外面的动静，戚秋这才从昏昏欲睡中醒过神。

　　今日起得早，路上又晃悠，戚秋在马车袅袅升起的熏香里强撑着睡意，无精打采。

　　跟着谢夫人下了马车，立在马车外等候的管事嬷嬷疾步上前，亲自扶着谢夫人下马车，脸上挤着满满笑意："奴婢给谢夫人请安，您快请进府，殿下方才还一直念叨着您。"

　　嬷嬷的声音透着殷勤。

　　毕竟如今放眼整个京城，除了皇室宗亲，可再没有比谢府更尊贵的人家了。

　　谢夫人一下马车，停留在府前的夫人小姐就都看了过来，蠢蠢欲动着想要上前搭话。

　　有些消息不灵通的，见到紧随谢夫人下马车的戚秋十分惊讶，不动声色地拿目光打量着戚秋，小声探听着戚秋的身份。

　　管事嬷嬷显然是早就被交代过，见到戚秋便笑着福身请了安，两句寒暄过后，亲自进府为其引路。

　　这处宅子是先帝赏赐的，原是前朝重臣的府邸，建在山脚下，依山傍水，风景别致。

　　府内更是一片繁荣，光金池前后就有三处，一花一木更是皆有章法，满眼可见尊荣。

跟着管事嬷嬷绕过长长的游廊，途经竹林路，尽头是一片湖。

湖的对面便是此次设宴的菊园。

园子里早到的夫人小姐正三五成群地左右攀谈，还没行近跟前，便能听到女子的娇笑。

偶有下人穿梭其中，奉茶倒水，园子里一片热闹。

眼前披金戴银的各府高门小姐，戚秋大致扫过一眼，在心里默默感叹：这阵仗是原著女配角齐登场了吧。

谢夫人一来，不必通传，便是园中焦点。

还未行过湖面拱桥，不少富贵穿戴的夫人就齐齐迎了上来，围在谢夫人身边招呼交谈。

谢夫人身后的戚秋自然躲不过去。

由谢夫人引荐，戚秋向各位夫人见了礼。

不论心里头是怎么想的，面上各位夫人都笑着称赞戚秋，直把戚秋夸得跟花一样。

其中一位衣着得体的夫人指着自己身后的少女，笑着见缝插针道："这是我侄女明月，也是初来京城不久，和戚小姐年纪相仿，正好能一处玩。

"明月，还愣着干什么，赶紧上前见过各位夫人。"

闻言，戚秋顿时在心里"嚯"了一声。

抬头看着上前沉默见礼的少女，戚秋暗暗咂舌。这是什么运气，一进府就遇到了原身的另一位热度很高的搭档。

同样都是孤身上京，寄人篱下，原身和井明月一见如故，臭味相投。

自这场花灯宴之后二人顺利地交了心，成了手帕之交，手牵手一起快乐地迈入了恶毒女配角的炮灰大道。

原身阴毒狠辣，井明月无脑冲动，读者亲切地给二人起了个"心脑血管"的搭档名字。

因为一个没良心，另一个没脑子，屡屡看她俩骚操作的读者被气到气血上涌，血脉偾张。

不等戚秋再多思考，"嘀"的一声后，系统提示音响起。

即将进入原著剧情，请宿主完成剧情任务，任务失败，会扣除十分白莲值。

任务一，宴会散席之前，井明月好感度达到十分以上。

任务完成奖励：蓉娘线索片段三个。

又是这个任务奖励。

戚秋眉头微紧，她至今搞不明白这个线索片段到底是什么。

如今她手上已经有五个蓉娘线索片段，完成这个任务之后就能将其开启，希望是个有用的东西。

临近晌午时分，接到请帖的各户女眷到齐，去换衣裳的绥安长公主这才姗姗来迟。

绥安长公主是先帝长女，最得先帝宠爱，当今陛下厚道，也不曾亏待为难。她虽早早死了夫君，但日子过得着实不错。

戚秋跟着谢夫人一同去给绥安长公主请安时，绥安长公主竟还给戚秋备了一份金丝红宝石头面作为见面礼。

晌午开宴，因是流水宴，规矩没那么多，有些相熟的贵女便坐在一起。

午宴吃到一半，只见一个打扮不像是公主府下人的丫鬟走到井明月身边耳语了两句，井明月甩了筷子，脸色铁青地站起身走出了席面。

一直紧盯着她的戚秋见状对谢夫人寻了个借口，也跟着溜了出去。

井明月脸色很不好看，步子迈得急，一直到前面的假山处这才停下。

假山处等着几位衣着华贵的少女，为首那个穿戴更为富贵，冷眉冷眼的样子，有些倨傲。

井明月比戚秋进京早半个月，与谢夫人的深居简出、闭门谢客不同，井明月的姑姑安夫人却是八面玲珑、长袖善舞的性子。

光井明月进京这短短数日，就已经陪同安夫人去了京中六七场宴会。

井明月在家里被宠惯了，性情蛮横，不知退让，到了京城也并无收敛，几场宴会下来，不仅没有如安夫人所愿成功融入京城贵女圈子，反倒是因为性情不讨喜而遭众人排挤嫌弃。

惹出了不少麻烦事不说，还因言语无状得罪了宫里贵妃娘娘的亲妹妹，霍娉。

霍家本也不是什么名贵世家，因意外出了一位贵妃娘娘，这才举家搬到京城。

因宫里的贵妃娘娘得宠，霍家在京城博得几分颜面，倒也鲜少有人上前招惹。

霍娉仗着家世，也是个蛮横不讲理的性子，在一次诗会上，她与井明月起了冲突，就此敌对，三天两头地找井明月的麻烦。

井明月虽气不过，可再傻也知自己不能得罪霍家，给家中添麻烦，每每面对霍娉的无理刁难，只能选择忍气吞声。

后来在花灯宴上井明月结交了原身，还是由原身出了个点子让霍娉栽了个大跟头，从此霍娉自顾不暇，再腾不出手去刁难她。

那之后井明月就化身成了原身的小迷妹，对原身的话言听计从、一诺无辞。

"井小姐怎么来得这么慢，不会是不愿意帮霍姐姐这个忙吧？"见到井明月，霍娉身边的一位小姐突然幽幽开口道。

霍娉一听脸色果然又暗下来了几分，冷哼道："磨磨蹭蹭的，若是不愿意来就尽管回去。"

井明月脸上闪过一丝难堪和愤怒，握紧手里的帕子，却什么话都不敢说，也不敢扭头就走。

她若真的走了，霍娉不会放过她的。

霍娉叫她来，是为了在这儿等长公主的儿子江琛。

霍娉心悦江琛，京城贵女无人不知。今日不知是谁探听到了江琛会来这处别院，霍娉一听便起了心思。

花灯节还没过，若是可以等宴席散了邀请江琛一同前去，岂不是美事一桩。

但长公主与宫中霍贵妃素来不和，长公主更是不喜霍娉，若是由霍娉亲自递信邀约，江琛碍于长公主也绝不会同意。

霍娉思来想去，只能让别人替她去递信。

可明知长公主不喜霍娉，还帮霍娉去递信，这不是明摆着惹长公主不喜吗？

就算平日里霍娉身边的小姐妹巴结着她，可如今事到临头，却也不愿意为了她得罪长公主。

一番商量之后，几人一致将此事推到了井明月身上。

井明月自然也是不愿，这可还是长公主别院，在长公主的眼皮子底下给江琛递信，这是全然不把长公主放在眼里。

但她不敢得罪霍娉，尽管百般不情愿，也只能来了。

霍娉将信递给井明月，下巴微抬："不论你用什么法子，这封信你必须送到江公子手里。今日酉时一刻，我要在陵安河附近看到江公子的身影，若是江公子没来……"

霍娉冷哼一声："你且等着。"

井明月咬着牙，压着满腔愤懑接过了信，捏着信的手指指尖发白。

原著里井明月替霍娉递了信，江琛自然没来。

霍娉不觉得自己是在一厢情愿，见江琛没来，便认为是井明月故意捣乱，将满腔怒火和难堪尽数撒在了井明月身上。

在系统的一声声催促下，戚秋从假山后面走了出来，仿佛没察觉到这剑拔弩张的气氛，浅笑道："明月，你怎么在这儿？"

井明月一愣。

井明月自然认识戚秋，宴会未开始时她姑母还附在她耳边小声吩咐，让她一会儿主动去找戚秋坐一起聊聊。

她自然知道自己姑母打的什么主意，可那时她因为霍娉这边的事堵心，满心烦躁，哪里还有什么心思去结交戚秋，敷衍地点了点头，却没起身。

气得姑母直点着她额头骂她傻。

想到这儿，井明月更是烦闷。

许是京城这地界跟她犯冲，来了之后竟是没有一日顺心的。姑母写信给母亲邀约她来京城时说得好好的，等她到了京城，姑母却又变了面孔。

待她不冷不热不说，还经常逼着她去京城宴会上走动。

京城里的贵女她一个都不认识，表姐表妹又不待见她，不愿跟她一块儿，她去一次宴会就落单一次，一场下来除了跟自己的丫鬟说说话，竟无人搭理。

还因为一场诗会而惹上了霍娉这个麻烦。

那次在由秦家小姐举办的诗会上，她作的一首诗压了霍娉的得了魁首，就被霍娉给记恨上了。

霍娉非说井明月是故意让她难堪，之后但凡她去的场合总是少不了她的刁难。

霍娉身边的姐妹更甚，将这明知道会得罪长公主的差事丢给她，偏偏碍于霍家，她什么都不能说。

井明月紧紧攥着手里的信，指骨凸起，微微垂下头，渐渐红了眼眶。

霍娉几人自然也认得戚秋，戚秋跟在谢夫人后面还得了长公主的赏赐，如此风光，怕是这场花灯宴过后，京城高门大户都要知道谢家来了一位表小姐。

戚秋仿佛没注意到霍娉几人投来的意味不明的目光，依旧浅笑着看向井明月，温柔道："安夫人和姨母让我来寻你，快跟我回去吧。"

井明月不解地抬起头。姑母也罢,谢夫人怎么可能会让戚秋来寻她?

有这样疑惑的显然不止井明月一人,霍娉身边的小姐上下打量着戚秋,闻言说道:"谢夫人和井小姐今日是头一次见吗?平日里又无往来,为何会突然劳动戚小姐来寻,倒是奇怪。"

她这是在点拨霍娉。

品出这话里的含义,霍娉的脸色当即就有些不好看了。

戚秋自然知道谢夫人和井明月今日才认识。可安家在京城势力不大,在霍家眼里更是不值一提,她只提安夫人的名讳,霍娉未必会放井明月回去。

今日宴席上,能唬住霍娉的除了长公主,怕是也只有谢夫人的名头了。

戚秋不慌不忙地看向那位插话的小姐,盈盈一笑,面上也不见嘲讽,平和道:"那我就不知道了,姨母只吩咐我来寻人,并未提起缘由。张小姐若是想知道,不如亲自去问。"

在原著里,这位张小姐张颖婉也乃奇人也。

[17]

张颖婉是书中唯一一位让原身这个恶毒女配角在下线前吃过闷亏的人。

张颖婉是张尚书嫡女,自幼娇生惯养,却工于心计。

她不喜霍娉却处处捧着霍娉,总在霍娉身边拱火,帮霍娉树敌。

后来原身和霍娉斗法时,她在中间可没少搅局出力,堪称这场被读者誉为"大型狗咬狗名场面"的最大受益人。

戚秋阅读原著的时候,就一度被书里的这几位经典恶毒女配角给气到直跺脚,匆匆翻过几页,等看到后面原身的惨死结局之后,戚秋果断弃了文。

没看完整本书,戚秋也不知后面的剧情,但一直到她弃文的那章,这位张小姐在读者评论区的风评都还不错。

毕竟只有她让原身这个恶毒女配角吃了闷亏。

读者在评论区里也一直猜测,原身惨死在城外庙里会不会就是她的功劳和手笔。

站在读者角度来看,张颖婉对付原身确实大快人心,可当戚秋穿书成了原身这位恶毒女配角后,就不得不提防着她。

果然,此话一出,张颖婉便适可而止地笑了笑,不再说话了。

她又不能真的跑去问谢夫人。

霍娉自然也不会真的跑去问谢夫人，见状也不好阻拦井明月离开。

井明月心中一喜，眼巴巴地看着戚秋，抬步就想跟着戚秋远离霍娉这几人。

戚秋却没急着走，她看着井明月手中的信，故意问道："明月，你手里拿的是什么，方才怎么没见你手里拿着东西？"

"啊……"井明月下意识答道，"这是霍小姐的信。"

"霍小姐的信你还拿着做什么？"戚秋舒眉一笑，"快还回去吧。"

井明月顿时愣住。

看了看手里的信，又看了看霍娉，有些不知所措。

戚秋温声催促："快别愣着了，长辈还等着我们回去呢。"

戚秋半开玩笑似的缓缓说道："你拿着霍小姐的信，也不怕等回去的时候姨母和安夫人见到时问你，看你到时候怎么说。"

霍娉心中顿时一紧。

她不怕谢夫人和安夫人知道，却担心长公主会因此知晓此事，那她约江琛去逛花灯节的事岂不是彻底没戏了。

井明月也终于反应了过来，鼓起勇气将信递还给霍娉，咬着唇大声说道："霍小姐，你的信，还给你。"

等霍娉面色不善地接过信，戚秋牵起井明月："霍小姐，那我们就先回去了，外面风大，你也早些回席面上吧。"

牵着井明月的手往前走了两步，戚秋又想起了什么似的，回头笑语盈盈道："霍小姐你的信可要拿好，千万别丢了。信这种东西最容易生惹是非，需要妥善保管，你看素日里负责往来递信的下人不都是知根知底的？就是怕因此惹出祸事。"

霍娉一怔。

井明月的手有些凉，手心里也有汗。

等脱离了霍娉她们的视线，井明月抽出手，停下脚步，看着戚秋小声道："戚小姐，其实我姑母和谢夫人并没有吩咐您来寻我吧。"

戚秋心道，这井明月现在看着也不傻，怎么在原著里那么缺心眼。她顿了顿缓缓说道："我在席面上待得闷，便出来转转，经过假山时便看到……"

井明月咬了咬下唇，难堪道："多谢戚小姐替我解围。"

戚秋没再多说什么，只是道："你放心，这件事你若是不愿意提，我是不会说出去的。"

井明月顿时松了一口气，却又有些无措，不解地抬眸看向戚秋，问道："戚小姐您为何要帮我？"

她自然不会傻到觉得凭借着上午和戚秋的一面之缘，能够让戚秋愿意出面帮她解围，甚至不惜得罪霍娉家小姐。

戚秋再次感叹井明月不傻，是原著误她，随口扯了个谎："你不用放在心上，我帮你只是因为我不喜欢霍娉罢了。"

话落，下一秒系统的提示音就接踵而来。

恭喜宿主，井明月好感度已达二十五分，完成任务，随后发放任务奖励。

戚秋："……"

戚秋匪夷所思地看向井明月，只见她一副"找到了知音"的压抑着激动情绪的模样，整个人瞬间麻木。

刚夸完你看着不傻，不缺心眼，你就敢好感度这么蹿？

这任务奖励简直就是白给。

等回了席面，井明月黏着戚秋坐到了一起，安夫人一看乐得合不拢嘴，连忙腾了位子。

午宴过后，长公主让人从暖阁里搬出来了不少花，有些鲜花本已经过了花季，养在暖阁里由专人打理，竟也生得娇艳。

井明月拉着戚秋的衣袖，跟她大倒苦水。

戚秋逐渐明白了为什么原身能和井明月一见如故，因戚秋那句话，井明月对她好感瞬间猛涨，毫无提防之心，真是什么话都能往外吐。

别说原身，就是戚秋也从来没有遇到过头一次见面就对她如此赤诚的人了。

戚秋一边慢悠悠地在园子里转悠着，一边听着井明月吐槽霍娉。

吐槽着吐槽着，就见霍娉从前方大马金刀地走了过来。

冷着脸，吊着眉，一看就知来者不善。

她身后，张颖婉也跟着姗姗走来。

井明月下意识地噤了声。

霍娉冷笑着扫了井明月一眼，最终将目光落到了戚秋身上，她递出那封信，双眸一眯，慢悠悠地威胁道："戚小姐，不知你愿不愿意帮我一个忙。"

戚秋："……"

任务二，帮霍娉去递信。

戚秋："……"

麻了，人真的麻了。

在假山时她特意暗示了霍娉一番，信不能让不相熟的人接触到，以免招惹是非，眼看霍娉开窍了，怎么如今又来？

这到底是女配角强行降智硬走剧情，还是……

戚秋看向缓缓走来的张颖婉。

……还是有人又撺掇了什么。

在系统发布任务之前，戚秋其实还是想跟霍娉再讲讲道理的。

这种事情，她究竟是怎么放心交给两个并不相熟，甚至是敌对的人的手里，她也不怕自己跟井明月拿着这封信给她整个什么幺蛾子出来吗？

或者她们两个一时气不过直接将信拿给长公主，又或者拿去丢了。

但霍娉不听，还显得十分生气。

霍娉心里本就憋着火，嘴上更是刻薄起来："我告诉你，别以为你拿着谢家压我，我就会怕你！"

霍娉越说越来气，下颌一抬，双眸迸发出一道冷光，瞪着戚秋冷哼道："且先不论谢家如何，你一个上门来投靠的表小姐，父亲一个五品小官，有什么脸面在我面前耀武扬威！"

戚秋和井明月走得靠里，有些偏僻，来往的下人不多，只偶有几位小姐路过。

瞧见霍娉盛气凌人的架势也不敢多看，匆匆扫过两眼后就拉着身边的人离去了。

霍娉见状很是得意："瞧见没有，穷乡僻壤里出来的就要懂京城的规矩，知道什么人该惹，什么人不该惹，可千万别学那些不长眼的，到时候祸及家人悔之晚矣。"

霍娉一边说，一边拿眼斜着井明月，一连冷笑两声："更别论那些心眼不实的，来京城就是为了攀附华贵，没到京城多久就日日往宴会里头钻，打的什么主意还以为别人心里不清楚。"

霍娉慢悠悠地勾了勾唇，轻蔑抬眼："别到时候权贵没巴结着，最后落得一个众人嫌的下场。"

井明月气得脸都红了，手上紧紧攥着帕子，就想要冲出去和霍娉理论，却被戚秋一把拉住。

戚秋真是恨啊！

她为什么是穿到原身这种小白花的人身上，绑定的是白莲人设。如果她穿到和霍娉一样的嚣张女配角身上，现在就可以尽情地和霍娉互撕。

或者刚才走得再远一点，再偏僻一点，人再少一点，只剩她们四人，她也可以无所畏惧地回怼霍娉。

然而眼下站得虽偏远，但沿途到底还是有人经过，她要是和霍娉在人来人往的路上互撕起来，一定会被系统判定人设崩塌的。

原地去世真的伤不起。

戚秋拉住气到不行，想冲上前去与霍娉理论的井明月。

安家也是个霍娉口中的"五品小官"，井明月若真跟霍娉吵起来，安夫人也未必会护着她，到时候还是她们二人难堪。

"怎么，教训你还不服气，还想动手打我不成？"霍娉看出了井明月的气恼，却依旧不依不饶，下巴一抬，不屑地扬眉，"你只管抬手试试看，我少一根头发，且看安家能不能护住你！"

霍娉瞪向戚秋："还有你！我就不信谢家会为了你这个不知从哪儿冒出来的表小姐而得罪我们霍家，到时候三公主是绝对不会放过你们的！"

三公主是霍娉姐姐霍贵妃的亲闺女，贵庚五岁。

也正是因为霍贵妃有公主傍身，所以霍家才敢在京城如此嚣张。

其实戚秋还挺想知道一个五岁的奶娃娃是怎么不放过她的。

但霍娉撂完狠话后，将信往戚秋身上一甩就扬长而去。

走时霍娉还不忘最后威胁一句："今日我若是见不着江公子，就唯你二人是问！"

嚣张又跋扈，倔强又自信，一个无脑女配角无疑。

戚秋哑口无言。

任务三，帮助霍娉将江琛约出来赏花灯，任务失败扣除十分白莲值。

任务成功奖励银子一百两，金玫瑰一朵。

请宿主努力完成任务，走好剧情线。

戚秋："……"

被霍娉骂了一遭之后，她还要帮着霍娉真把人给约出来，这是什么任务。

井明月等霍娉走后，还是没忍住红了眼眶，气到身子直哆嗦。

骂了几句霍娉后，井明月看着戚秋手里的信，终是咬唇说道："戚小姐，你是因我而受连累，这信还是我去送吧，不然若是被长公主知道此事，怕是对你不好。"

戚秋咬牙微笑："不，我去送。"

府内，竹林路上，几个男子攒聚而来。

为首的那个男子挤眉弄眼，打趣江琛道："你府上可是正在宴请女眷，你就这么冒冒失失地回来，不怕长公主现场给你物色娘子？"

江琛失笑："子规兄比我年长，王夫人今日也在宴会上，你还是先操心操心你自己吧。"

都知王夫人急着抱孙子，日日拿着女子的画像追着儿子问，都问到衙门里去了。

闻言，在场的几个男子都展眉爽朗地笑了起来。

为首那个男子瞬间不好意思起来，恼羞成怒地掉转了矛头。

看着走在后面俊朗挺拔的男子，为首那个男子继续说道："你们可别先笑话我，有的人府上连个通房都没有，岂不是更该着急。

"谢大公子，你说是不是。"

[18]

竹林路的另一头，是一处锦鲤池。

如今虽是秋日，但池边的翠树依旧长青。

长风卷着淡淡菊香，习习吹过，隔着一座湖也能听到对面的热闹。

锦鲤拍打着池水，水榭旁却有一位女子在微微啼哭，身旁另一位女子安慰着，脸上却也满是愁容。

江琛刚把谢殊他们带回自己的院子，正准备吩咐下人去端几碟好菜过来，就见到此景。

因知自己府上正在待客，又见这两位女子一看就是受邀而来的贵女，江琛作为府上的主家，自然要上前过问。

却不想还不等他走近，那两位女子见到他反而快步上前，为首那个长睫上还挂着泪，赶紧止住了哽咽，小心翼翼地询问道："公子可知江琛公子回府了吗？"

江琛一顿，见这两位都是生面孔，颔首回道："我就是江琛，两位姑娘找我有何事？"

这两位女子明显松了一口气，为首的那个女子轻咬着下唇，几经犹豫之后掏出一封信，递给他："这是……这是霍姑娘让我转交给公子的，还请公子收下，及时赴约。"

送封信为何会哭成这样？

江琛拧眉。

想起偶尔听见的风言风语，江琛并未直接接过信，而是皱眉问道："你……可是霍小姐为难你们了？"

这不是霍娉第一次让其他小姐来给他递信传话，神色不对、红着眼眶的却少有。

偶尔见到红着眼眶的他也疑惑，但不论他怎么问，那些小姐都三缄其口，矢口否认，丢下信就走人。

再加上霍娉每每在他跟前都是一如既往的温顺模样，他便觉得是传言不可信，以为是自己想得太多了。

可如今……

瞧着眼前虽极力忍住哽咽哭诉，却还是难掩愁倦的女子，江琛深吸了一口气缓缓吐出。

霍家小姐本性怕真的不是在自己跟前那般温顺柔和。

闻他所言，为首的那位姑娘身子猛地哆嗦了一下，脸色微白，在眼眶里打转的泪水瞬间滑落。

她匆匆地拿起帕子擦了泪，却面色慌忙地赶紧摇头，如之前几位小姐一般矢口否认："没……没有……"

姑娘咬着唇道："是我……是我心甘情愿替霍小姐送信的。"

越否认，越心酸。

姑娘脸上带着难堪，话刚落地，便又是一串泪珠掉落。

江琛已明白了大概，无奈地又叹一口气。

揉着发涨的额头，江琛看着眼前止不住落泪的女子，一看就知是被欺负得狠了。

江琛暗叹霍娉行事是越来越过火，如今府上正在举办宴席，竟也敢这般胡闹。

肆意欺负着他母亲邀请而来的贵客,这到底是看不起眼前的这两位小姐,还是看不起他们长公主府。

想着,江琛的脸色也不怎么好看了。

江琛本不该接这封信,但看眼前这两位姑娘实在是哭得太厉害了。

后头那位姑娘手上拿着帕子擦泪,低着头面显痛苦,泪水止不住地哗哗往下流。

唯恐自己不接信,更让霍娉刁难两人,江琛只好接过了信,叹息道:"我收了信,你们回去向她交差吧。"

话落,江琛欲转身就走,准备等会儿遣府上下人再把信以他的名义给霍娉送回去。

却不想江琛刚转身走了没两步,衣袖却又被人急急拉住。

回首一看,竟是为首那个女子又匆匆地追了上来,拉着他的衣袖,面露哀求:"江公子,今日霍小姐之邀,望您一定赴约。"

江琛有些犹豫,不知该如何作答。

那姑娘顿时哽咽了两声,泪水如不要钱的水珠一样往下落:"我……求、求求公子去赴霍小姐的今日之约吧……"

前头的姑娘哭,后面的姑娘也跟着哭,水榭前顿时响起阵阵啼哭,两位姑娘都快给哭成泪人了。

江琛无奈。

霍家出了一位贵妃娘娘,霍家子弟就敢如此胡闹,简直令人不齿。

看来,是要跟霍娉把话说清楚了。

如此想着,江琛点点头,一改之前的犹豫,坚定道:"你且回去跟霍小姐回话吧,我此次会准时赴约的。"

等江琛走后,井明月默默地看着江琛逐渐远去的背影,又看了看拿出帕子利索擦泪的戚秋,顿时一阵无言,对戚秋更是佩服不已。

井明月看着戚秋,欲言又止。

……她是怎么做到好像什么都没说,又好像什么都说了。

愣愣想着,井明月也抬起手上的帕子擦泪。

辛辣从帕子带到眼上,井明月顿时泪流满面。

她忘了,她手帕上还擦着洋葱汁水!

她不放心戚秋一个人来送信，跟着也要来，戚秋见状叹了口气，将自己多出来的帕子递给她一条，嘱咐她哭不出来的时候一定要拿着帕子沾沾眼角。

她一沾，果然是效果奇佳，泪如泉涌。

戚秋看着井明月被洋葱汁水辣到五官皱成一团的样子，顿时勾了唇角偷笑了起来。

井明月瞧见，顿了顿也觉得自己好笑，跟着捂嘴笑了起来。

而不远处，有人将这一幕尽收眼底。

那人扭头就跑。

……

江琛手里拿着信，仿若烫手山芋，一头扎进院子里的时候，正好遇上了从里面走出来的谢殊。

谢殊及时止住了步子，二人这才没有撞在一起。

谢殊面容有些慵懒困倦，一副懒洋洋的模样，玄色的衣袍衬得他肤色更加润白。

他眼皮微垂，见江琛紧皱着眉头，问道："这是怎么了？"

江琛犹豫了一下，把刚才的事简略地复述了一遍，叙述完垂头叹气道："你是没看见那两个姑娘哭得有多可怜，一瞧就知定是被欺负得狠了。虽然我问她们什么，她们都不肯说，还一个劲儿地帮霍家小姐打掩护，但……"

江琛想了一下两个姑娘对着他流泪的场景，不免深吸了一口气，难受道："但两人都哭成泪人了，不用再说什么，我也明白了。"

江琛自嘲道："这真是一切尽在不言中。"

谢殊："……"

谢殊自认入仕几年，为人处世还算坦荡，没什么证据的事从不胡乱猜测瞎想，可他方才不论怎么听江琛讲都觉得这件事好似有些熟悉……

谢殊不可避免地回想起了那日的府上家宴，月色格外美。

而这么美的夜晚里，初到京城的表妹是如何当着他爹娘的面，以欲言又止，欲止又言的方式给他来了一个下马威。

揉着额头，谢殊按下自己以己度人的猜测，刚想开口，就见去湖对面递信的小厮急忙忙地跑了过来。

他满头的汗，跑得气喘吁吁的，见到谢殊就道："公子，我方才在前面水榭遇上表小姐了，和另一位小姐在一起，隔得远看不清楚，两人好似刚哭过，正在抹眼泪。"

江琛："……"

他刚从水榭回来，除了那两位送信的小姐，再没遇上其他人，不会就这么巧吧……

江琛不由得傻眼道："那两位姑娘可是一位粉衣，另一位青衣？"

那小厮点点头，疑惑道："江公子怎么知道？"

江琛惊到说不出来话，心道，这都什么事。

那霍家竟然如此大胆，连谢殊的表妹也敢欺负，偏偏他刚才还声情并茂地描述了一遍。

这不是唯恐事情闹得不大吗！

江琛都不敢抬眼去看谢殊的脸色。

而暖阁里，霍娉和张颖婉听着留下盯着戚秋和井明月的丫鬟回禀。

"她们两个竟敢当着江公子的面哭，是想让江公子觉得我欺负了她俩不成！"

霍娉霍然起身，勃然大怒，咬着牙一拍桌子，恨得牙痒痒。

张颖婉微微蹙眉："竟没想到这二人还有如此心机，若是江公子因此误会你可怎么办？她们两个这样做，这次邀约，江公子怕是不会去了……"

张颖婉一脸担忧地看着霍娉，好似真的在为她着想。

其实霍娉邀约江琛，江琛十有八九都不去，可经她这么一说，好似这次江琛若是不赴约就一定是戚秋二人的错。

霍娉还没降下去的火经她这么一说又猛地蹿了起来，烧得霍娉理智全无。

她话落，霍娉就往外冲，像一阵风一样，下人根本就拦不住。

霍娉迈着急匆匆的步子，阴着脸，满园子寻着井明月和戚秋二人，终于在一处凉亭里看见二人。

见四下无人，霍娉心道，天助我也。

等她教训完戚秋和井明月，就算谢家和安家的人匆匆赶来，这两家还能当着众人的面再按住她打回来吗？

只能吃下这个哑巴亏。

霍娉想得很清楚，一个阔步就冲了上去，目露凶光，抡起胳膊就要动手。

井明月和戚秋是背对着她坐的，井明月离得近，猝不及防被她重重扇了一巴掌，顿时整个人都蒙了。

霍娉用足了力气，井明月只感觉脸上火辣辣地疼，眼泪一下就流了出来。

霍娉顿时火气又上来了，咬着牙，还欲抬手："你还敢哭！"

霍娉动作麻利，话落，手抬起就朝井明月另一边脸扇去。

井明月躲闪不及，身子一抖，泪珠滑落，下意识地闭了眼。

疼痛却没有如她预想那般落下来。

小心翼翼睁开眼时，就见戚秋牢牢地握住霍娉的手腕，也冷了脸。

霍娉双目如淬了火一般，挣扎着想要把手抽出来，嘴上还不停地叫嚣着："放手！你今日还敢打我不成……"

话还没说完，戚秋就一巴掌直直甩到了她脸上。

又重又狠，毫不留情。

别说霍娉了，就连井明月都傻了眼。

亭子里瞬间安静了下来，一旁湖水粼粼。

戚秋的眸色比冬日河水还要凉，嘴一翘，唇角扯出一抹冰冷的嘲讽弧度："还想再来吗？"

霍娉被戚秋冰冷的目光注视着，身子竟然猛地一抖。

脸上血色上涌，霍娉被风一吹，这才醒过神来开始撒泼，她捂着脸，气得浑身直发抖："反了你了，反了你了，你竟敢对我动手，知道我是谁吗！"

正巧这时，她身边的丫鬟终于赶到，霍娉指着戚秋和井明月怒不可遏地怒吼道："把她们两个给我绑了！绑了！"

霍娉身边的两个丫鬟闻言却有些犹豫。这可是在长公主府，其中一个还是谢家的客人。

如今满府都是贵客，若是将人五花大绑起来，丢人不说，这事可就要闹大了。

霍娉哪里还管得了这么多，气血翻涌，咬着牙厉声喝道："还愣着干什么，快去！"

她在家里娇生惯养长大，如今竟然被甩了巴掌，又气又辱，恨不得现在拿刀捅死戚秋。

两个丫鬟见状，只好上前。

却不想戚秋突然一把拉过霍娉，往湖边扯。

戚秋力气大一些，脚步也快，不等人反应，就见戚秋冷着脸一推，霍娉半个身子都悬在湖面上。

这片湖可不是府上自己挖的，而是连接着外面的护城河的，水可深了。真要掉下去，怕是半条命都要没了。

霍娉顿时被吓得噤了声，双目惊骇地看着戚秋。

[19]

身下湖水幽暗冰冷，深不见底，粼粼波澜。

霍娉只回头扫了一眼就吓得浑身一哆嗦，额上冒出几滴冷汗来。

"小姐！"两个丫鬟人也被吓傻了，急声惊呼："戚小姐你疯了吗？快放开我家小姐！我家小姐有什么事，霍家是不会放过你的！"

丫鬟的惊呼又让霍娉找回了点底气，她色厉内荏道："你、你敢推我下去吗，我姐姐可是宫中贵妃！她、她要是知道此事，你就别想活着离开京城！"

戚秋听完，微垂着头，看着像是真的认真思索了起来。

霍娉瞬间安了一半的心，抬高音调，厉声道："还不赶紧拉我上去，小心……"

霍娉看着戚秋，目露凶光，心道，等戚秋把自己拉上去，别说她了，整个戚家都别想落好，统统都要下大牢！

一起去死！

戚秋缓缓抬起头，看着霍娉，像是想明白了，淡淡道："你说得对，这件事若是传出去，贵妃娘娘自然不会放过我。"

不等霍娉面露得意，戚秋漫不经心道："但是，如果你死了，这件事就死无对证，谁也不知道是我把你推下去的。"

话落，不等霍娉反应，戚秋手上突然用力，霍娉悬空的上半身顿时又往下倒了倒。

半个身子都栽了下去。

霍娉惊恐地瞪大眼睛，大惊失色。

手上胡乱地扒到戚秋的衣袖后，霍娉死死拽住，嘴张得老大，却一点声音都发不出来。

"别、别、别……"霍娉脸上淌着泪，身子因害怕而剧烈抖动，好半天才找回自己的声音。

戚秋在霍娉惊惧的眼神中，好整以暇地给霍娉说着前面公主府的布局："这里是公主府最偏的一个角落,前面是成片的竹林子,根本没路,不会有人经过。后面长长的竹林路通往湖对面,很少会有人往这边走,就算有人经过,如今也被我的丫鬟守着,来人会随时回来通报。"

戚秋扭头扫了一眼霍娉的丫鬟:"把你推下去之后,我再把你的两个丫鬟也推下去。湖水冰冷又深,用不了一刻钟你们三个就会没了声息,到时候死无对证,谁也不知道是我把你们推下去的。"

那两个丫鬟一听,心都提到嗓子眼里,扭头就想跑,却被山峨笑眯眯地给拦住了。

霍娉听得毛骨悚然,看着戚秋冰冷的面容,狠狠地打了个冷战。

她如今哭得涕泪四淌、泪眼模糊,哪里还有之前那般趾高气扬、盛气凌人的模样。

戚秋冷笑了一声:"我还以为霍小姐多威风,这就怕了?"

霍娉怕得都说不出来话,只能一个劲儿地求饶:"我错了,我真的错了。戚小姐,你放过我……我真的知道错了。求求你,拉我上去吧,让我上去吧……"

霍娉紧紧拉着戚秋的衣袖,失声痛哭终于变成了号啕大哭:"我保证上去之后不会找你麻烦,不会找你和戚家的麻烦。"

她眼睛慌乱地乱瞟着,瞄到了站在一旁不知所措的井明月,终于想起来跟井明月道歉:"井小姐我错了,我不应该因为诗会上的事斤斤计较,处处针对你。我错了,向你道歉,你帮我求求戚小姐让我上来吧。"

井明月心惊胆战地站立在一旁,闻言更是不知所措,咬着唇看了看戚秋,决定当自己什么都没听见。

霍娉今日总算是体会到了孤立无援的滋味。

往日里,她欺压这个,对那个蛮横,在宴席诗会里当众泼水打人,设计让人出丑蒙羞,也曾推人下过水。

因她做的恶事,回去上吊的都有。

如今,自己也终于体会到了这个恶果。

霍娉扒着戚秋的手,还在苦苦哀求,哭得不能自已。

戚秋冷眼看着她哭得呼天喊地,半刻,终是收回了手把人给拽了回来。

戚秋自然不能真的把霍娉给推下去。

先不论别的,这里可是长公主府别院,湖对面还开着花灯宴。

如此场合，霍娉贵女死在这里，一定会被下令彻查。这里就算真的四下无人，杀了人也总会留下痕迹。

况且，戚秋也做不到丧心病狂地将霍娉两个无辜的丫鬟推下湖水，杀人灭口。

方才所言，不过是为了恐吓霍娉罢了。

不然……戚秋看着瘫倒在地，半天都没回过神来的霍娉也有些无奈。

不然若是不一次就将霍娉唬住，凭霍娉睚眦必报的性情，岂不是要闹个天翻地覆。

当然，戚秋也不指望方才的架势能彻底唬住她，让她躲着自己走。

戚秋走上前。

霍娉正在两个丫鬟的安抚下大口喘息，仍是心有余悸。

见戚秋走过来，霍娉紧紧拉着丫鬟的手，满眼警惕，身子不由得往后缩："你……你又想干什么！"

戚秋上前，两个丫鬟竟也不敢拦，戚秋道："一会儿就来人了，霍小姐想好怎么说了吗？"

霍娉额头狠狠一抽，终是不甘心就这么放过戚秋，恨恨道："你还想让我替你要把我推下湖水的事打掩护不成？"

见戚秋眼又眯了起来，霍娉一哆嗦，又软了下来："你、你不是说这里偏僻不会有人过来吗？一会儿回去时我什么都不说就是了。"

戚秋慢悠悠地答了霍娉第一句话："你不是在替我打掩护，而是替我们打掩护。"

霍娉不解，又想回撑，却听戚秋附在她耳边小声说道："看看这片湖，你就没想到过沉在陵安河里的金三公子吗？"

金三公子是金府金家的，也是个目中无人的蛮横主，在上元节的一日和霍娉起了冲突，两人狗咬狗，霍娉气急上头就把人推下了湖水。

等回过神时，人已经沉下去了。

霍娉吓得魄荡魂飞，后来还是霍家动了手脚，将人做出一副酒后溺死的假象，这才将此事掩盖过去。

原著里原身上京之后不知如何知道了此事，找人大肆宣扬了出去，这事便捂不住了。

金家在京城里也算得上显贵高门，一连几道折子递到皇帝案前，便是颇受宠爱的贵妃娘娘也护不住霍娉了。

霍娉猛地看向戚秋，失声尖厉道："你怎么会知道此事！"

戚秋可惜道："我还以为方才霍小姐会想起此事，却不想霍小姐贵人事多，早就忘记了。"

在霍娉惊惧的目光中，戚秋翘唇一笑："现在知道一会儿该怎么说了吗？"

……

"霍小姐是个急性子，我拦不住她，只好来报给长公主和两位夫人。都是京中姐妹，可别因为这点嫌隙闹出点什么难堪事才是。"张颖婉手里捏着帕子，疾步走着，满脸担心。

她身侧跟着长公主、谢夫人和霍娉的母亲霍夫人。

三人都是沉着脸，不发一言。

张颖婉见状，终是心满意足。

霍娉气呼呼地冲出去，下手一定不会轻，想必那位戚家小姐最轻也要破了相。

等她将谢夫人和长公主领去，便是有霍夫人在，也定是护不住霍娉。

这次，定要让她吃吃苦头！

张颖婉眼里闪过一丝厌恶，但转瞬即逝。

想到戚秋，张颖婉淡淡地叹了口气，在心里暗暗道：怪只怪这位表小姐命不好，这事正好轮到了她头上，这可怨不了我。

为了对付霍娉，她也实在没办法，只能牺牲一下这个无关紧要的人了。

边走着，张颖婉继续蹙眉说道："娉儿性情急，戚小姐去跟江公子递信又正好让她撞见，这才生出了这许多是非。我也是实在无法了，唯恐二人打起来，岂不是……唉。"

都知道霍娉是个什么性格，霍夫人心里是又急又忧，看着谢夫人冷若冰霜的面孔，顿感一阵无力。

谢夫人心里也是又急又怒。急，怕戚秋出事；怒，霍家竟如此大胆。

绥安长公主脸色也很是不好看，在她的宴席上闹出这种事，不是摆明了要给她难堪？这是丝毫不把她放在眼里。

还有那个戚家小姐，什么身份，也敢来勾引她的儿子！

张颖婉是故意将送信的事隐去霍娉的部分，尽数都推到戚秋身上。

都知道霍娉喜欢江琛，戚秋给江琛送信被她撞见这事也能圆得整齐些，不至于没头没脑的，引人去深查。

张颖婉叹气道："这件事说来说去，源头还在小女儿家难以启齿的小心思上面。还请长公主一会儿劝劝二人，婚姻大事应由长辈做主……"

张颖婉话还没说完，只见已经疾步在前头的三位夫人脚步都突然一顿，停了下来。

张颖婉也是一愣，有些纳闷，却又不好绕到前面去瞧是怎么了。

好在，很快三位夫人又疾步往前面冲了过去。

张颖婉想着怕是两人打起来了，把三位夫人吓了一跳，嘴上又不尴不尬地继续劝道："且不要因为此事继续胡闹争斗了……"

等她拐过拐角，嘴里的话就猛然停住。

只见前头不远处的凉亭里，微风徐徐，暖阳不燥。

戚秋和霍娉面对面坐着，下着棋，有说有笑的样子。一旁还坐着井明月，正木着一张脸看着她们俩。

张颖婉难以置信地看傻了，而她身前几位夫人已经冲上前去，只留下她那句"胡闹争斗"散在微风里，很是尴尬。

霍夫人先疾步冲了上去，不等众人反应，一把扯过霍娉，急声道："这是怎么一回事？你为何会在这儿！"

她被张颖婉的话吓了一路，就怕霍娉一个冲动，打了戚家那个。

她不像霍娉想法那么单纯，唯恐因为此事得罪了谢家，谁都知道谢家的儿子在什么地方当差！

如今眼见两人这么好好地坐着，松了一口气的同时，霍夫人又不禁开始怀疑起来。

谢夫人也扯过了戚秋左看右看，戚秋温婉地笑着："姨母，瞧您脚步匆匆的样子，怎么了？"

长公主不禁问道："你们两个坐在这里做什么？"

戚秋指了指棋盘，轻快地答道："回长公主，臣女和霍小姐正在此处下棋。"

长公主也不禁纳闷了，转头看向张颖婉，眼眸眯了起来："张小姐，这是怎么一回事？"

三位夫人齐齐看了过来。

两位是高门显赫的夫人，一位是身处高位的长公主。

张颖婉便是再沉稳，面对这三人齐刷刷的目光，顿时也慌了神，额上起了一层薄汗："怎么你们两个……"

戚秋笑眯眯地看着张颖婉："张小姐，我们两个有什么地方不对吗？"

长公主冷哼了一声，拂袖坐下，挥了挥手，自有宫人上前将张颖婉跑来禀报的事复述了一遍。

霍娉冷眼看着，想起戚秋方才说的话。

"这条路偏僻也无人经过，我的丫鬟又一直守在附近，你说等下若是长公主或是谁匆匆赶来，是得到了谁的传信？"

霍娉冷笑，除了张颖婉知道她匆匆跑出来找戚秋的麻烦，还有谁敢探听她的事。

万万没想到，一直跟在她身后的狗也开始学会咬人了！

霍娉窝了一天的火终于有了名正言顺的理由发出来："张小姐，你这话是何意？简直胡说八道！我和戚小姐在这里好好下着棋，哪里来的什么递信传信、争斗打闹？你竟敢在长公主面前攀诬我！这些事你既说得出，就拿出实证来，难不成就打算空口辱人清白！"

霍娉劈头盖脸就是一顿斥骂。

霍夫人的脸色早已冷了下来，闻言目带厉光直直地看着张颖婉。

事情完全出乎她的意料，张颖婉嘴唇嚅动几下，终是半句话都说不出来。

她哪里能拿得出来什么证据，这事又怎么会有什么证据？

她本来打算，等霍娉对戚秋动了手之后，她带着几位夫人以及长公主赶来。

霍娉措手不及，一定会按照她的说辞把事推到戚秋身上，到时候她只用袖手旁观地看着两人狗咬狗，顶多再帮两句腔罢了。

哪承想，事情跟她想的完全不一样。

见张颖婉哑口无言的样子，霍娉眉头一展，心想：总算能出口恶气了。

戚秋手里捏着帕子，委屈道："我初入京城，连江公子的面都未曾见过，缘何会去上前递信？这种谎话张小姐竟也编得出来。"

戚秋轻微耸着小巧的鼻头，眼眶微红，眼睫微垂，可见白净精致的小脸上三分委屈，七分倔强。

戚秋难过地垂下眼，柔柔弱弱道："张小姐，你我无冤无仇，你为何要如此污蔑我。还是说，我初来乍到哪里得罪了张小姐。若是如此还请您明面告知，实在不用如此行事。"

霍娉："？？？"

霍娉震惊地看着戚秋，一口气没喘过来，哽在喉咙间不上不下，差点没把自己噎死过去。

她茫然且震惊，看着委屈又倔强、可怜又可楚的戚秋，惊得恨不得给戚秋跪下。

这、这、这跟方才冷着脸要推她下湖水的是一个人？！

回想起方才冷着面，如同一尊阎王，声称要杀人灭口的戚秋，再看看现在柔弱委屈的戚秋，霍娉在风中凌乱。

霍娉甚至开始深深地怀疑自己。难不成方才发生的一切都是自己产生的幻觉？

不然，这人人前人后怎么还有两副面孔！

有霍娉这样想法的显然不止一个。

丫鬟扶着霍娉胳膊的手猛地收紧，目瞪口呆，连把霍娉捏疼了都不知道。

戚秋哪里会管她们，再抬眼时，委屈还停留在眉间，微微抿嘴道："张小姐，还请您于此事给我一个说法。长公主也在此处，你有什么委屈还是直接讲明白的好，正好让长公主来评评理。"

这话倒是提醒了霍娉，对比戚秋，她更想收拾张颖婉，当即道："对，这可是长公主的宴会上，你竟也敢胡作非为。长公主既然已被你请来，你便只管说你的委屈，我倒要长公主评评理，我和戚小姐究竟是哪里对不起你，你要如此对我们！"

张颖婉冷汗直下，终是乱了方寸："我……"

"我"了半天，张颖婉终于想到了什么："方才在园子里，分明有人看到了你二人争吵，也看到了霍小姐把一封信甩给戚小姐。"

张颖婉也露出了三分委屈："我不知刚才霍小姐和戚小姐说了什么，可我终究是一番好意，两位小姐何苦这般咄咄逼人，把矛头指向我。"

张颖婉状似无奈道："几位夫人若是不信，可尽管派人去问。"

霍娉顿时心中一紧。

长公主又看向她和戚秋："可确有此事？"

霍娉着急地看着戚秋，希望她能找个说辞搪塞过去，却不想戚秋抬头看了看霍娉，眼神慌乱，抿了抿唇低下了头："霍小姐……霍小姐并未和我争吵，是在和我、在和我交谈罢了。"

戚秋三分吞吞吐吐，四分犹豫，脸上还带着怯，一看就知是受了欺负，不敢说实话。

霍娉顿时瞪大了眼睛，看着谢夫人和长公主投射过来的目光，冷汗也跟着下来了。

霍娉几欲吐血。她们俩到底是谁该害怕谁！

就戚秋把她半悬在湖面上，威胁她要杀人灭口和这前后两副面孔的做派，她回去至少要做五天的噩梦！

霍娉在心里暗骂戚秋。她俩现在不是一个战线的吗，怎么戚秋连她都坑？转念又一想，在园子里的时候确实有不少人看见了此事，是瞒不过去的。

现在她俩要是统一口径，咬死没有，反而证实了张颖婉方才说的话。

霍娉自己理亏，只能咬着牙说："在园子里我和戚小姐是发生了一些误会，我是说了戚小姐两句，我向戚小姐道歉。"

说完，霍娉对着戚秋福身一礼。

戚秋往后退了一步："哪有这么严重，霍小姐不必多礼。"

见戚秋没承霍娉这个礼，霍夫人紧蹙的眉头这才稍稍松开。

"至于那封信。"戚秋掏出来递给长公主，"想来张姑娘说的是这封吧。这是霍小姐写给我的，让我等下来这座凉亭等她，她有话要问我，跟江公子毫无关系。"

原来方才戚秋吩咐自己丫鬟的就是这件事。霍娉咬牙，戚秋分明是故意的！

戚秋早就想到了这一层，却不曾跟她说过，就是为了让她在众人面前对戚秋福身道歉。

霍娉又气又怕，又不免庆幸。

幸好她们两个现在是一根绳上的蚂蚱，不然就是十个她也不是戚秋的对手。

见状，张颖婉终是急了："戚小姐确实有向江公子递信，是霍小姐吩咐她去的，长公主可派人去询问江公子。"

长公主眉头瞬间就蹙起来了。

她可不愿将此事牵扯到自己儿子头上，但身旁两位夫人看着，她也不好多说什么。

轻飘飘地扫了一眼张颖婉后，她刚想挥手派人去问，却不想远处江琛的小厮疾步走来。

小厮走上前来，对着长公主回禀道："殿下，公子和其他几位公子在院子里喝得有些醉了，奴才不知该怎么办，只好来请示殿下。"

"喝醉了？"长公主顿时一愣，"赶紧让人去备几碗醒酒汤。"

长公主惦记着江琛，只能尽快处理了眼前事，赶紧询问小厮道："今日你可曾见有人给琛儿送过什么信吗？"

张颖婉手上紧紧攥着帕子，急切地看向小厮。

小厮摇头恭敬地答道："奴才一直跟在公子身后，不曾见有人前来递过什么信。"

张颖婉顿时双肩一垮，只觉眼前一黑，知道自己再无辩解的余地。

谢夫人一直将戚秋护在身后，沉默半晌，闻言也开了口："秋儿进京不久，一直在府上待着未曾出过府门，今日是头一遭。若说给江公子递信，她怕是人都不认识，张小姐此言也过于滑稽。"

霍夫人也冷腔冷调道："张小姐方才还说是戚小姐给江公子递信被小女看见，如今却又改了说辞，变成小女让戚小姐去递信。

"你口口声声说，小女和戚小姐起了争执。若真如你所说，那小女又怎么会让跟自己起了争执的人去帮她递信，她脑子坏掉了不成！"

霍夫人说得掷地有声。

戚秋："……"

霍娉："……"

霍娉一张脸涨得通红，面对戚秋似有若无瞟过来的嘲笑目光，恼羞成怒，都要将手里的帕子给拧烂了。

都是从这个年纪过来的，如何能不明白这些弯弯绕绕，长公主冷哼一声，看着张颖婉厌恶道："你小小年纪，嘴里竟一句实话都没有。"

霍夫人想得更远。戚家这个刚入京城，又是头一次在宴会上露面，跟张颖婉能有什么深仇大恨？她这一遭不过是冲着自己女儿来的。

不然，若她真是为了自己女儿好，听闻此事，前去禀告给自己就是了，何苦把谢夫人和长公主一同请来。

这分明是知道自己女儿的性情，故意下的圈套。

霍夫人越想越气，看了长公主一眼，幽幽开口道："就算张小姐对谁心里不满，这也是在长公主的宴会上。天家恩赐，如此胡闹，这不是蔑视皇恩吗？"

接下来的事，便不用戚秋再操心了。

狗咬狗的现场，确实精彩。

霍夫人和霍娉双管齐下，张颖婉连话都说不出来。

等到晚间的时候，宴席散去，一道圣旨和一位教习嬷嬷就被送去了张家。

[20]

江琛院子里种了几棵银杏树，已有百年寿命。

一到秋日，淡褐色的银杏叶便往下落，院子里的下人一个不留神，树下的石桌、石椅便会落上一层树叶子。

随风一吹，银杏叶纷飞，秋日落寞的气息倒也浓郁。

江琛的小厮回来时，就见江琛和谢殊坐在这纷纷落叶之中，明黄的银杏叶成了别雅的景致。

二人身前的石桌上就着银杏叶还摆了一盘刚摘下来的银杏果，上面还有点点水珠。

江琛着一身蓝衣，五官生得儒雅端庄，或是有两分醉了，正揉着眉心叹气。

倒是谢殊，着一身玄衣锦袍，坐得板正。

方才被灌了不少酒，他竟也不见醉意，手指漫不经心地敲打着石桌面。

谢殊肤色白，眼皮生得薄，眼角的那颗泪痣格外显眼，都说泪痣是深情的标志，可当他眉眼懒懒低垂的时候又总是透着桀骜和冷淡在。

淡薄又深情，生得矛盾，却又有种致命的吸引力。

也难怪即使是个冷面阎王，京城里还是会有如此多的贵女倾心于他。

小厮深吸了一口气。

他跟谢殊说话，就总是胆战，尤其是人家锦衣卫的职位在那儿摆着。

院子里的下人已经被支了出去，无人洒扫，银杏叶便又落了一院子。

小厮即使放慢脚步，踩在上面，依旧发出轻微细响，惊动了正在闭目养神的二人。

谢殊微微颔首，反应慢半拍的江琛见状赶紧问道："怎么样了，母亲可问你了？"

小厮低头将方才在凉亭的事叙述一遍，照实说："已经按照谢公子吩咐的话，讲与长公主殿下听了。"

江琛点点头，对谢殊感叹道："原来是去了东院的那座凉亭，怪不得我让陈武去寻人没寻到。"

得知了被霍娉刁难的人是谢殊表妹,唯恐谢殊不悦,江琛就赶紧派人去寻戚秋,生怕霍娉又刁难她。

谁知,陈武在湖对面寻了半天愣是没找到人。

小厮想起方才的场面,也在心里暗道:谢公子真是料事如神,隔这么老远竟也能猜到那边发生的事。

没寻到人,也没找到霍娉,他和公子心里都是一咯噔。

倒是谢公子冷静,吩咐他去盯着张家小姐。方才得知张家小姐领着长公主殿下、谢夫人和霍夫人匆匆离开宴席,便叫他跟上。

吩咐他寻个恰当的时机过去。若是戚小姐问他有没有看到有人给公子送信那就说"有";若是长公主或旁人问起,那就一概说"没有"。

果然,等他说完"没有",就瞧见戚小姐面色一松,倒是那位张小姐面如死灰,怕是不好。

江琛继续说道:"东院那边前阵子一直闹鬼,别院下人本就不多,个个都躲着东院走,想来陈武便没往东院去。"

当今陛下提倡节俭,各个府上连同其他宅子、别院的下人都要记录在册,也都有明确的下人数额,不能超出,因此像这种不常住人的别院下人都不怎么多。

谢殊眉头微紧:"闹鬼?"

江琛还在揉着眉心:"倒也不是什么大事,就是前阵子府上管事来报说,别院下人经常在东院看见有鬼魂飘,闹得整个别院的下人人心惶惶。母亲派人去查,却也没有什么眉目,许是下人以讹传讹。不过从那几日之后,鬼魂虽不见了,但下人都躲着东院走。"

谢殊点点头,不再询问了。

正巧这时,屋子里传来响动。

两人走进去一看,原是屋里喝得醉醺醺的几人打翻了酒壶。

江琛伸腰叹了口气:"子规兄最不能喝,却偏偏爱张罗这些酒席。罢了,我也不管了,等母亲来了再吩咐吧。"

顿了顿,江琛轻瞟了谢殊一眼:"我现在也要按照某人的吩咐,装成喝多了的样子。"

某人为了他表妹,给他留下一大堆烂摊子要收拾,一会儿还要装喝醉,明日肯定少不了被母亲斥责。

谢某人端端正正往那儿一站，腰杆子挺立，丝毫不见心虚。

江琛气结，没好气地说道："你对你这个表妹倒是还挺上心，还巴巴地帮人家善后。"

谢殊失笑："想什么呢。人家只身来到京城，暂住谢府，出来参加宴席让人给欺负了，我若是不闻不问，哪里对得起人家喊我的一声'表哥'。"

江琛心道，也是。

约莫过了半个时辰，长公主匆匆赶了过来，江琛立马歪倒在软榻上装醉，谢殊起身告辞。

谢夫人在宴会上也贪喝了两杯酒，便有些醉了，由戚秋和身边的嬷嬷搀扶着，却仍显吃力。

谢殊见状，大步走上前，从戚秋手里接过谢夫人。

戚秋一愣，没想到谢殊也在此处。

还是谢夫人身边的嬷嬷解释道："公子和江公子几位在附近办差，见离别院近，就过来歇歇脚。"

戚秋点点头，顿时一阵心虚。

她也不知自己心虚什么，却总觉得心里不踏实。

这莫不是男主角的气场？

低头想着，等行到马车跟前，戚秋伸出手，等着山峨来搀扶。

却不想手在半空举了半天，也不见有人扶住。戚秋疑惑地抬眸，瞬间傻眼。

只见谢殊刚把谢夫人扶上马车，她就伸出手戳到人家跟前，直愣愣的，好似等着人家搀扶。

一旁的山峨站在谢殊后边，眼巴巴地看着她，却故意装死。

戚秋："……"

看着谢殊茫然不解的眼神，戚秋一阵尴尬，刚想把手收回来，就见谢殊缓缓地伸出了手。

他没直接握住戚秋的手将人扶上来，而是手背朝上，将胳膊放在戚秋的手底下，谢殊颔首，带着一丝妥协的意味："上去吧。"

戚秋一愣，手下是谢殊伸过来的胳膊，衣袖上面绣有珠子，有些硌手。

两人离得有些近，戚秋甚至能闻到谢殊身上淡淡的酒香味，不熏人，反倒是有些醉人。

见她没有借力上来，谢殊眉眼中并没有不耐烦，只是淡淡地挑了一下眉头，他突然勾唇笑了："愣着干吗，又不要我扶了？"

戚秋这才发现谢殊眼下有一颗小小泪痣，他笑得轻松随意，扑面而来的就是雅痞感。

戚秋抿唇，扶上谢殊的胳膊，借力上了马车。

女子瘦弱，力气也是软绵绵的，温热从胳膊往上蔓延，等人掀开布帘进去，谢殊缓缓吐出一口浊气，觉得头疼得更加厉害了。

果然就不该喝那两盏酒。

谢殊揉着发涨的额头上了马车。

霍娉和霍夫人出来的时候，正好看见谢家的马车缓缓行驶。

等坐在马车上后，霍夫人总觉得今日之事略有蹊跷，皱眉道："你今日跟戚家小姐到底是怎么回事？"

她自己女儿是个什么性情她会不知道？如何会是个能低头的性子。

霍娉不耐烦地摇着头："您出府都问了一路，都说没事就是没事。"

想起戚秋的威胁，霍娉顿感一阵烦闷。

她可不想自己推金杰川的事被传遍大街小巷。

她如今恨不得躲着戚秋走，自然不会傻傻地将此事告诉她母亲。凭她母亲冲动的性子，万一惹怒了戚秋怎么办。

霍夫人见问她问不出来，掀开帘子，看向底下跟着走的嬷嬷。

那嬷嬷刚打探回来，见霍夫人探出头也是跟着摇了摇头，压低声音道："老奴向长公主府上的下人打听了，也问了小姐身边的丫鬟，都说今日之事跟戚家小姐无关，先前的冲突也不过是误会。"

霍夫人这才稍稍安心，心里暗道：奇了。

莫不是她真的想多了？

这厢霍娉烦躁着，那厢戚秋也是低着头。

马车里，即使点着熏香却也依旧遮盖不了谢夫人和谢殊身上的酒香气。随着马车摇晃，清风微徐，泛着淡淡霞色，谢殊的脸忽明忽暗。

不知走了多久，进了城，马车便慢了下来。

人声喧闹，今日是花灯节最后一天了，人比头一天还多，挤得马车半天才能挪一步。

戚秋掀开车帘，发现许多人手上都拿着一样的孔明灯，上头抄有佛经，只印的花色不同。

谢夫人身边的嬷嬷也探出头看了两眼，惊讶道："这佛经瞧着像是从相国寺抄来的，莫不是今年相国寺发孔明灯了？"

往前一瞧，果真如此。

只见相国寺门前挤满了人，有僧人正在发放孔明灯。

谢夫人从昏昏欲睡中醒过神来，也朝外面瞧了两眼。

她怕戚秋因为今日宴会上的事不高兴，便提议道："这相国寺发的孔明灯是有好寓意的，秋儿不如也下去领一个？时间还早，正好凑凑热闹，等放完灯再回府也不迟。"

戚秋还未放过孔明灯，闻言便有些心动。

谢夫人瞧出来了，便对谢殊吩咐道："你跟秋儿一起吧，街上人多，怕乱。"

戚秋抬眼看向谢殊，她觉得谢殊不会答应。

看着他眼下的乌青和不停揉眉的举止，就知谢殊这会儿定是疲倦不堪。

谢殊缓缓睁开眸子，眼中略有血丝。

他愣了半晌像是没听懂谢夫人说的话，若是谢夫人还清醒着就会发现他此刻人也是蒙蒙的。

停顿了半晌，谢殊像是终于反应了过来，点了点头，在戚秋讶异的眼神中道了一声"好"。

马车停下，将二人放了下来。

戚秋觉得自己应该关心谢殊两句，可没等她开口，谢殊突然说道："戚表妹。"

这还是谢殊头一次唤戚秋"戚表妹"，以往都称呼其"戚小姐"。

谢殊说："下次若是再遇到有人刁难你，就不要再自己硬撑着了。"

戚秋一愣。

谢殊声音被酒气沾染，竟还有几分温柔，继续说道："你既然唤我一声'表哥'，唤母亲一声'姨母'，我们便是你的靠山。在京城里，还用不着你忍气吞声，自己一个人顶在前头。"

晚霞已临，漫天胭脂色，暮色四垂。

谢殊的眼眸中染上绮丽。

戚秋娇唇微启，怔怔地看着谢殊，一时竟也不知道该说些什么。

谢殊看出她的无措，轻笑了一声，身后的晚霞灼目耀眼。

他没再继续说下去,而是朝前走去。

"走吧,去放孔明灯。"

恭喜宿主,剧情任务已完成。总剧情已完成百分之十,谢夫人好感度二十五分,井明月好感度三十九分,霍婷好感度一分,张颖婉好感度零分。

谢殊好感度八分。

谢殊的好感度并未增加。

[21]

外面天色已经黑沉,黑云在上空翻滚,皎月半遮面。

谢府上下挂着灯笼,也算烛火通明。

秋浓院里,下人忙里忙外地走动着。

戚秋瘫倒在床上,幽幽叹气。

翠珠今日留在府里看院子,并没有跟着出府。

瞧戚秋这副无精打采的样子,她不禁笑着问道:"小姐这是怎么了?出府一趟回来怎么还忧心忡忡的。"

戚秋不禁再次回想起傍晚和谢殊的独处,又是一声叹息。

为自己前路茫茫的攻略任务。

傍晚的时候,街上熙熙攘攘,络绎不绝。

尤其是相国寺门口,发放孔明灯的台下挤满了人。

两人身边都没跟着下人,谢殊让戚秋等在原地,也没亮身份张扬,默默挤进人群替戚秋要了一个孔明灯回来。

戚秋问:"表哥,你不要一个吗?"

谢殊摇头,拂着刚才被挤得发皱的衣袖:"我不信这个。"

男主角大都是不信这个的,戚秋毫不意外地点点头。

提着孔明灯,二人跟着人群一同来到陵安河旁边。

陵安河长,此时两岸已经站满了人。

戚秋和谢殊好不容易在石拱桥左面找到了个插缝的空位。

谢殊酒意上来了,头有些发蒙,他阔步坐到石桥旁边的巨石上面,衣裳的布料价值不菲,他也不嫌脏。

揉着眉心，谢殊缓缓地吐出一口浊气。

枯黄的柳树上挂着六角玲珑灯，昏黄的光晕正好散在他脸上。

烛光摇晃刺眼，谢殊皱了皱眉，睁开眼，就见戚秋站在一旁好奇地瞅着他。

谢殊一愣："怎么了？"

戚秋收回自己偷瞄的目光，咬唇会心一笑，又是一位善解人意的好表妹："表哥，辛苦你今日陪我，其实我自己一个人也是没关系的。"

才怪。

攻略任务在前，戚秋自然希望能和谢殊多一些独处的机会。

戚秋方才只是想看看谢殊喝醉了酒的模样。

原著里有写过谢殊是不善饮酒的，还因三杯倒没少被身边的几位公子哥打趣。

而且，喝醉酒后的谢殊会酒气上头，脸会红。

戚秋又暗暗地偷瞄了一眼谢殊。

身旁是幽暗河水，秋风一吹，水波荡漾，懒风中夹杂着淡淡甜腻的酒香。

还有戚秋身上淡淡的桂花香气。

这香气像是从她随身携带的香囊里传出来的。

谢殊愣了一会儿神，头脑不清不楚地想：这香气还挺好闻的，我也想要。

可以用来遮遮身上的酒气。

左手放在膝盖上，谢殊脑袋埋在顶上，右手耷拉在后颈处，指骨白皙细长。

衣袖敞开，谢殊手腕上突起的地方，隐隐露出一道不太明显的细长疤痕。

不狰狞，却也可见当时受伤时的严重。

不然也不会经过十多年的漫长岁月，用了上好的退痕药，依旧在谢殊手上留下了这么一道浅浅的疤痕。

谢殊小声嘟囔了几句。

戚秋觉得像是在对她说的，没听清，只好又往谢殊跟前凑了凑。

经过微风的吹拂，谢殊身上浓郁的酒香已经散了不少。

戚秋凑近了问道："表哥，你方才说什么？"

谢殊却不再说话了。

他埋着头，戚秋看不见他的脸色，但见他耳朵根都红了。

戚秋大惊，谢殊不会已经醉了吧！

说好的自知酒量不好不会多饮呢？

说好的即使喝醉了酒也会赶紧回家呢？

男主角的克制理性哪儿去了？

在马车上她就怀疑谢殊是喝醉了，因他一直在揉额头。可没想到谢殊同意了谢夫人的话，陪着她一起下了马车。

她便以为，谢殊是这几日累的，其实并没有饮多少酒。

哪承想，会变成现在这场面。

戚秋顿时有些急了。

这大街上，谢殊若是醉了，身边连个传信的人都没有，她可怎么把人带回府上去。

戚秋下意识凑得更近一些，低声急道："表哥，你是喝醉了吗？我不放孔明灯了，你能站起来吗？我们回府去。"

谢殊只觉得脑袋嗡嗡作响，那些被刻意遗忘和不愿回想起的细节在脑海里交叉贯穿，搅得他额头生疼，呼吸都急促了起来。

直到，一声软绵绵的询问在耳边响起。

女子离得近，气若幽兰，身上的桂花香气也更加芬芳。

谢殊茫然地睁开眼，深邃的双目有着淡淡血丝。

他愣愣地看着戚秋，如同生锈般的脑子终于想起了戚秋是谁。

女子柳眉杏眸，巴掌大的小脸精致又惊艳，此时微微蹙眉，脸上写满了担忧。

谢殊喉结上下一滚。

脑子里杂乱的画面突然消失，他猛地回想起来那日雨夜，京城四角巷里。

天上打着雷，大雨倾盆……

戚秋见他抬起头却没说话，还以为他没听清楚，便又往前俯着身子："表哥？你能站起来吗？我们回……"

话还没说完，便见谢殊微微皱眉，嘟囔道："别吹了……"

这风怎么这么多，谢殊想，一股接一股的真是恼人。

风一吹，戚秋腰间香囊的香气就尽数萦绕着他。

戚秋以为谢殊是让她别催了，刚悻悻地直起身，衣裳裙摆就被人轻轻地拉了一下。

她垂首，就见谢殊指了指她腰间的香囊，仰着脑袋。

他抿着唇，好似有些不好意思，棱角分明的俊朗面容上已经染上了一层薄薄的红晕。

一个大男人，喝完酒，薄唇居然多了一丝欲色。

"把你的香囊借我用一下好吗？"他嘟哝着，有些嫌弃自己的一身酒味，"我想熏一熏身上的酒气，不好闻。"

戚秋看了看自己腰间的香囊，又看了看谢殊，大惊失色。

这下不用问了，一定是喝醉酒了！

不等她说话，谢殊又突然想起什么似的，指尖落在腰间，终于摸到了一个银包。

他将银包递向戚秋："我有银子。"

谢殊看着戚秋，眸子里盛满昏黄光晕，不知为何看起来竟有几分可怜。

本就俊秀的面容，因眼眶是红红的，少了几分桀骜，多了几分纯真。

戚秋看看连喉结都是红红的谢殊，又看看谢殊手里的银票，咽了咽口水。

还、还有这种好事？

谢殊常年奔走在外，想必这银包里的银子定是不少吧。

拿过来，别说欠系统的银子能一下还清，恐怕她从此在系统跟前也是一个小富婆了！

谢殊还举着银包，抬头眼巴巴地看着她。

戚秋几经犹豫，最终还是忍住了想要接过的罪恶之手。

不能乘人之危，更何况这还是她的攻略目标，不能因小失大！

戚秋肉疼地取下腰间香囊，递给谢殊："不要银子，送给你。"

戚秋看着谢殊接过香囊，确认此人已醉。

满是无奈，戚秋顺口安抚他身上的酒气并不熏人后，发愁道："我总不能丢下你自己在这儿，去街东头买醒酒汤吧。"

没想到话落，谢殊掏出了一个小瓷瓶递给戚秋："我有醒酒药。"

戚秋顿时一喜，连忙接过。

旁边就有卖甜水的小摊，戚秋付过银子后招呼店家递给她一碗甜水，哄着谢殊把醒酒药给吃了下去。

等了约莫半个时辰，酒劲儿虽然还没有过去，但谢殊人已经能站起来好好说话了。

站起身的谢殊还记得提醒戚秋放孔明灯。

天已经黑了，明月却躲在云层里，不上不下。

微风和煦倦人，河边的人群大都趁着夜幕的最后一丝光亮将手里的孔明灯燃放了。

满天星河之下，孔明灯载着万千烛火徐徐上升，点亮了整个京城。

山河滚烫，星火耀眼。

戚秋怕谢殊蹚进河里，一直让他站在一旁柳树下等着，自己拿起一旁备好的毛笔写下了自己的心愿。

顿了顿，戚秋回头，看向谢殊，浅浅一笑。

柳树枯黄，玲珑灯朦胧，身后是水光潋滟的河水，头顶是万千星河的烛光。

深沉寂寞的夜色早已不再。

戚秋挥了挥手中的毛笔，脸上笑容灿烂："表哥，你有什么心愿，我替你写下来。"

许是朦胧夜色作祟，四目相对，谢殊眉眼舒展深邃，薄情不在。

戚秋暗暗得意。

没有什么比朦胧景致中的回眸一笑更能打动人的吧。

谢殊静静地注视着戚秋，看着她笑，看着她眉眼生灿。

双眸盛着光，竟似含情脉脉。

戚秋眨着眼期待。

谢殊终是慢吞吞地开了口，星光还在，神色坚定。

他道："你头上落了个虫子。"

"……"

戚秋越想越气，猛地从床上坐起来，心里愤愤地想：早知会白瞎我一番心思，我就乘人之危了！

将谢殊装银子的荷包给夺过来，占为己有！

翠珠被她猛地起身的动作吓了一跳，见戚秋紧蹙着眉，小心翼翼地探头询问道："小姐，您是在烦什么吗？"

戚秋神情恹恹，身上裹着被子，恨恨道："烦天下苍生。"

翠珠："？"

[22]

夜渐渐深了，伺候的下人撤去了摆放在房间里的瓜果，只留下一碟戚秋爱

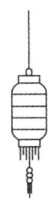

吃的点心。

翠珠正在屋子里点着熏香。

戚秋一直惦记着系统奖励的蓉娘线索片段，以防万一，等翠珠点完熏香之后，她就找了个借口将人支走，没让翠珠留下来守夜。

约莫过了一刻钟，系统姗姗而来，冰冷的欢快提示音随即在戚秋的脑海里响起。

系统加载中，正在全面升级，已开发新的功能，敬请期待。

嘀，系统加载完成。接下来发放任务奖励。恭喜宿主完成本次的所有任务。

奖励银钱一百两（已扣除八十两），蓉娘的线索片段三个（可兑换），金玫瑰一朵，女子戎装一件，攻略目标谢殊当下有关宿主的内心想法一句。

备注：因为攻略目标谢殊已经歇下，此任务奖励随后发放，还请宿主及时查收。

恭喜宿主，白莲总值二十六分，此次白莲值增长主要源于井明月、霍娉及其丫鬟等人。其中以霍娉波动最为剧烈，最高波动已达到百分之五十，触发奖励机制，获得霍娉此时对宿主的内心想法一句。

霍娉：睡不着觉，满脑子都是戚秋一边嘤嘤嘤，一边掐我脖子的画面。

戚秋："……"

经检测，井明月好感度已达三十九分。超出原设好感度，触发隐藏剧情。接下来发布隐藏剧情：和好姐妹井明月一起游街玩水，互诉心事。完成会有奖励。

系统已开发出剧情点评功能。系统此次为宿主完成任务的评语是：你白莲装得太过于表面，好像呆瓜。

戚秋："……"

戚秋气歪了鼻："这个新功能可不可以关掉？"

这个欢快的提示音大概也是系统刚开发出来的新功能，欢快加冰冷，简直魔音贯耳。

不能呢，宿主。

戚秋气极。

自穿书之后，她不仅要被迫装白莲，还天天被系统跟在屁股后面给她下命令，让她表现得更加白莲。

这谁能受得了。

检测到蓉娘线索片段已足八个，可兑换蓉娘回忆一段，宿主请选择是否愿意兑换。

戚秋压着恼羞成怒,选了"是"。

回忆会以入梦的方式发放,请宿主入睡。

不用担心失眠,我们提供秒入睡服务!

……

这是一个酷热的夏日,烈阳悬于上空,日光似火,方圆百里跟火炉一样,连空气都像晒得扭曲。

即使是有风吹过,也是闷热灼人的,不见一丝凉意。

一队人马走在不知是哪里的荒废地方,漫天黄沙之下,脚下的土地早已经被炎日晒得龟裂,地面上露出一道道裂痕。

放眼望去周遭不见人烟、不见田原。

别说是乘凉的树木了,便是野草都不见一根。

坐在马背上,几名懒散的官差也是被晒得口干舌燥,拿起别在腰间的水囊猛地灌了一口。

水已经被日头晒得温热,即便如此,此时喝上一口,也能让人好好地喘口气。

官差解了渴,嘴上却依旧骂骂咧咧:"最烦一路向东去的路,全都是黄土地,走半响连个人影都见不着,到了晚上怕是连个借宿的地方都没有。"

话落,热风一吹,荡起地上一片尘土,吹得人灰头土脸的,吃了满嘴的灰。

打头的官差连着呸了好几下,无名火蹿起,眼里登时闪过一丝狠戾。

他猛地抽出鞭子回身一甩,伴随着破风声,鞭子重重地朝身后几名穿着囚衣、戴着木板枷、手铐和脚镣的犯人身上抽去。

拢共四个犯人,二男二女,大的已有三十,小的不过十岁。

这四个犯人个个面黄肌瘦,蓬头垢面,脚步虚晃。

暴晒在烈日之下,此时皆是几欲昏厥,嘴唇裂开还往外渗着血,一副有气进没气出的样子。

哪里还能瞧得出以前养尊处优的高门贵族气派。

都是养尊处优惯了的人,尽管这一鞭子官差有所顾忌,没尽数打在身上,但还是抽了个人仰马翻。

年有三十的男子首当其冲,应声倒地,躺倒在地上直呼"哎哟"。

刚刚还作鸟兽散的其他几名犯人登时围了过去,哀号着查看倒在地上男子的伤势。

离官差最远的一个男子也不过二十，缩着脖子，眼神闪躲。

他抖着声音，大着胆子，畏畏缩缩地开口道："他本就渴得要晕死过去了，你、你这一鞭子打、打下去，人怕是要不好……几位官老爷行行好，给他点水喝吧，要不真的会出人命的。"

另几个官差瞧着倒地男子，皱起眉，颇不耐烦。

倒也不能真放任人昏死过去，到时候麻烦的还是他们。

老官差叹了一口气。

取下水囊，老官差扔给了最近的小女孩："这里面的水，你们几个分着喝了吧。"

小女孩双手捧着水囊，直咽口水，眼神里是明晃晃的渴望，却终是强忍着没有喝，而是转头想要将水喂给倒地的男子。

谁知，突然横空伸出一只手，急切地将水囊抢了过去。

正是方才说话的那个男子。

他拔出木塞，眼神里全是贪婪，不由人反应，就仰头不管不顾地大口猛灌了起来。

"堂哥，你这是干什么！"

其他人立刻急了起来，跪在倒地男子身边的小女孩顿时慌张起身。

便是瘫倒在地装死的男子也瞬间急了起来，从地上坐起来，破口大骂。

那个男子哪还管得了那么多，自己一个劲儿地喝了个畅快，一小股清水从他嘴边滑落，滴在了地上。

小女孩顿时急得哭了起来。

便是下了马，躲在一旁看戏的官差都看不过去了。

有一个张口嗤笑道："一个大男人，竟连个小女孩都不如。关老太傅当年是何等威风，殿前斥新君便是也有过的。你们身为关老太傅的子孙，竟是这般货色，简直有辱老太傅清誉！"

打头那个官差闻言冷哼一声："若真是有能耐、有本事的，也不至于让关家上下几百口最终沦落到这般田地。

"不过他们在府上享受着荣华富贵的时候，那些因他们贪污而无家可归的百姓，死了不知有多少。落到这般田地，已经算是够便宜他们的了！"

说着，那官差又握紧了手上的鞭子。

这个官差就曾是他自己口中无家可归的百姓之一，后来得到恩人赏识，这才得了一口饭吃。

因是上面亲自安插进来的人，其他几名官差也不好多说什么，只能劝阻着他不能再动手了。

毕竟若是犯人出了人命，他们都不好交差。

而在这群或哭或闹的犯人里头，那位年纪稍大一些的女子面容绮丽，即使是蓬头垢面着也难掩姿色。

这女子一路都未开口说过几句话，闻言她低着头，咬着牙，垂下的眼帘勉强遮住满目的恨怨。

怕惹出什么是非，为了安抚快要打起来的犯人，官差又取下了一个水囊，除去方才抢水喝的男子，剩余几人都分到了点水喝。

喝完了水，又歇了会儿脚，官差这才招呼着众人起身赶路。

到了傍晚，天不那么热了，便好受了许多。

紧赶慢赶着，几名官差领着犯人，终于在天黑之前找到了一家田户。

敲响了门，田户也热情地将他们给迎了进去，不仅给他们准备了干净的被褥，还给他们热了饭菜吃。

见不用留宿在荒郊野外，众人都纷纷松了一口气，连声道谢。

张罗到深夜，万籁俱寂，只听见蝉鸣声。

众人都乏了，纷纷回屋。

本以为能在此处好好歇歇脚，休息一晚，可谁知……

[23]

那处田户家里不大，一间小庭院，两间屋子，一间还是用来堆杂货的，墙角散发着霉味。

庭院里养了几只鸡和一只鸭子。田户的主人是个瘦弱的男子，瞧着也不怎么收拾打理这些，粪便味在这夏日里更是难闻，熏得人头晕作呕。

瘦弱男子将放杂货的房间收拾出来，空出位置打了两个地铺，笑得朴实："汉子们能够去正屋挤挤，两位姑娘还是先委屈一下挤在这处吧。"

这比她们方才想的已是好上太多了，小女孩赶紧道了谢。

找到住所，起码能洗个脸，忙活之后，正屋里熄了灯，偏房里小女孩也把蜡烛给熄灭了。

她却睡不着,眼泪又吧嗒吧嗒地落了下来,她抽噎着问向旁边的女子:"堂姐,你说这样的日子什么时候才是个头啊。"

旁边的女子没有说话,愣愣地看着头顶布满灰尘和蜘蛛网的顶棚。

夜色已经黑沉,屋里连扇窗子都没有,黑漆漆一片。

小女孩半天都没等来女子说话,便以为女子睡着了,独自又抽噎了两声过后刚想入睡,却听"咣"的一声,好似院子的木门被人猛地推开。

乱糟糟的脚步声,夹杂着粗声粗气的男子交谈声,瞬间响彻了整个院子。

那女子心里顿时咯噔了一下,麻利地起了身,小女孩也跟着慌忙爬起来,紧张道:"堂姐,外面怎么了?"

女子刚想捂她的嘴,示意她不要出声,就听门口传来"噗"的一声响,随后门猛地被人从外面踹开。

明火瞬间照亮了屋内屋外。

只见院子里站了十几个壮汉,个个面带狞笑,手里举着火把,提着砍刀,正齐刷刷地不怀好意地朝屋子里看。

而坐在门口,轮流看守他们的其中一个官差,已经被一个五大三粗的壮汉一刀砍死。

眼睛瞪得老大,血喷射在半边门扉上,染红了官差的半边官服。

小女孩顿时放声尖叫了起来。

那名女子也是被吓得腿都软了,强撑着身子这才没有滑跪下去。

方才还笑得朴实的田户如今走到杀人的壮汉跟前,笑得谄媚:"大哥,您看看这两个姑娘长得确实不错吧。大的就不必说了,那个小的再养养也准能卖个好价钱。"

"您看,能不能拿她俩抵了这个月的银子。"见眼前壮汉眯起了眼睛,田户吓得顿时又改了口,"或者、或者少交一点也行。"

那壮汉没接话茬,提着刀走了进来,转圈打量着两人,这才抬头问田户:"其他几名官差和男犯人在哪儿?"

田户哈着腰回道:"还是老样子,给灌了几杯迷魂汤,现下正躺在屋子里头昏昏欲睡。等会儿大哥只管动手,我还负责给大哥埋尸善后,大哥尽管放心。"

女子一听,心里顿时凉了半截,知道此次怕是在劫难逃。

眼前这伙人应该是山头土匪，连官差都不怕。

壮汉一听，再无后顾之忧，坏笑着突然伸出手一把抓过那女子搂在怀里。

女子终于是忍不住放声惊恐地叫了起来，浑身颤抖着："你、你放开我！"

土匪按住她挣扎的手脚，色眯眯地摸着女子的脸，奸笑道："模样生得这般好，不如先来陪陪我。"

说着，手上的动作在众目睽睽之下，越发放肆了起来……

那伙土匪自然没得逞。

一个刀疤男领着人及时赶到，从土匪手中救下了这名女子。

杀完了土匪，狭小的院子里已血流成河，血腥味浓重刺鼻。

刀疤男和女子显然早就认识，还不等女子哆嗦着止住泪，刀疤男就领着她去了正屋。

推开门一看，只见原本该躺在屋子里面昏睡的官差和她的所谓血缘亲人早已经不在了，而后墙的窗户却敞开着。

外面地上有湿润的泥土，赫然落着几对脚印，越走越远。

原来，这几人根本就不在正屋里酣睡，他们早就察觉出不对，已经逃走了。

刘刚嗤笑了一声，转头问女子："瞧着了吗？这世间谁都是靠不住的，人只能为自己而活。你已经沦落到了这般田地，若是再不投靠大人，你一个人怎么活下去？"

女子扶着墙，痛苦地瘫倒在地。

刘刚走到她跟前微微弯下腰，伸出一只手："听大人的话，就跟我走吧。不论别的，起码以后保你荣华富贵享受不尽。"

这话就像是裹着砒霜的糖块，明知不应该，明知是毒药，可女子最终还是缓缓地伸出了那只手……

夜里的大风刮得越发厉害。

蓉娘猛地从床上直起身，脸上带着余惊，额上、背上更是起了一层冷汗。

一直以上帝视角观看蓉娘回忆片段的戚秋，也被吓出了一身冷汗。

环顾四周，这是蓉娘的客栈。

可蓉娘不是被抓了？客栈也早已经被官兵给查封了。

外面明月高悬，薄云四散，不知是附近哪家的狗一直在叫，叫得人心烦意乱，不得安生。

蓉娘在床上坐了好一会儿，这才稍稍缓过神。

她下了床，给自己倒了一杯茶水，却怎么也喝不下去，只能又重重地将茶盏放回到桌子上。

静坐了一会儿，蓉娘突然冷笑了起来，最后变成哈哈大笑。

直到听到外面传来的响动，她这才慢慢冷静了下来，披上一件外衣，走出了房间。

虽是深夜，但客栈里面仍是灯火通明、亮亮堂堂的。

蓉娘心里好受了一点。

下了楼，就见刘刚正坐在板凳上百无聊赖地嗑着瓜子。

蓉娘皱眉，问道："你怎么回来了？不是向大人求情去了？"

戚秋这才明白，原来这是梦中梦。

系统发放的蓉娘的线索片段并没有结束。

刘刚此次穿着与以往不同，不再是粗衣布裳，衣袍布料明显华贵了许多，背面好似用白线缝制了一枚巨大的玉佩。

刘刚正是烦心，闻言撇着嘴道："都到了地方，眼看通传的小厮都进去了，却被人捷足先登。这不，被赶出来了。"

蓉娘也来了气："是哪家的？竟如此不规矩！"

"还能是哪家的，能在我们面前这么嚣张的，除了刘川家的还有谁。本来等他走后，大人也没歇息，还能再派人通传，结果却突然来了客。千里迢迢的，身份还挺贵重，大人哪还能再见我。"

刘刚惋惜道："我在河边吹了半天的风，最后愣是连大人的面都没见着。打更的又开始敲锣，我怕被人发现，只好赶紧回来了。"

蓉娘一听是刘川家的脸色更加难看："这两年挣的银子多了，他就敢这样坏规矩，且等着吧，有他好果子吃！"

话落，客栈后院有伙计跑了进来，急匆匆地喘着气："蓉姐，后头关着的那两个女子不知何时挣脱了绳索，要撞墙寻死。我们发现的时候一个已经没了气息，另一个昏迷不醒，这可该怎么办才好？"

"废物！"刘刚一听立刻站起了身，怒骂道，"连两个人都看不好。"

骂完，他又扭头看向蓉娘："这可怎么办，孙家买人的钱都给了。如今死了一个，肯定不依。"

蓉娘也暗道"晦气"，怒斥了伙计两句，没好气道："还能怎么办，还回去一份银子！"

说罢，蓉娘摆摆手不耐烦道："赶紧把后院那个送去孙家的妓院，这一两天的净见她折腾。"

伙计闻言，不敢耽误，连忙下去吩咐。

正好这时，刚进客栈的另一位伙计从后院里走了进来，见蓉娘和刘刚坐在板凳上，连忙讨好地倒了两杯茶端过去。

……

天已拂晓，在秋日里，鱼肚泛白的早上还是冷的。

到了时辰，京城相国寺里照例开始敲钟。

古钟声音厚重，一声钟响便能响彻大半个京城的角角落落。

街上也有了人烟，集市的吵闹声偶尔传来。

谢府的下人们已经起了身，来来往往、忙前忙后地在各自的院子里洒扫着。

秋浓院正屋里，内室由屏风挡着，床上又有帷幔，没人知晓躺在床上的戚秋正怀抱着金丝软枕，瞪眼到天亮。

系统提供秒睡服务，却忘了提供睡回笼觉的服务。

于是等看完蓉娘的回忆，戚秋就醒了，愣是睁眼睁了两个时辰。

过了时辰，戚秋也睡不着，索性便起了身。

等用过了早膳，日头已经高悬，系统这才将昨日延迟的谢殊评语送到。

经检测，终极攻略目标此段时间内心起伏较大，将随机为您抽取谢殊有关宿主的任何一句独白。

嘀，抽取中……

抽取完成。

谢殊：她不对劲儿。

戚秋："嗯？"

[24]

清晨，天已经大亮。

日头倾斜，阳光尽数散在院子里，地上落有粼粼光斑。

谢殊院子里栽的桃树上落了两只喜鹊，正在孜孜不倦地叽喳着。

还有小毛，也在院子里奋力鸣叫。

谢殊揉着发胀发疼的太阳穴，缓缓从床上坐起来。

他眉头微微皱着，不见宿醉过后的狼狈，反倒是棱角分明的面容上此时还残存着几分醉酒之后的红润。

再冷淡的面容，在如此衬托之下，竟也添了一股多情的绵绵之意。

宿醉之后难免会口干舌燥，谢殊觉得喉咙里像是被人塞了一团火，还未开口就能察觉出嗓子已经哑了。

候在一旁的小厮东今见状，连忙跑去桌案旁倒了一杯温茶递给谢殊，只是满目幽怨。

东今道："幸好夫人昨日回府就歇下了，现下也没能起身，不然若是瞧见您昨日醉醺醺的样子，一定会责怪您的。"

谢殊接过茶水，一饮而尽，喉咙间如被火烧的感觉被温热的茶水稍稍消退。

他没说话，只是用眼神示意东今再给他倒一杯茶水。

东今接过茶盏，乖乖地去倒茶，又突然想起什么似的，提着水壶的动作一顿，先从一旁的桌子上拿起一件物事递给了谢殊。

东今抿嘴偷笑道："公子，您还记得这个吗？"

谢殊嫌他笑得挤眉弄眼的，刚欲皱眉训斥，闻言垂眸一看，顿时无言。

东今手里竟拿着一个艳红色的香囊，顶上还泛着淡淡的桂花香气。

这香囊绣工了得，顶上的海棠花栩栩如生，针脚也整齐利索，一看就是经常摸针线的女子绣出来的。

回想起谢殊前几日突然多出来的几个荷包，东今不由得深想，试探地询问谢殊："公子最近可是有了心上人？"

花灯节，两情相悦的男女会互赠贴身佩戴之物以表心意，这是京城里众所周知的不成文规定。

前几日见谢殊脚步匆匆地捧着一堆荷包回院子，东今便觉得不对劲儿。

他家公子何时收过姑娘送来的荷包香囊，素来也不爱佩戴这些物事，如今却成堆地往院子里捧，这不是心仪姑娘送的是什么！

不然这么些荷包，还能是公子自己掏银子买的不成？

可不论东今怎么旁敲侧击地打听，谢殊都一概不回。

问得多了，谢殊还不耐烦，冷着脸说他话多。

可眼见这都在花灯节互表情意了，东今觉得自己再不问出来什么，都对不起夫人的千叮咛万嘱咐了。

他边倒茶，边抬眼偷瞄着谢殊，拐弯抹角地询问："您若是有了心仪女子，应当赶紧告知夫人，不论什么身份，都要全了名分才是。不然若是晚了一步，这姑娘嫁给了旁人可该怎么办？"

东今壮着胆子吓唬谢殊。

谢殊对东今的话充耳不闻，瞧着这个香囊，发了愣。

他有些记不起来了。

不过可以确定的是，在去江琛院子里喝酒时，他的身上绝没有这个香囊。

那喝完酒……

谢殊不禁问道："我昨日喝完酒都干什么去了？"

小厮一听，顿时止住了口中的滔滔不绝，无奈道："您昨日是喝了多少酒，这就不记得事了？您从长公主别院回来，不是听夫人的话跟表小姐一同去放孔明灯了吗？"

谢殊一听，开始找自己装银钱的荷包。

拿到手抖开一看，却发现此事并不如自己所想的那般简单。

荷包里面的银票和散碎铜钱愣是一个都没少。

谢殊顿时心里一沉。

银钱没有少，那就不是买的表妹的香囊，可这个香囊是怎么来的？

别是他喝醉了酒，干出什么糊涂事了。

顿了顿，谢殊严肃着脸又问："除了和戚小姐去放孔明灯，我没去干别的了？"

东今嘟囔："您昨晚都醉成那样了，和戚小姐一道回了府之后，还能干什么去？回府就歇下了。"

东今顿了顿，不解地问道："怎么了公子，是哪里有什么不对吗？"

谢殊心道，不对的地方可多了去了。

这香囊不是从表妹那里买的，喝完酒也没见过旁人，难不成是……

谢殊混沌的脑子里登时闪回了几个影影绰绰的画面。

昨晚夜幕已至，枯黄的柳树之下，戚秋摘下腰间的香囊递给他……

漫天星火之下，戚秋衣裙翻飞，手里提着一盏孔明灯，回头笑语嫣然地看着他。

而他手里，拿着这个艳红的香囊。

还有戚秋独自一人站在陵安河岸边，身后是水光潋滟河水的画面。

她脸上却尽显失措，仔细瞧过去，又好似隐隐透着震惊和伤心。

谢殊皱紧了眉头，盯着香囊，沉着脸深吸了一口气，终于通过这零星的记忆，下了判断。

这香囊怕是戚秋昨晚送给他的。

赶在花灯节的最后一日。

他原先就觉得奇怪。

戚伯父好歹官拜五品，戚秋一个官家小姐，在蓉娘处挑拣出了不少她的珍贵物件和银票。

怎么会在这短短的时间内，突然就需要她卖荷包挣银子了。

还哄抬物价。

怕是前几日因脸皮薄，不好意思给，无奈之下故意找的托词。

谢殊缓缓吐出一口气，坐回床上，想起戚秋往日里娇弱害羞的性情，觉得此事有些棘手。

终是在东今疑惑的眼神中，谢殊声音微哑低沉，开口警告道："此事不准说出去，不然就罚你日后去喂鸡。"

东今听着外面小毛的叫声，扁着嘴却也不敢再说什么，委屈地点了点头。

谢殊觉得自己对戚秋并无什么男女之情，转眼见自己随身携带的玉佩还好好地别在腰带上，便知昨晚他定是拒绝了戚秋的一番心意。

只是不知为何，戚秋的香囊竟落在他手里，没有拿回去。

谢殊犹豫再三，想差人将香囊送回到戚秋的院子里，但又觉得不妥。

昨日刚拒绝了人姑娘一遭，今日就又使唤下人将香囊送回去，这在府里抬头不见低头见的，谢殊怕戚秋在府上住不下去。

虽无情意，但人家好歹叫自己一声"表哥"，此事也不好做得太过果决。

戚宅刚被烧毁，以戚秋脆弱的性情，若是觉得难堪，在谢府里待不下去了，还能去哪儿？

谢殊沉吟片刻，遣退了东今，唤来了东昨。

东今藏不住话，这事不能让他知晓；东昨嘴巴严，吩咐的事，就是刀架在脖子上他也不会吐露半个字。

其实若不是怕戚秋这两日不愿见到自己，这事本该他自己去说的。

谢殊叹了口气。

等东昨进来后，谢殊低声对他吩咐了几句。

……

水浼进来通传的时候，戚秋瘫在贵妃榻上，正在思索着昨晚兑换的蓉娘片段记忆。

大人，河边，玉佩图纹……

蓉娘的这段回忆一定很重要，不然也不会被系统以奖励的方式发放下来，又被系统称作线索片段。

总不能是系统闲着没事干了，给她补充原著炮灰的成长史吧。

而她在看完蓉娘的片段回忆之后，心里也多出了一丝重重的微妙和荒诞感。这点回忆虽然太少，但她总觉得自己马上就要抓到些什么了。

听到水浼进来的通传后，戚秋的满腔疑惑这才稍稍转移，抬头问道："谢殊院子里的小厮？来做什么？"

水浼自然摇头。

戚秋站起身，恢复了端庄的坐姿，摆摆手示意将人带进来。

东昨进来后也低着头不说话，等水浼退下去后，他这才从怀里掏出一张银票，上前端端正正地将银票放在戚秋跟前的桌子上。

这张银票的数额还不小。

戚秋大吃一惊，抬眼瞅他："这是做什么？"

东昨想起谢殊的吩咐，古板黝黑的脸上带着严肃。

他一板一眼地复述着谢殊的话，郑重道："公子说，昨日傍晚之事他就当作什么都没发生过。这张银票就如往常一样，是买小姐香囊的银子。"

戚秋瞪大了双眸："？"

东昨并没有看见戚秋挤出来的满脸疑惑，声音沉如古钟敲响："还请小姐不必忧心，安心在府上居住，这事绝无第三人知晓。"

顿了顿，东昨又严谨地补充道："奴才也并不知晓此事，只是代公子传话罢了。"

说完，东昨端着一张正直的面孔恭敬地行了个礼后，起身退下。

徒留戚秋一个人在屋子里丈二和尚摸不着头脑，登时就急了眼。

不是，这昨晚发生了什么事是她不知道的吗？

还是她突然失忆了？

她怎么就忧心了？

她怎么就在府上住得不安心了？

这小厮倒是把话说清楚啊！

扶着桌子，戚秋头上顶满了问号。

戚秋匪夷所思地低头看着桌子上的银票，好半天才从这满腔震惊中清醒过来。

缓缓吐出一口气，戚秋下了结论。

谢殊此人，恐怖如斯。

[25]

日子总是在不经意间溜走，花红谢了柳绿，春去秋藏。

花灯节的热闹已经过去，百姓们开始盼着新年。

一连几日，戚秋都没在府上遇到谢殊。

据谢夫人说是又去忙差事了。

戚秋这几日满腔迷惑，却苦于迟迟蹲不到另一位当事人。

无法，戚秋只好质疑自己。

到底是那日她失了忆，还是谢殊失了智。

这个问题是这两天，戚秋每日睡醒过后都要思索一遍的。

又过了一两日。

清晨，戚秋在去给谢夫人请安的时候，终于在谢夫人的院子门口，撞见了正好也来给谢夫人请安的谢殊。

如今已是冬月末，天气转凉，谢夫人院子外面养的山茶花的叶子依旧翠绿。

谢殊着一身月牙白锦袍，长身玉立，眉眼生倦。

他衣袍上多有皱痕，像是昨日没有休息好，眼尾还微微发红。

戚秋总觉得，自她穿书之后，就很少见谢殊休息。

也是，在原著作者没有描写的日子里，她笔下的角色也依旧在照常生活。

累，大概就是主角的使命。

而她现在的使命，就是搞清楚几日前谢殊派来传话的小厮说的话到底是何含义。

听到戚秋的脚步声，谢殊扭头。

看到戚秋，谢殊明显一愣，原本站得板正的身体更是一僵。

戚秋大大方方上前福身，道了一声"表哥"。

谢殊摸了摸鼻尖，眼神若无其事地落下，回了一声"表妹"后，耳朵尖却微微红了。

还不等戚秋想好怎么切入话题，正屋里面，伺候谢夫人的嬷嬷便出来了。

嬷嬷掀开帘子，笑道："表小姐也来了，正好，夫人已经起身了，快进来吧。"

无法，戚秋只能止住未说出口的话。

两人各有心事，埋头往前走，到了正屋门口，险些撞在一起。

戚秋赶紧退身谦让："表哥先行。"

没想到，谢殊竟也侧过身子，退后一步："表妹先走吧。"

戚秋心道，你是主，又当着嬷嬷的面，我哪能走你前面。

戚秋更加谦让："不能乱了规矩，还是表哥先行吧。"

谢殊跟着就道："规矩都是人定的，还是表妹先请。"

秋风袭来，送来淡淡清香，谢夫人院子里养的花在风中摇曳。

青砖白瓦上，院外的橘子树上结满了黄澄澄的果子，已枯黄的树枝偷偷探进院子里来，上头有鸟雀停留，独自叫得欢快。

戚秋和谢殊两个人伴着鸟雀的叫声，在正屋门前谦让个没完。

"理当表哥先行。"

"表妹不用客气。"

"请表哥先行。"

"表妹先请。"

"表哥行。"

"表妹请。"

……

别说掀着帘子看得目瞪口呆的嬷嬷了，便是坐在里头的谢夫人都忍不住朗声道："两人堵在门口这是在做什么？还不快进来，一会儿再吹着风了。"

闻言，戚秋和谢殊互相对视一眼，又匆匆移了视线。

戚秋咬牙，先一步跨过门槛。

不知为何，本坦坦荡荡的戚秋经过屋前这么一闹腾，终于后知后觉地开始感到尴尬。

戚秋愣是被尴尬得同手同脚进了屋。

她想调换一下步伐，可谢夫人就在上面坐着，她怕突然停下来过于唐突瞩目，手上攥紧帕子，只能强行忽略自己的发愁行为。

怕谢殊看见笑话她，戚秋不动声色地回头一瞄，嘴角猛地一抽，心却顿时平和安定了下来。

……谢殊也是同手同脚进的屋。

可以，大哥莫说二哥。

这下，谁也别嘲笑谁。

戚秋和谢殊给谢夫人行完礼后，被谢夫人招呼着坐下。

等丫鬟奉上了茶水，谢夫人开口问道："我昨日已经听你父亲说了，陛下派你去京郊练兵，可说了几日才能回来？"

谢殊回道："至少也要一个月。"

谢夫人一听，顿时不满了："你领的本就是锦衣卫的差事，是去查案子的。陛下让你去练兵也就算了，怎么还去这么久？"

负责辅助张将军练兵的王校尉前几日掉下马，摔断了腿。

皇帝一时找不到合适的人选，便将谢殊派过去了。

谢殊解释道："这些都是新兵，所以时间要久一些。不过或许用不了那么久，李校尉就从江陵回来了，到时候便用不着我了。"

谢夫人叹气："我是怕耽搁了你及冠的日子。"

十二月二十八日就是谢殊的二十岁生辰。

若是旁的年岁也就罢了，恰好下个月是及冠生辰。

这及冠对男子来说尤为重要，往日里便是再清贫节俭的人家也会摆上几桌宴席，宴请宾客。

谢府身为高门显贵，即使往日里再低调，这样的日子也不能输人颜面，需要大操大办起来。

可若是本人来不了，这宴席办得再大又有什么用。

谢夫人唉声叹气了几句，最后还是谢殊承诺及冠前几日就回来，谢夫人这才止住了声。

谢夫人身边的嬷嬷也笑着劝慰道："等公子及了冠，夫人还怕没得忙？"

谢夫人一听也抿嘴笑了："及了冠，婚姻大事可就不能再拖了，是要好好物色一门好的亲事，让府上热闹热闹。"

谢夫人边说边看着谢殊的神色。

这些年，谢殊在婚事上可没少让她操心。

他都年满二十了，院子里连个贴心的人伺候都没有，对婚姻大事也从不上心。

她一提，他就找借口溜走。

谢殊对谢夫人的话不置可否，正想着怎么拒绝。

其实拒绝也没有用，他就算是拒绝了，他母亲也总要折腾一段时间。

以往母亲折腾的时候，他都是一概躲出去，在外面避避风头。

没两日，见他不回应，他母亲没了兴致，也就撒手不管，彼此消停一段时日了。

谢夫人见谢殊面色苍白，带有倦色，很是心疼，心道，今年就算是不给物色一门好的亲事，也要在府上找个知根知底的丫鬟过去伺候。

谢殊对谢夫人千头万绪的心思并不知情，淡淡抬眼，却正好对上了戚秋愣愣的目光。

戚秋对上他的目光，眸子眨巴了两下，眼里竟是直接就续上了泪花。

很快，谢夫人也瞧出不对，慢慢放下手中茶盏："怎么了这是？"

戚秋一边哭，一边在心里骂娘。

[26]

原身的人设本是对谢殊一见钟情，并且深深爱慕着谢殊的白莲女配角，如今听到谢殊要物色亲事了，能不哭吗？

可这不安好心的系统竟然突然下达任务，让她当着谢夫人、谢殊和满屋子下人的面哭出来。

这不是摆明了要搞事吗！

请宿主注意，谢夫人好感度此时正在剧烈波动，目前已下降五分。

还有脸说！

戚秋在心里暗骂。

谢夫人就谢殊这么一个儿子，自幼当宝贝疙瘩宠着，他身边的小厮连东今这个不靠谱的，都是经过精心挑选出来的，识文认字。

而她作为一个刚入府无处可去的外人，在谢夫人好感度只有二十五分的情况下，若是表明对谢殊的爱慕心思，一定会给人一种刻意勾引、图谋不轨的意味，也自然会被谢夫人不喜。

在原著里，即便是原身也一直藏着、瞒着，不敢在谢夫人面前露出她对谢殊的心思。

就是怕暴露了自己的想法，会被谢夫人以为她有想当谢侯府世子妃的狼子野心。

那时原身已经在谢府住了快两年，凭着乖巧的行事做派和奉承讨好，已经足够讨得谢夫人的欢心，却也一直藏着、瞒着，不敢在谢夫人面前表明心思。

更别提现在的戚秋不过入府短短一月有余，就算是有心提升谢夫人好感度，却也不可能指望这些许时日就让谢夫人对她放下戒心。

光论她屋子里的翠珠，尽心归尽心，但终归是谢夫人派过来的一个眼线。

果然，只见谢夫人看着戚秋的凤眸微微眯了起来，脸上神色虽如往常一样，却莫名透着一股探究和疏离。

正好这时，东今从外面快步跑了进来。

叩首行礼后，东今对着谢殊说道："公子快些出去瞧瞧吧，外面傅千户急着找您。"

谢殊眉头一皱："什么事？"

"傅千户没说，只叫奴才来通传。"东今抹了把汗，回道。

谢夫人正好有支开他之意，闻言道："那你便出去瞧瞧，看看是怎么一回事。"

谢殊应了一声，站起身，视线扫过一旁还泪流不止的戚秋，身形却又一顿，好似有些踌躇。

谢殊刚想转身说什么，东今在一旁无知无觉，又急着催促了一声："公子，我们快些走吧，傅千户的脸上好似还有伤。"

傅吉在千户里武功排第一，又有锦衣卫的身份在，旁人一般都不敢招惹。

谢殊一听，顿时也不好再停留，抬起步子跟着东今急匆匆地离去。

等谢殊走后，谢夫人这才转过头不动声色地打量着戚秋，不咸不淡地笑道："这好好地说着话，秋儿怎么还哭了，可是哪里不舒服？"

戚秋的泪珠刚勉强止住，无法，只好将计就计。

小巧的鼻尖些微耸动，戚秋又哽咽了两声："姨母，是秋儿失态了。只是姨母和表哥说话的工夫，秋儿想起了离家时与父母在堂中的最后一次谈话，也说过这样的话，不免有些感伤。打扰了姨母和表哥说话，是秋儿的罪过。"

说着，戚秋站起身微微一福。

谢夫人想起在戚父戚母早先递过来求她关照戚秋的信中，确实说了想要让她替戚秋选一门好的亲事，她脸色稍霁。

顿了顿，谢夫人目光的探究之意稍稍淡去，笑道："这是干什么，自家人，说什么赔礼不赔礼的，何须这般客气，快起来吧。"

谢夫人复端起案桌前的茶盏，袅袅热气腾腾上升。

谢夫人说道："你父母来信的时候确实说过，想让我帮忙找一门亲事，说着殊儿，也不能忘了你。"

谢夫人抬眼看向戚秋。

戚秋知道，这是谢夫人没有打消疑心，还在试探她。

微微垂眸，戚秋故作娇羞状。

谢夫人不曾收回视线，直直地看着戚秋，颔首笑道："我也乐得担这个差事，只是不知秋儿喜欢什么样的男子，不如说与姨母听听？"

根据原著私设，自开朝之时出了一位勤王救驾而被尊封为镇国公主的女子之后，女子的地位就普遍提高，一直延续至今。

按照当朝律法规定，女子也可抛头露面做生意，可和离，可当家做主，可招赘婿，若得父母允许，也可以自己做主婚事。

所以，谢夫人问起戚秋的婚姻大事时也不用避讳什么。

戚秋知道，自己若是答得稍有不慎，这几天辛苦攻略的谢夫人好感度可能就会一下子清零。

为了避免自己这阵子的辛苦白费，戚秋自然不能暴露出自己被迫对谢殊图谋不轨的任何蛛丝马迹。

戚秋想了想，面色红润，好似羞红了脸，支支吾吾的。

谢夫人失笑："就你脸皮薄，这里也没有外人，你尽管跟姨母说。说了，姨母也才好帮你去物色，不然若是选了几个你不喜欢的，也是白费工夫。"

戚秋闻言，这才扭扭捏捏地道："远在江陵的时候就久闻韩言公子的美名，心生仰慕……"

戚秋报了一个名字，是在京城中久有美名的韩家之子，韩言。

韩言乃礼部尚书嫡子，长相温文尔雅，气质温润亲和，待人接物也是彬彬有礼。

他走的是文官科举之路，少时高中，是远近闻名的状元郎。

京城里除了谢殊，能数上名的高门杰出子弟也只有韩言一个了。

韩言和谢殊从性情到长相，再到行事做派都大相径庭，可以说根本不是一路人。

想来她这样答，谢夫人也总能打消一些对她的疑心了吧。

至于日后谢夫人真的要开始给她物色人选时，她再见机行事，找个借口推掉就是了。

为了避免被说高攀，戚秋又补充道："也不是秋儿想高攀韩公子，若是能寻个跟韩公子一般性情的男子，也是极好的。"

谢夫人笑了起来。

而从外面匆匆赶回来还未一脚踏进屋里，刚好听见这一句话的谢殊脚步一顿。

看着坐在谢夫人身边羞红着一张脸的戚秋，谢殊想起还放在他屋子里的香囊。

谢殊开始深深地怀疑自己，怀疑人生，怀疑眼前的这个女子变心到底有多快。

就在几日前，戚秋还赶在花灯节最后一日给他送了香囊，这转眼意中人就变成了韩家公子？

深吸一口气，谢殊倚着朱红色的门栏，愣是笑了。

大概是前几日自己失了智吧，谢殊心道。

第三章 依靠

[27]

那日之后，谢殊就去了京郊大营。

谢夫人这两日常去各府走动，时常大半日都不在府上，戚秋也正好能落个轻松自在。

终于有了空闲的时间，戚秋总算可以好好梳理一下自穿书之后，这萦绕在心头越来越强的微妙感从何而起。

今日上午，戚秋接到了井明月递过来的信。

这几日，井明月被安夫人关在府上学规矩，出不去。

时常无聊，她只好经常派遣下人给戚秋递信解闷。

信的内容多以诉苦为主，有时也会在信上讲讲她让丫鬟打听来的京城趣事。

今日井明月不仅递了信，还让府上小厮给戚秋送来了一些用油纸包起来的风干吃食，这是井父井母特意派人送到京城里的。

送信的小厮原是井府的下人，此次跟着井明月一同上京。

安府的下人井明月用着不放心，凡是跑腿的活都一律使唤自己带来的下人。

她这次上京带来的下人不少，索性贵重物件也没少带，拿东西堵住了安夫人的嘴，带来的下人月例银子是从她那里出，不过安府的账。

如此，安夫人便也不好再多说什么。

小厮笑着说："这是夫人派人送来京城的，都是小姐爱吃的。小姐惦记着戚小姐您，所以特意派我送来给您尝尝鲜。若是有爱吃的，只管招呼，我再给您送来。"

戚秋道了谢，亲自从小厮手里接过来油纸包着的吃食，刚欲让水泱给小厮拿个赏钱，脑子里却突然灵光一闪。

身形一顿，戚秋扶着桌子缓缓坐下来。

沉吟片刻后，戚秋抬眸看着眼前的小厮，温声问道："庆和，我听说明月上京时是由井府家丁一路护送，走水路来的，对吗？"

庆和没想到戚秋会问这个，愣了一下，如实回道："走陆路的时候是府上家丁和聘请的护卫一路护送的。后来改走了水路，船少，就去了一小半的府上家丁，也把护卫换成了漕运的人。"

戚秋心里一沉："是何时走的？"

庆和回道："走时天也不热，小姐舍不得夫人和老爷，等中午用完了膳才出发的。因为要在京城常住，带的奴仆和东西不少，阵仗不免有些大，附近的百姓当时还围在了街道两边凑热闹。"

戚秋在心里长出了一口气，她终于明白是哪里不对了。

她把写给井明月的信转交给庆和，又让水泱拿了赏钱，亲自将庆和送了出去。

等人走后，戚秋坐在软榻上，陷入了沉思。

通过原著的描写和水泱的叙述，戚秋清晰地记得原身上京那日是早上刚解了宵禁的时候，天都还未亮。

大雾弥漫，整条街道都是雾蒙蒙的，原身身边只带着水泱和府上的侍卫郑朝两个人出府。

她穿书之后，系统强行改变设定，送了她一个新手大礼包。

在不影响原剧情的情况下，也只加了一个山峨。

这阵仗，跟同样是上京投亲但声势浩荡的井明月相比，实在是一个天一个地，待遇相差大到都有些说不过去了。

更何况原身这天还未亮就从后门走，也没个人出来送的架势，怎么瞧着也不像是在低调行事，反倒是有股偷偷摸摸的意味在。

就像是在刻意躲避着人，唯恐被人察觉一样。

随后，原身带着水泱和郑朝出了城，这才跟戚父聘请的镖局女师傅碰头。

原身的行李也早就在几日前交到了镖局手里，三人连同行李一路被镖局护送上京。

沿路有官兵过问，镖局用的也是"护送东西上京"的名义，甚至连原身自己拿的也是……假户籍和假路引。

若说这镖局是自己人也就罢，可原著里分明有描写过原身对这些镖局的女师傅其实并不放心，只是因为自己父亲已经安排好了，她不好反驳，这才无奈妥协。

虽是一道上的京城，但原身一直防着镖局的人，就是怕她们临时起意，谋财害命。

因此，一到京城原身就跟她们分道扬镳，不然也不会孤立无援地被困在蓉娘的客栈里，最后还要郑朝去向谢府求救。

原身对这些镖局的女师傅尚且不放心，难道戚父戚母就不担心有个万一吗？

毕竟原身包裹里可揣着巨额的银钱。

若不是戚秋要完成系统布置下来的处置蓉娘任务，特意把这些银钱偷偷给了郑朝让他藏起来了一部分，不然光凭着这些银钱，蓉娘就得恭恭敬敬地将戚秋送出客栈，哪还敢放肆。

戚府也算富贵，府上也明明有握有死契又知根知底的府丁，怎么也比这些镖局的女师傅更加让人放心，可原身除了郑朝，竟一个府上家丁也没带。

这千里迢迢的路途，就水泱和郑朝两个知根底的人陪着她，在镖局的护送下一路从江陵到了京城。

实在荒唐。

还有假户籍和假路引的事。

原先戚秋通过水泱所言，也以为这假户籍和假路引是为了躲避君鞍山的土匪，但现下仔细想想又觉得虚假。

君鞍山若真是有如此胆大包天，敢对官户出手的土匪，哪里还能好好地存在至今，早就被朝廷下旨剿灭了。

若说是原身在家中不受宠爱，不被家中长辈重视，所以出行才如此潦草，这事有些牵强，倒也还能说得过去。

可偏偏原身是家中独女，自幼备受戚父戚母宠爱，从她上京带的巨额盘缠来说，便可知她在戚父戚母心中的地位和分量。

提到盘缠，戚秋又想到了什么，招呼一旁的山峨将家中带来的几大箱行李打开。

打开一看，果然里面除了几匣子首饰，原身此次上京并没有带什么值钱的器皿。

按理说原身此次上京，戚父戚母原本的打算，是要原身住进翻修好的京城的戚家老宅里。

为了撑场面，怎么着也应该给原身带些值钱的摆件、器皿、字画等物件。

可箱子打开，里面除了银子，只有原身带来的衣物、书籍等，鲜少能见到值钱的摆件等物。

箱子里但凡值点钱的东西，都是易拿走、不占地方的。

这就实在是不免让人深思了。

戚秋不愿意凡事都往坏处想，可是如今面对眼前这赤裸裸的事实，却也不得不细想了。

原身在书中死得不明不白的结局，和她穿书第一天就被蒙面男子掐着脖子灌了一杯毒酒的事，就像是头上悬着的一把利剑，随时都会落下来。

长呼一口气，戚秋瘫倒在软榻上，只觉半边脑子都是疼的。

这两日光是思索蓉娘的回忆片段就够让她头疼的，这下又蹦出来一桩事，还是性命攸关的大事，怎么能让她不烦心。

不过好在蓉娘的事，戚秋也有了新的发现。

那日蓉娘的回忆片段里，刘刚身上穿的衣袍后面绣的玉佩图纹让她心神一震。

之前，她为了将客栈的事栽在京城那伙意欲纵火的歹人身上，曾特别授意郑朝穿上她偷偷让水泱缝制的同款衣袍。

等晚上的时候，让郑朝一连几日在客栈外面晃悠了几圈，故意让附近农户瞧见他背后的图纹。

可现下通过蓉娘的片段回忆便知，蓉娘、刘刚分明和那群纵火的贼人是一伙的！

一方在京城恶意纵火，另一方在京城里偷偷干杀人越货的黑心生意。

一方作恶，另一方挣黑心银子，这两伙人凑到一起谋财害命，怎么看都不像是巧合。

戚秋暗暗打了个冷战，扯过一旁的毯子盖在身上，心道，这天是越来越冷了。

深秋已过，冷飕飕的风大有不饶人的趋势，屋子里的窗户时常被风撞得哐哐直响。

谢夫人已经让府上的绣娘开始赶制冬衣了。

等成套的冬衣一批批送到戚秋跟前的时候，一场岁寒大雪就急匆匆地落了下来。

白雪严寒，万物寂静。

放眼望去青砖白瓦、亭榭游廊、树梢枝头上都落了一层厚厚的白雪，可谓遍地素白。京城在这场大雪之中猝不及防地就进入了隆冬时分。

今年的冬日来得比预想的还要早，这场大雪更是打了众人一个措手不及。

大雪一连下了两日，这才勉强停下。

雪下得厚，堵住了上山下山的路。

谢夫人一边担心着远在京郊大营的谢殊，一边和戚秋躲在廊下赏着漫天飘落的白雪，念叨着"这是瑞雪兆丰年"。

自那日之后，谢夫人的好感度一直没有涨回来，戚秋知道，那日的啼哭到底还是在谢夫人的心中扎下了一根刺。

而系统趁火打劫，紧急升级之后，给戚秋下了新的规则。

谢夫人和谢侯爷的好感度若是在两个月内总和达不到八十八分，她就会被系统强制改变剧情，逐出谢府，宣告任务失败。

这任务好感度还有零有整的。

戚秋拿这动不动就更新、时不时就作妖的系统无法。

人在屋檐下，不得不低头。

毕竟自己的小命还攥在系统手里。

为了提升好感度，又为了将谢夫人心里这根刺赶快拔出，戚秋积极配合着谢夫人为她择婿的事。

谢夫人为人母二十年，就谢殊一个儿子，他却是个对男女之事不上心的。旁人她又懒得管，这还是头一次享受到张罗此事又被积极配合的快感。

每每看着戚秋在物色的男子画像跟前羞红脸的模样，谢夫人心里都甚感满足舒服，乐呵呵地和身边的嬷嬷打趣着戚秋。

这么一来二去久了，谢夫人终是打消了最后一丝疑虑，觉得这回真是自己想得太多了。

午睡前，谢夫人还在跟身边的嬷嬷念叨："我这性子真是越来越多疑，秋儿这么柔弱的一个性子，离家也有一段时日，我那日在她跟前唠叨着婚姻大事，她一时伤感也是有可能的。"

谢夫人卸着头上钗环，无奈道："可那日一瞧她哭，我这心里就是一咯噔，竟朝那些不干不净的事上琢磨。不仅没有劝慰着，反而多加试探。她这孩子心思细，怕是有所察觉，那两日都不敢往我跟前凑，现下想想真是不应该。"

那嬷嬷看得透彻，一针见血道："还不是让年前刘家的事给闹的，夫人这是被吓住了。"

刘尚书府年前也来了一位实打实的表小姐，不过短短数月就勾得刘尚书嫡子魂不守舍、不思进取，科举落榜之后竟是连书院都不去了。

要知道刘尚书的这个嫡子可是跟秦丞相家的嫡女自小定下了姻缘的，这事闹得沸沸扬扬后，秦家面上也挂不住，强硬地派来下人与刘府退了亲事。

自此，刘家在京城沦落成了一个笑话。都道刘尚书养儿不严，还引火上身得罪了秦家。

刘尚书和夫人气坏了身子，再也按捺不住，想要将这女子送走，可偏偏儿子要死要活地不同意，最后一不做，二不休，两人竟是干脆地私奔了。

谢夫人叹了一口气："可不是？刘家年前闹得多难看，刘夫人被气得病了这么长时间，那个不孝的东西也不知道回去看看。现下刘夫人身子终于养好了，却是连门都不好意思出。"

"我真是怕……怕这事摊到自家身上。"

嬷嬷替谢夫人拆着发髻，闻言笑着劝慰道："依老奴看，是夫人多忧思了。先不论表小姐性情如何，您也不想想咱们公子是个什么样的人物，如何会和刘尚书家那个一样被迷了心窍。"

谢殊往那儿一站，都不像是会被迷了心窍的人。

谢夫人听嬷嬷这么一说，想起自己儿子对什么都冷冷淡淡的样子，顿时觉得宽慰，心里缓缓一松，轻轻笑了。

谢夫人心里一松，戚秋那边就立马收到了系统的提示音。

恭喜宿主，谢夫人好感度上升到二十五分，因涨幅超过平均值，特此鼓励。

话落，系统就响起了三道机械的鼓掌声。

系统提示音响起的时候，戚秋正面对面听着井明月诉苦。

今日难得天好，安夫人领着儿女去别的府上走动，井明月不愿意跟着，便约了戚秋出来。

正好，戚秋也触发了和井明月一同上街的隐藏任务，自然求之不得。

一连几日的大雪把人憋在家里闷坏了，即使冬日寒冷，街上的行人也依旧不少。

两人多日未见，找了个安静的茶楼说话。

茶水的热气袅袅，屋子里点着炭火也不冷，戚秋将窗户打开，对面就是漕运河。

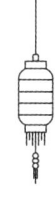

虽然下了一场大雪，但河并没有上冻，趁着这个时节来京走动的、投亲的、回京的人络绎不绝。

除了普通百姓，哪怕是富户到了京城也是行李、奴仆塞了一船，个个都声势浩大得很。

方才来的那艘大船便是个富商的。船上的行李搬了一个时辰都还没有搬完，可见其家底。

商户尚且如此，原身一个官家小姐，来京城的时候竟是静悄悄的，生怕被人发现似的。

见此场景，戚秋叹了一口气，算是彻底认清了现实。

原本戚秋还抱有一丝幻想，觉得是不是原著私设的原因，其实阵仗小的才是多数。

可今日在这茶楼坐了一上午，终于是打破了这最后的一丝幻想。

戚家怕是惹上了什么祸事。

不然也不会放原身这个独女静悄悄上京。说是京城显贵多，让谢夫人在京城里给找门好亲事，不如说是给原身找个靠山，避一避祸事。

原身怕是也知道什么，这才想要紧紧抓住谢府这条大腿。

不然凭着原身在原著里自恃清高的性情，初进谢府，当着满屋下人的面，见到谢夫人就啼哭的做派，实在是不像原身的性情。

戚秋知道得越多越无奈，这可真是一大堆烂摊子。

为了保住自己岌岌可危的性命，戚秋觉得有些事是要查一查的了。

井明月见戚秋一直往外瞧，不禁也向外张望，好奇地问道："看什么呢，外面到底有什么吸引你的？"

戚秋没接这话，反问道："茶喝完了吗，我们去换个地方坐坐吧。"

井明月本也不是能坐着品茶的性子，闻言自然点头。

上了马车，一路向西，戚秋领着井明月去了陵安河北侧的街巷口。

这里虽然也临近陵安河，但与先前逛花灯走的街道不同，这里的一条街上可都是青楼和妓院。

背靠陵安河，凡是后头停有六篷船的，都曾是花灯节里做过花船的。

井明月以为戚秋要进去，一下子就紧张了起来："你、你怎么带我来这里，这里可不是我们该来的地方。"

即使世风再开放，这种地方，便是爱护名声的男子都鲜少来，更何况是戚秋和井明月这样未出阁的女子了。

戚秋怕井明月误会，连忙解释："我们不进去，就坐在对面的明春楼……"

话还没说完，就见井明月红着一张脸，抠着手腕腆道："要去，不也是该去紫红厢吗？"

紫红厢是戏院，里面多的是模样端正的男优伶。戏唱得怎么样不知道，但会哄人得很，里头经常闹出一些风流韵事。

戚秋："……"

合着是你说的不该来，是觉得我来错了地方。

戚秋又好气又好笑："想哪里去了，我是来请你去明春楼用膳的！"

明春楼就建在街巷口不远处。

井明月闻言顿时觉得惋惜，撇了撇嘴，不情不愿地跟着戚秋下了马车。

身形刚刚站稳，戚秋还来不及迈步，就猛地愣住。

只见不远处缓缓走来一个人。

艳红的飞鱼服穿在身上，头戴官帽，下颔凌厉。此时眼皮轻抬，眉头微微收紧，本就桀骜的面容上略显不耐烦。

来人可不正是谢殊？

谢殊从临近街口的一家妓院里走了出来，素日里站得板正的身子此时有些许漫不经心，立在门口的一棵榕树下，背手站立，垂着眉眼，像是在等什么人。

戚秋顿时倒吸一口凉气，惊得目瞪口呆。

说好的洁身自好呢？

说好的不近女色呢？

说好的伟光正男主角呢？

谢殊怎么会从妓院里出来了！

戚秋简直痛心疾首。谢殊你人设崩了！

你脏了！

戚秋看着不远处的谢殊深深握拳，满腔愤怨。

同样都是书中角色，为什么谢殊就可以崩人设，而她不能！

或许是戚秋的眼神太过幽怨，谢殊微微察觉，侧身扭过头来，看到戚秋的那瞬间顿时也是一愣。

随后，谢殊原本就紧皱的眉眼皱得更紧了。

见被看见，戚秋微微踌躇，这种情况……上前去打招呼会不会不太妥当？

谢殊皱着眉，回头看了一眼妓院，朝一旁的明春楼指了指，示意戚秋进去。

本来就是要去明春楼的，戚秋见状松了一口气，对谢殊福了福身子后，赶紧扯着井明月转身离开。

她竟然抓住了自己的攻略目标来妓院。

这叫什么事。

戚秋简直脑瓜疼。

上了二楼，已经过了用膳时间，楼上没多少人，戚秋和井明月找了个靠窗的位子坐下后，第一时间打开窗户。

一眼便能看见街口的情景。

只见谢殊依旧站在妓院外面，不知是哪家的小厮溜到他跟前说了什么，谢殊眼皮一抬，艳红色衣袍也压不住他冷眉冷眼的严肃模样。

井明月下意识地缩了缩脖子。

"你表哥好凶的样子。"井明月小声嘟囔道。

戚秋却蓦地想起了谢殊去京郊大营的那日，站在谢夫人院子外面的情景。

月牙白的锦袍，眼尾微微泛红，站在满院秋意当中。

"哪里凶了？"戚秋嘟囔回去。

谢殊正听着南阳侯府的小厮出来回话，感受到身后两道直直看过来的视线后，微微转身，只见躲在窗沿处的两个鬼鬼祟祟的小脑袋猛地下缩。

谢殊无奈，低头哂笑一声。

小厮正说得起劲儿，唾沫星子乱飞，却眼见方才还冷着眉眼，让人心里发怵的谢殊，此时竟突然笑了。

小厮一顿，止住了滔滔不绝，挠头讪讪道："总之就是这样，公子不愿意走，还说从今往后就要住在这儿，不回府上去了。"

闻言，谢殊的笑又缓缓敛下，脸上虽不见喜怒，却吓得小厮说话都是结结巴巴的："谢公子，这、这该怎么办才好？"

谢殊没说话，垂眸停顿了片刻，抬步又想进妓院。

小厮见状，赶紧在前面领路。

冬日的太阳格外清冷温和，不见刺眼，却也明媚。

淡淡日光肆意挥洒，好似一半都落在了谢殊身上。

快迈入妓院门槛的谢殊突然回头，冷淡的眉眼沐浴在日光下，却更添肆意。

谢殊脸上带着无奈，伸出手指隔空点了点戚秋。

像是警告，又像是妥协。

怎么又被发现了。

戚秋看着谢殊，脸上扯出一抹讪笑，身子再次僵硬着往下缩。

等人进去后，戚秋这才讪讪地直起身。

井明月说得直白："你表哥这样，看着也不像是要去妓院的。"

戚秋心道，确实。

哪会有人是端着这副架势去妓院花天酒地的。

要不是谢殊进去的阁楼上，挂着的牌匾确确实实写着"怡红院"三字，戚秋都以为他是要拿刀进去砍人的。

事实上，离谢殊拿刀砍人也确实不远了。

怡红院三楼的一间房外，老鸨焦心地在门口来回打转，还不忘时不时地听着里头的动静。

想敲门，却又不敢。

正是踌躇之时，瞧见谢殊上来，老鸨赶紧迎了上来，挤着满脸苦笑，直摊手诉苦："谢公子您快想想办法，将杨公子带走吧。这、这真的也不是我们姑娘非缠着不放杨公子走，我们姑娘也好生劝过好几回，是这杨公子不肯走，劝得多了就开始砸东西打人，这……"

老鸨说着说着，恨不得当场哭出来。

这杨公子是谢殊的表弟，南阳侯世子杨彬，是这里的常客。

老鸨一连几日没见到人，还以为杨彬是换了花天酒地的地方。前几日见人来了，老鸨还高兴得合不拢嘴，谁知却是惹上了一个棘手的麻烦。

杨彬本就是个不安生的，自幼娇生惯养，养就了他无法无天又不学无术的性子。

是个不折不扣的纨绔子弟。

前几日杨彬人刚从牢里被放出来，安生了还没两日，得知儿子进了牢的南阳侯突然从京郊大营赶回府上，本来是想好好教训儿子几句，让他学点好的。

谁知，杨彬一点就炸。

父子俩当着满院子下人的面就吵了起来，南阳侯急火攻心，声称要打死这个儿子。

被南阳侯夫人拦下来之后，杨彬被罚跪在祠堂。

一连几日，人都瘦了大半圈。

南阳侯夫人去看望儿子的时候，瞬间心疼了，没耐住杨彬的哀求，将儿子从祠堂放了出来。

本来只是让他出来透透风，一会儿再去给他父亲赔个不是。

哪承想，杨彬一出祠堂就溜出了府，一连几日都宿在怡红院里不说，还把南阳侯夫人派来的下人都打了一顿。

南阳侯夫人没办法，只好一边瞒着南阳侯，一边派人找怡红院的麻烦。

官兵三天两头来查，隔三岔五就让府上家丁来闹事，就是为了逼儿子回去。

搅得怡红院连生意都没法做。

可这两三日的折腾，儿子没回去，反倒是被南阳侯知道了此事，在回京郊大营的路上直接给气病了，现下人还下不了床。

这事毕竟不光彩，南阳侯夫人也不好真的直接让人查封了怡红院，把人逼回去。

不然若是闹得京城沸沸扬扬，南阳侯府岂不是从今往后就要沦落成笑柄谈资，供人议论。

也是实在无法，南阳侯夫人知道杨彬怕谢殊，这就求到了谢夫人跟前。

于是谢殊结束了京郊的差事，骑着马刚进京城，脚还没沾地，人就来了怡红院。

谁知，杨彬今日竟然也硬气，愣是关着门不见谢殊。

若不是长辈请托，谢殊真不想管杨彬这个烂摊子。

到了门口，谢殊耐着性子伸手又叩了两下门。

"笃笃"两声响后，一道清脆的砸东西声音透出门缝传来。

杨彬一手抱着酒坛子，大着舌头冲门外喊道："别管我，你们都别管我！让我……让我自生自灭的好，我、我……你们都给我滚！"

"滚"字一出，小厮和老鸨就登时吓得夹紧了腿，心惊胆战地偷瞄着谢殊，就怕会惹怒了眼前这尊玉面阎王。

谢殊脸上倒是淡淡的，没有小厮和老鸨想象出来的怒火中烧，一只手背在身后，丝毫不见怒火。

只见谢殊拂了拂衣袖，慢条斯理地往后退了一步，面色如常，十分平静地抬起脚……

"砰"的一声巨响！

动作之利索，声势之浩大，别说小厮和老鸨了，就是站在下面的打手都被这一声巨响吓得魂都飞了。

而刚才还在屋子里面大放厥词的杨彬，此时也随着这一声巨响从椅子上滑落，跪倒在地，吓得屁滚尿流。

酒终于醒了一半。

门框破裂，门板倒地，老鸨只觉得脚下的廊道都在震。

看着眼前的残局，欲哭无泪的老鸨在心里咬牙暗道：就当是破财消灾了。

却是没想到，谢殊转向她颔首道了一声"抱歉"，拿出了一张银票递给了她。

老鸨一愣，讪讪地接过。

谢殊这才踱步进了屋子，依旧是冷冷清清的模样。

杨彬被吓得迟迟回不过来神，愣愣地看着谢殊进来，只觉得膝盖上被灌了铅，跪在地上起不来。

谢殊大步一迈，坐在上头的椅子上，慢条斯理地关心了一句："能站起来吗？"

杨彬摸了一下头上的汗，这才回了魂，愣愣地点头，哆嗦着身子，手脚并用地从地上爬起来。

谢殊手指微微弯曲，叩着桌面，一下下地敲着。

"笃笃笃"的声音，让杨彬觉得这是自己挨揍的前兆，心惊胆战。

谢殊好整以暇地看着他，又问："酒醒了吗？"

杨彬此时哪里还管什么丢人不丢人，恨不得当场哭出声来，连忙求饶："醒、醒了，表哥，你别动手……"

谢殊嗤笑一声，没说"好"，也没说"不好"，耐着性子再次问道："能回家了吗？"

杨彬最怕他这样，双腿打战，只恨自己现在不能赶紧飞回府上躲起来，远离谢殊。

他当即小鸡啄米似的猛点头，结巴道："能、能，我这就回府，现在就回府。"

谢殊这才站起来，抬眸淡淡地看了他一眼，朝外走去。

杨彬哪里还敢造次，头埋着，把自己缩成一团，跟着谢殊就走出了怡红院。

外头的人也早已经听到了那一声巨响。

戚秋看着跟谢殊走出来的杨彬，就大致明白里面发生了什么，暗道：这还真是进去砍人的。

原著里，这杨彬可是个出了名的活宝。

小时候就经常因为顽劣被谢殊揍，长大了也能让还算兄友弟恭的谢殊跟他动手。

干过的缺心眼事，实在是数不胜数。

出了怡红院，谢殊周身煞气还没散去，小厮和杨彬躲他躲得远远的。

谢殊转头招来哆嗦的小厮，吩咐了几句话，小厮仰头看了看坐在窗户旁的戚秋，一溜烟儿地跑了上来。

"谢公子说最近前面不太平，让两位小姐待在明春楼里即可，不要去前面走动。"

戚秋和井明月也不敢造次，双手放在膝盖上，齐刷刷地乖乖点头。

小厮不敢抬头，又侧身对着戚秋恭敬道："谢公子还让奴才跟这位小姐说，明春楼里拴着谢公子的马匹，让小姐帮忙看一下。等谢公子把我们公子送回府上后，就来接小姐和马。"

……

将杨彬送回府上后，南阳侯却又闹了起来。

一连病了好几日，下不了床的南阳侯一见到儿子，顿时从床上跳了下来，拿出早就备好的鞭子，让下人把他摁住，当即就要亲自动用家法。

南阳侯夫人脸上还挂着泪，见状赶紧拦。

杨彬更是吓得躲在谢殊身后，连头都不敢露。

不知是不是太过害怕，杨彬头一晕，只觉得眼前一黑，"哇"的一声就吐在了谢殊脚边，然后彻底昏死过去。

南阳侯一愣，南阳侯夫人吓得心猛缩，立马扑到杨彬跟前，哭得撕心裂肺。

一时之间抬人的抬人，拉架的拉架，找太医的找太医。

府上登时一阵鸡飞狗跳。

等事情稳住，谢殊换了衣裳从南阳侯府出来的时候，已经过去了两个多时辰。

天临近傍晚，昏昏暗暗不见朝霞，街上许多人家门前都挂上了灯笼。

不知是不是变了天的缘故，上午还好好的晴日，眼下却是黑云密布。

南阳侯府离谢府不远，谢殊本想走着回去，路上遇到官差骑马飞奔，脚步这才猛地一顿。

谢殊揉着额头，难得倒吸一口凉气，终于想起了之前让小厮跑去戚秋跟前吩咐的事，心里一咯噔。

他不敢再耽误，快步转头朝来路去。

刚想回南阳侯府借匹快马赶回明春楼，就见前头安府跟前停了两辆马车，一辆是谢府的，另一辆是安府的。

虽谢府的马车挡着，谢殊没瞧见戚秋的身影，但隔着一段距离，也能看见井明月是和另一个女子一起进的府。

两人都没看见谢殊，径直进了安府。

谢殊缓缓松了一口气，心道戚秋怕是等不到他，便和井明月去了安府。

如此，便不用着急赶过去了。

谢殊很少有这样闲暇的时候，能在街上四处闲逛。

自今日起他今年的差事已经办完，他可以好好地休息一段时日了。

见时辰还早，谢殊也不着急回去，在街上懒洋洋地走着。

天气虽冷，寒风也冻人，街上的行人却大都和谢殊一样，慢悠悠地往回走。因天色暗得早，许多摊贩都挂上了灯笼，吆喝着生意。

谢殊想起一家曾常吃的豌豆黄，便在街上两侧的摊贩上寻找。

一直找到了胡同口，才看到以前那家卖豌豆黄的店面。

谢殊进去买了几份出来，刚想去明春楼把马牵回来，就被一个小姑娘叫住。

小姑娘五六岁的模样，怯生生的样子，胳膊上挎着一个篮子，拉了拉谢殊的衣袍。

等谢殊停下脚步扭头，小姑娘眼睛亮晶晶地看着谢殊，抿着唇紧张道："哥哥，要买荷包吗？"

谢殊："……"

提着豌豆黄，谢殊满心无奈，又觉一阵匪夷所思的好笑。

怎么一个个都卖他荷包？

谢殊纳闷地心想，他看着像是会经常佩戴这种物事的人吗？

刚想婉言谢绝，就见小姑娘急匆匆地掀开盖在篮子里的布，掏出两个荷包捧到谢殊跟前。

小姑娘殷勤地说道："哥哥你看看吧，我娘绣的荷包真的很好看。"

谢殊身子下意识地退后一步，垂眸一扫，原本无奈的神情顿时猛地僵住。

谢殊有些不敢置信，紧紧盯着小姑娘手里荷包，看傻眼了。

……这个荷包，和戚秋卖给他的那一堆荷包长得简直一模一样，毫无差别。

谢殊心里顿时生起了一个荒诞的猜想，不死心地又多看了两眼，接过来一摸。

果然一样。

不管是针脚还是布料。

谢殊脑子空白，只觉得自己的喉咙都有些发紧："这个荷包怎么卖……"

小姑娘见有戏，连忙把谢殊领到她母亲的摊子前。

只见上面摆着数十个荷包，各式各样的都有。

小姑娘满心欢喜，脆生生地大声说道："哥哥，这里还有很多样式，你可以再看看，都很便宜的！一个只要十文钱！"

都很便宜的。

一个只要十文钱。

谢殊想起戚秋将荷包转手卖给他的时候他付的银子，顿时感到一阵语塞。

心情很是复杂。

他倒也不是心疼银子，那才几个钱。若不是听母亲说过戚秋心思敏感，他本想直接让账房支些银子拿给戚秋。

他只是觉得这件事太过于荒唐了。

他的表妹戚秋是不是……太能哄抬物价了？

谢殊一时竟找不到能描述自己此刻心情的词汇。

只余"离谱"两字贯彻心扉。

感受到小姑娘扬着头，依旧渴望的眼神。谢殊深吸一口气，稳定心神后，顺着小姑娘手指的方向看去……

顿时又是一阵窒息。

谢殊额上青筋一跳，觉得自己真的有些稳不住了。

很好。

花灯节那日，戚秋赠予他的香囊也在其中。

[28]

哪怕是冬日的傍晚，京城也不见寂寥。

街上人来人往，灯火通明，小贩拿着糖葫芦串吆喝着，炒栗子的甜香味若有若无。

明春楼前门庭若市，食客不绝。

谢殊径直去了后院马厩，却找不到自己存放在此处的马匹。

谢殊找来店里小二一问，小二这才想起，跑去拿了一张字条递给谢殊，回道："这是先前那位姑娘留给公子您的，马也被那位姑娘给牵走了。"

先前那位姑娘，指的也只有戚秋了。

戚秋将他的马牵走了？

谢殊心思一顿，将字条接过打开，扫了一眼后，眉头就瞬间皱了起来。

"现下已经过去三个时辰，表哥迟迟未归。因表哥言而无信，秋儿实在伤心，这匹马已被我当作赔礼卖掉，表哥要想赎回去，就请回谢府找我当面赔礼道歉，我再告诉表哥买家是谁。戚秋留。"

谢殊顿感一阵头疼。

马厩就这么大，谢殊左右环顾一圈确实不见他的那匹马，店里的小二和他相熟，也没必要骗他。

他摸不准戚秋的性情，又知道戚秋缺银子，怕她真的将马给卖掉。

他的那匹马可是从西域带回来的汗血宝马，价值千金不说，还极为难得。

若真是卖到懂行的人手里，要想赎回来，不大出血怕是难了。

这匹马可是父亲送他的生辰礼物，从刚出生就送到他手里，等养大了之后跟着他走南闯北，这种感情实在非同寻常。

若真是被戚秋卖了，再赎不回来，那真是麻烦了。

谢殊揉着额头，脸色有些不好看。

可确实是自己失信在前，不守时在后，平白让人在这里坐了半天，谢殊也不好去责怪戚秋无礼。

长出一口气，心中浊气却不见消，谢殊紧紧攥着手中的字条，冷着脸转身快步朝外走去。

马若是真的被卖了，他哪里还有工夫去见戚秋？谢殊快步赶往锦衣卫，想让傅吉帮他查一下附近马市。

皱着眉，谢殊大刀阔斧地朝外走去。

一脚迈出门槛，身子还未走出去，只听身后传来一声欢快清脆的——

"表哥！"

谢殊一下子就认出来，这是戚秋的声音。

只是戚秋的声音一向细小软弱，何曾有过如此清脆悦耳的时候？

谢殊一愣，转过身来。

只见身后的二楼廊道上，戚秋趴在栏杆上对着他招手，正笑得一脸灿烂，一只手上还拿着只吃了两口的糖葫芦。

谢殊还是头一次见到这样的戚秋。

她在众人面前向来都是笑不露齿、含蓄娇怯的，这般欢快活泼的模样还真是头一次见。

见谢殊不回话，戚秋一溜儿烟跑下了楼。

戚秋芙蓉面容带着遮不住的笑意和兴奋，如鸟雀一般兴冲冲地跑下来，扑到他跟前，身子这才紧急止住。

一双剪水秋瞳此时像是含着冬日的骄阳一般，明亮温软却不灼人。

仰起脑袋，戚秋一双亮晶晶的眸子一眨不眨地看着谢殊，巴巴地问："表哥，我卖了你的马，你生气吗？"

小姑娘语气虽然是可怜巴巴的，脸上却毫无悔改之意，甚至隐隐带着一丝倔强。

戚秋站得近，仰着头，两人不过只差一脚前后的距离，谢殊能清晰地感受到戚秋呼出的温热气息。

如此近的距离，让谢殊能够轻易地看到戚秋眼上的长睫如同小扇子一般，眼睛扑闪扑闪。

也能闻到戚秋身上若有若无的酒气。

屋檐上的积雪还没有化干净，天上就又开始飘起小雪花，落到人脸上，冰冰凉凉的。

长风一吹，冷飕飕的风黏着人。

谢殊微微退后了一步拉开距离，眸子轻垂看着戚秋，低声问道："你饮酒了？"

戚秋没有回话，微微呼着气，软着声音不依不饶地继续问道："我卖了你的汗血宝马，你生气吗表哥？"

谢殊气息内敛，不动声色地扫过戚秋泛着醉意的桃红面，没有回话。

戚秋顿时不乐意了，跟着就朝谢殊迈近了一大步，大有不听到谢殊回话就不停下的架势。

谢殊无法，移开视线，淡淡地"嗯"了一声。

戚秋这才罢休，得意地挑眉："就是要让你生气，这样我们才能扯平。你今日把我丢在酒楼里，说好了一会儿就回来接我，可是我等了好半天，天都黑了也不见你人。"

戚秋手上捏着帕子，满脸幽怨："你是不是把我忘在这里了？"

谢殊抿唇，看着戚秋脸上带着难过，刚想解释——

就听戚秋又重重地哼了一声，秀气的翘鼻微微耸动，眉眼上扬，缓缓说道："不过我也不是得理不饶人的人。"

话落，小二便将戚秋藏起来的马匹牵了出来。

戚秋清脆的声音满是慷慨："拿去吧，我没有卖。"

谢殊："……"

在谢殊直直的注视下，小二搓着手，有些局促地挠着头："小的不是故意要骗谢公子您的，实在是……"

小二偷瞄着戚秋，不好意思地吞吞吐吐道："实在是这位小姐给的银子有点多，小的一时没把持住就……"

谢殊："……"

马没被卖，谢殊心里一松，揉着眉问一旁的小二："她喝了多少？"

小二正是心虚，闻言实话实说："喝得不少。她和另一位小姐喝了一坛子桃花笑，另一位小姐醉了之后就先回去了。这位小姐惦记着您的马，丫鬟劝了两回都不肯回去，就怕您回来找不到着急。"

谢殊一愣，心里蓦地生起一股愧疚来。

侧过身，谢殊看向戚秋。

戚秋正偷瞄着他，两人的视线猝不及防地撞在一起。

见被抓了个正着，戚秋脸上的红晕爬到耳朵尖上。

冷风吹动着戚秋鬓边的两缕碎发。

戚秋微微侧过脸，咬着唇，率先移开了视线。

嘴角却扬起了一抹不好意思的浅笑。

白雪纷纷扬扬，冷风欲说还休。

等送完井明月回府的山峨回来，躲在酒楼里的戚秋这才闹着要回府。

她被灌了一碗醒酒汤，酒气却始终没有散。

时而安静，时而胡闹。

回去的路上，天上的雪越下越大，隐隐有前几日大雪封路的趋势。

好在有辆马车，跟酒楼掌柜的借了马夫和小二，这才避免被雪淋湿的惨剧。

雪天路滑，马车走得慢，能清晰地听到马车辘轳碾过雪地的声响。

落雪纷纷，街上的行人终是少了。

马车摇摇晃晃，谢殊坐得离戚秋八丈远，却还是避免不了被戚秋胡闹。

谢殊无奈地叹气："你们怎么让她喝这么多，桃花笑便是我都不敢喝一坛，她一个姑娘家若是喝醉了酒出什么事，岂不是追悔莫及？"

山峨和水泱也是后悔，拦着戚秋不让她去闹谢殊。

马车又行了一会儿，戚秋终是安静了下来。

手里捏着帕子，戚秋坐得端庄。

这模样，也不知道酒是醒了还是没醒。

水泱和山峨惊疑不定地看着戚秋，就连谢殊也不禁试探地问道："你还记得你喝了多少酒吗？"

戚秋矜持地比了一个量，颔首谦虚道："一点点。"

"……"

谢殊头疼地叹了口气，揉着额头，不再问了。

外面许是又起风了，街道两排的常青树上的积雪尽数被风吹了下来，纷纷扬扬，模糊了人眼。

马车突然停了下来。

还不等水泱掀开帘子询问，外面车夫的声音就传来："谢公子，外面有一位姑娘找您。"

姑娘？

谢殊皱起眉头。

就连一旁端庄自持的戚秋也看了过来。

"谢公子。"外面传来一阵窸窣的脚步声，随后一道清甜温婉的声音从谢殊那一侧响起。

谢殊撩开一半帘子，一张艳丽的面容就在漫天大雪纷飞下暴露在马车里众人的视野之中。

"这不是……"山峨脱口而出。

姑娘轻咬着下唇："谢公子，还请您下车，奴家有话要对您讲。"

这姑娘姿色娇艳，身上裹着一件绣着红梅的披风，精致的眉眼却难掩苍白着急的神色。

山峨对着水泱小声耳语："这不是那日花船上站着的名角，映春姑娘吗？"

水泱拉了拉她，示意她别吭声。

映春满脸急切，偏偏谢殊不为所动："天气寒冷，姑娘有话直说。"

映春一阵无言，低着头，声音隐隐带着委屈："杨公子的事真不是奴家去撺掇的，南阳侯夫人不信，方才还派了府上下人来寻我麻烦，我不怕这些为难，可……"

映春猛地抬起头，泪珠却掉了下来。

大雪纷纷扬扬，佳人红着眼眶，欲说还休："可……可我怕你误会。"

戚秋看向谢殊。

谢殊依旧面色冷淡，公事公办道："这是南阳侯府的家事，我不便过问，还请姑娘见谅。"

映春眼眶里的泪止不住地滚下来。

顿了顿，映春像是鼓足了勇气："若说，我知道杨公子此次晕倒的事起因，公子也毫不在乎吗？"

谢殊这才抬起眸："你知道杨彬晕倒？"

映春咬着唇："南阳侯府丁对我说的，我也……猜到了。"

"这事关乎什么，谢公子应该清楚。"映春道，"我不信别人，只信你。我都豁出了这条薄命，公子连下马车与我交谈都不愿意吗？"

谢殊皱眉。

戚秋突然幽幽开口："表哥，你下去吧。"

谢殊："？"

冷风灌入，戚秋缩了一下脖子："我不想知道这样的事。"

在谢殊和映春疑惑的眼神中，戚秋说得慢条斯理，一本正经："像我这样的弱女子，知道了不该知道的事后，容易被灭口。"

谢殊："……"

戚秋裹着衣领，朝炉火旁坐了坐，有些昏昏欲睡地嘟囔着："表哥，外面好冷。你快些下去说完话，我们就赶紧回去吧。"

谢殊心里很清楚，若映春真是想说，明春楼里她坐在一旁的时候就可以说，实在无须跑到这里堵马车。

谢殊虽不明白映春这么做是为了什么，但懒得去搭理这些把戏。

本不欲搭理，可戚秋仗着喝醉了酒耍起无赖，连声催促着。

谢殊无法，只好放下帘子起身。

刚弯腰要下马车，谢殊的衣袖却又被人拉住。

回头一看，是戚秋。

戚秋扯着谢殊的衣袖，指尖因用力而发白。

抿着唇，戚秋低声说道："表哥，这次你一定要记得回来，不能再丢下我了。"
女子的眼眸泛着水光，芙蓉面容此时有些苍白，像是在强忍着委屈。

戚秋这一双眼眸生得好，微微垂下来的时候，欲说还休之意尽在不言中。

谢殊一顿，垂着的视线微微凝在戚秋的脸上。

喉结上下一滚，谢殊淡淡地应了一句："好。"

一刻钟后，马车重新出发。

趁着雪还没下深，到了谢府附近的时候，谢殊提前下了马车。

夜晚两人一同回府，一个还是醉醺醺的，传出去总是不好。

他让戚秋先回去，打算自己等片刻再回去。

冬日里总是寂静，尤其是眼下黑夜已经来临。

往上看去，纷纷大雪仿佛化作了满天星辰。

谢殊背着手，在雪地里站了许久。

……

下雪的夜晚，越来越冷。

回院子的路上，戚秋一直打冷战。

水泱见状，先一步跑回院子里备好热水，等戚秋回来时，可以直接沐浴更衣。

怕喝醉酒的戚秋溺死在澡桶里，水泱和山峨伺候着戚秋沐浴。水泱埋怨道："小姐出门在外怎么能喝那么多酒，这要是出什么事可如何是好？"

戚秋被冻了一路，在热水里舒服地长叹一声，闻言懒洋洋地应了一声。

水泱喋喋不休地唠叨着："尤其是这冬日里，喝完酒又挨冻，明日可别发热了。"

"一会儿奴婢让小厨房煮碗姜汤送过来，小姐不准不喝。"

戚秋点点头。

水泱念叨了半天，看每句话戚秋都配合着，神色虽带有困倦却不见酒意，顿时手上动作一顿："小姐，您酒醒了？"

戚秋好笑道："我就没醉。"

水泱大惊："怎么可能，您下午的时候明明都……"

勾了勾唇，戚秋露出一抹笑："我装的。"

水泱彻底迷茫了，见戚秋说的不像是假话，愣愣道："可谢公子不是说，那坛桃花酒便是连他也喝不了一坛，您又怎么会……"

戚秋："……"

几番欲言又止，戚秋才忍住了那句"因为谢殊不善饮酒，三杯倒，所以不论什么酒都喝不了一坛"。

所以不是酒的问题，是人不行。

水泱也不纠结这个事，转而疑惑道："可是您为何要装醉酒？"

为什么？

当然是要攻略谢殊了。

端看原著里，原身一个纯种小白莲都没有用这副柔柔弱弱的做派攻略下谢殊，她一个功夫不到家的伪白莲还能有什么指望。

再这样下去，这个位数的好感度什么时候才能动一动。

思来想去，只能另寻他法了。

既然谢殊不吃小白莲这一套，那就在尽量不崩人设的前提下，换一种方式。纯小白莲不行，那就变成人前压抑天性温柔知性，人后活泼开朗小太阳。

总有一款会是谢殊的心动女一号。

而以喝醉酒的名义，更是方便许多。翌日连借口都不用想，一句"不记得"就能糊弄过去。

要说来，这个法子还是花灯节那日从谢殊身上学到的。

学以致用，妙哉。

[29]

连灌了两碗姜汤，等第二日起来，戚秋虽然脸色有些苍白，但旁的并无大碍。

戚秋等了一夜，而系统一如往常安安静静，并没有送来警告。

戚秋放心多了。

通过这两次的试探，她已经大致摸清楚了系统的规则。

原来她的人设崩不崩是取决于大多数人的。

如果一千个认识她的人里面，有七百个都觉得她是人畜无害的小白花，那就算另外三百人知道她的真面目也没事,这样并不会被系统判定为人设崩塌。

昨日后院人少不说,也没任务规定小白莲喝醉了酒也要柔柔弱弱的,所以即使昨晚戚秋酒后活泼致使系统波动了一宿,最后系统也只能灰溜溜地沉寂下去,装作无事发生。

摸清了系统的规则,很多事就能大展拳脚,戚秋心情好上了许多。

昨日这场雪下得也不小,一夜过去,屋檐上落了厚厚的一层雪,树枝被厚雪压弯了腰。

透过窗棂往外望去,只觉入眼就是一抹刺眼的白。

外面冷得厉害,院子里的下人起得早,正搓着手铲雪,但雪下得太深了,只能一点点来,有些地方根本顾不到。

戚秋踩着皑皑积雪,深一脚浅一脚地出了院子。

谢府种了许多常青树,眼下白雪遮盖住了翠绿,树枝在雾气中伸展。

去谢夫人院子里的时候,戚秋被冻得一连打了几个冷战。

她素来怕冷,京城的冬日又寒又阴,今天尤甚。连日头都不见,跟昨日完全不一样。

戚秋到谢夫人的院子里时,谢殊已经到了院子,和谢夫人一起站在屋檐下往远处灵山尖远望。

谢夫人面带无奈,说道:"这几场雪下来,你父亲不知何时才能回来。"

刚刚下人来报,说是山路又被大雪封了。

谢侯爷被调派到临县已经一月有余,眼看就要到谢殊及冠生辰了,却因大雪封路而迟迟不能归。

手里捧着袖炉,谢夫人止不住叹气:"若是缺席了你及冠生辰,你父亲怕是也要难受许久。"

两人正说着,就见戚秋从外面缓缓走了进来。

天气严寒,戚秋将自己裹得严严实实。

戚秋外面罩着一件绣着白梅的锦缎桃红斗篷,里头一身素净的月牙白夹袄包裹着纤细的身段,头上梳得整齐的发髻并没有用金银首饰点缀,而是簪了一簇娇艳的海棠绒花。

躲在斗篷底下的巴掌小脸只露出一双圆溜溜的杏眸,戚秋眼睛扑闪扑闪,红唇娇艳欲滴,只是脸色有些苍白。

于这漫天雪白中盈盈走过来,宛如画中人。

寒风呼啸，戚秋站在迎风口娇娇弱弱、温婉端庄。

她走过来向谢夫人行礼请安，举止柔美又不失规矩。

嘴角也噙着恰到好处的笑，一举一动不见丝毫错处。

好虽好，可……

谢殊不由自主地就回想起了昨晚的戚秋。

酒醉之后的红晕静悄悄地爬上脸颊，她酒后无赖，一步一趋，那双含水杏眸委委屈屈，仿佛万千情绪包含其中，无声胜有声。

鲜明又活泼。

明知眼前人和昨晚是同一个，谢殊却始终无法将今日眼前这温柔规矩的戚秋和昨日醉酒脸红的面容重叠。

知道戚秋身子弱，谢夫人赶紧拉着她进了屋。

落了座，谢夫人对戚秋说道："大雪封路，灵山寺是去不了了。趁这几日我正好抄几本经书，日后也好供在佛堂。这几日府上没人陪你说话，你若是觉得无趣，就让你表哥带着你去京城里玩一玩。"

戚秋道："秋儿不觉得无趣，不如陪着姨母一起抄写经书吧。"

谢夫人摇头："你初入京城，如今正是新年前夕的热闹日子，就别为了陪我拘在府里了，多出去走动走动。京城里如今宴会不断，让殊儿陪你一起去走走，也认识些朋友。"

戚秋轻咬着唇，抬眸小心翼翼地看着谢殊，在撞上谢殊的视线后，又赶快垂下："这样是不是太麻烦表哥了？"

谢殊："……"

揉着额头，谢殊突然觉得还是昨晚那个喝醉了酒叽叽喳喳、有话直说的戚秋好。

现在的戚秋看起来着实有些别扭。

"他这阵子已经忙完了差事，临近新年也不会有别的事了，让他陪着你，正好我也不用担心你又被人欺负。"谢夫人说道。

说着，谢夫人就替谢殊做了主："后日，秦家公子在京郊竹林园设了雅席，请帖连同秋儿的那份已经送来了。若是秋儿一人去，她性情软，我如何能放心？正好你也闲着，你们两个一同前去，你也好帮我照看着秋儿。"

后半段，谢夫人是对着谢殊说的。

谢夫人这样劝，其实也是有私心的。

魏王妃今日一大早就派人过来递了信，说是及冠那日陛下会亲下旨意，昭告谢殊的世子之位。

到那时候，谢殊的世子之位就板上钉钉了。

既然以后要袭爵，那必要的人情走动自然不能少，后日的竹林宴受邀的都是高门才子，去见见人总没有坏处。

可谢殊不是个爱往人堆里去的，若她不这么说，这请帖只会像以往一样，被谢殊随手丢在一旁吃灰。

果然，尽管谢殊不想去，但谢夫人把话说到这份上，他也不好当着戚秋的面拒绝，只能点头。

用过了早膳，两人一同去谢殊的院子给戚秋拿秦家递来的请帖。

一路走着，谢殊不说话，戚秋也不说话，就这么静悄悄地一步一趋。

看着戚秋文静秀气的侧颜，路走到半截，谢殊忽然淡淡地开口道："你昨日……"

闻言，戚秋脚步微顿，停了下来。

她红着脸，有些手足无措地垂下视线，不敢去看谢殊，声如蚊鸣："表哥，昨晚是我失礼了，若是有什么不当的举止，还请表哥不要怪罪，也千万别放在心上。"

谢殊提起这个自然也不是要怪罪什么，只是……

谢殊问道："还记得你醉酒后发生的事吗？"

谢殊也不知道自己为何执着于此，几经克制，还是没忍住问道。

戚秋低下头，抿着唇笑得腼腆，开口就是："我不善饮酒，一觉醒来就什么都不记得了。"

山峨："……"

水泱："……"

看着前面低着头乖巧又羞愧的戚秋，两人擦了把汗，沉默下来。

二人心道，算了，早就该习惯的。

闻言，谢殊脸上不见情绪，点头过后，便不再问了。

戚秋努力维持着自己重新设计的人设，为了再装一回无辜，刚想开口，下一秒久违的任务就来了。

触发隐藏任务，现下发放任务。

一、二十日内调查清楚杨彬晕倒的真相。

任务成功奖励银钱百两，刘刚在逃线索一个，刘刚线索片段一个，金玫瑰两朵。任务失败扣除三十分白莲值，南阳侯夫人好感度清零。

刘刚的线索片段事关宿主处境，还请宿主努力集齐，早日兑换成功。

二、去往竹林宴，结交秦家嫡女秦韵。

任务成功无任何奖励，任务失败无任何惩罚。

请宿主努力完成任务，任务失败无任何补救方法。

现在，任务一倒计时开始——

戚秋一个踉跄，险些崴了脚。

这任务来得太猝不及防，且可能损失惨重。

若是任务失败，她现在仅有的白莲值哪里够系统扣的。

又是一个失败即去世的任务。

戚秋欲哭无泪。

她昨日非要谢殊下马车就是为了不搅和进去这件事，如今却又不得不搅和进去。

这狗系统绝对是故意的，她刚说完不记得昨晚喝醉酒发生的事了，它就来这么一出。

让她想和谢殊打听一下，都不知道该怎么开口了。

拿了请帖之后，戚秋就回了院子。

那日长公主举办的花灯宴上，她算是正式地在京城贵女中露了个面。

跟原身一样，以前这些宴会，从来都不会发帖邀请她。

今日这个……

戚秋看着两边金线都歪了的请帖，心下了然。这明显是刚赶制出来。

怕也是看在谢家的面子上。

秦家是世家大族，如今秦家家主拜位丞相，秦家在京城中也是炙手可热的人家。

身为秦家长嫡的秦韵，在原著中的描绘并不多，只是道她温和亲善、才华横溢，是个十足十的大家闺秀。

只是原身自一场宴会后就很不喜欢她，曾经还试图陷害她，不过不仅没得逞，还险些被反杀。

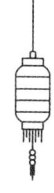

最后将锅推到霍娉身上，这才没有引火上身。

好在不是这场宴会，不然戚秋就又要被迫走剧情线。

只是第二个任务看着着实没头没脑，没说清楚怎么样才算是结识秦韵，也无任何任务奖励和惩罚，简直就像是被临时拎过来凑数的任务一样。

戚秋隐隐觉得不对。

后日，天气晴朗，积雪开始融化。

微风中依旧夹杂着冷意，谢府外种的梅花过了一夜也终于开了。

谢宅这条街住的都是高门显贵，因听说谢殊这次也跟着赴宴，便有相识的子弟来谢府堵人。

戚秋刚坐进马车，便听到远处传来几声打趣。

"谢大公子，真是久仰久仰。"

"谢公子，如今要见你一面可是真难，我在城门堵了你几日，原来你早就回府了，倒叫我好等。"

戚秋掀开帘子一角，偷偷打量着马车外的情景。

几位衣着贵气的公子笑着走过来，头戴玉冠，个个看起来都出身不凡。

几人围着谢殊，在门前说话。

不知是谁突然提到了一句："你不骑马，马车里坐的可是谢伯母？我们没有上前请安，岂不是失礼。"

说着，他们就要上前行礼问安。

谢殊拦住他们："这是家妹。"

"你什么时候多出了一个妹妹，我们怎么不知道？"有人奇道。

也有知情的恍悟道："可是一位姓戚的表妹？我记得好像听我妹妹说起过。"

谢殊颔首。

那人立马笑了起来："你我兄弟，你表妹就是我们的妹妹，何不下来见见？"

谢殊双手环抱，似笑非笑。

说完，这男子也不敢去看谢殊，朝马车里喊道："戚家妹妹，可否方便下来一见，以后我们也好罩着你。省得以后街上遇见，都不认识。"

话落，谢殊就抬腿踹了那人一脚，笑骂道："滚！"

不等戚秋说话，谢殊手指弯曲敲了敲马车壁沿，声音里还含着淡淡笑意："不听他们的，别下来。"

顿了一下，安静的马车里传来戚秋低低的应声。

那人见状，嘟囔了两句："你捂这么严，一会儿不还是要见的。"

谢殊斜了他一眼。

这几人也没别的意思，就是好奇戚秋，见谢殊不乐意，便也不敢再闹了。

寒暄过后，男子骑马打头，一行人结伴出发，去往京郊。

路上，谢殊骑马不动声色地落后几步，直到与戚秋的马车并行。

"他们几个没有什么恶意，就是不会说话，你别往心里去。"谢殊突然低着声音，开口说道。

戚秋一愣，没想到谢殊会特意向她解释这个，轻声回道："我没往心里去，表哥不必担心。"

前面几个人聊得火热，丝毫没注意到这一角。

谢殊也不知道该再说些什么，沉默片刻，这才淡淡地"嗯"了一声。

戚秋也不知道该回什么，只好沉默不语。

过了半个时辰，终于到了京郊竹林园。

秦家公子阔气，为了这场宴会直接包下来整个林园。

门口停了不少马车，还有许多人没来得及进去，一瞧见谢殊等人，自然迎了上来。

马车颠簸，走了一路，戚秋的发髻便有些乱了。

等山峨和水泱给她打理好，戚秋刚准备下马车，就被一道由远及近的惊呼给吸引过去。

掀开车帘一看，只见一个小厮骑着马，快马加鞭朝谢殊这里赶。

见来人面色着急，旁边的人都知道轻重，给他让了路。

谢殊明显认识他，脚步停了下来。

那人翻身下马，也顾不得眼前是何情景，擦了一把汗，甚至来不及多说话，从怀里掏出一封信递给了谢殊。

等谢殊接过信，旁人即使好奇也不敢多看，纷纷散去。

那小厮也是在这时，微微侧过脸。

在看见他脸后，戚秋顿时一惊，猛地放下手中的布帘，坐直身体。

这、这个小厮不是……

不是蓉娘客栈里的小二吗！

157

戚秋顿时反应了过来,为什么客栈一着火,禁卫军就来得这样快?

为什么蓉娘身边的小二一直劝着蓉娘先不要动手?

为什么在客栈里自己安排的事一切都那么顺利?

怕是有人一直在暗中协助。

是了,原著里谢殊后来为了调查蓉娘的客栈是否存在冤情,确实在里面安排了下属里应外合。

她怎么把这一茬给忘了!

……现下小厮就在外头,这可怎么办?

戚秋倒吸一口凉气,她岌岌可危的马甲!

[30]

俗话说得好,怕什么来什么。

谢殊一目十行看信的时候,同行的几个男子闲得无聊站不住,为首那个男子便又打起了戚秋的主意。

"戚表妹,怎么还不下马车?我们可到地方了。"宁国公府小世子宁和立笑道。

他模样生得好,此时朗朗一笑,本该轻浮的话到他嘴里竟也变得爽朗。

谢殊手上动作一顿,眸子微微抬起。

他刚想说话,但转念一想确实已经到了地方,戚秋是该下马车了,便也没有再多说什么。

马车里,戚秋额上的冷汗都要滑落下来了。

现下在谢殊面前掉马甲,无疑死路一条。

系统可以容忍她在白莲人设的基础上,加入其他人设与之交织,但是绝对不会容许她在谢殊跟前彻彻底底崩了白莲人设。

其他非主要攻略目标的人还无所谓,只要不是大规模地崩了人设,顶多也就扣个好感值。

但在终极攻略目标跟前崩白莲人设,系统扣的可是五十分白莲值!

只怕她刚下马车,下一刻被认出来就躺地横尸。

宁和立的高腔高调吸引了不少人的目光,同行的其他人也纷纷反应过来,迭声催促着戚秋下马车。

戚秋握了握山峨的手。

谢殊一目十行看完了信，见状刚想说话。

马车帘子却被人从里面掀开一条缝，山峨露出半张脸笑道："几位公子，我家小姐路上弄乱了妆发，如今正在打理，还要稍等片刻，几位公子可先进园子。"

姑娘乱了妆发，确实无法见人。

宁和立身旁的几人对视一眼，纷纷扫了兴。倒是宁和立依旧笑眯眯道："既如此，就不打扰戚表妹整理妆发了。"

谢殊微微皱起眉，收起信，扫了马车一眼，也道："你们先进去吧，我有些事情要处理。"

见状，那几个人便知道他有要事吩咐，不便让他们听见，招呼着园子门口站着的其他公子、小姐一同进了园子。

方才还热闹的竹林园门口便一下子安静下来，除了谢殊和递信的小厮，便只有还躲在马车里的戚秋等人。

戚秋生怕谢殊想起她，也要让她下马车回避，心惊胆战地缩在马车里头想着应对的法子。

却没想到，屏息等了许久都没听见谢殊敲响马车壁沿，催促她下马车。

反倒是又过了半刻钟，谢殊的声音在不远处响起，淡淡地向小厮嘱咐着该做的事。

戚秋听着，眨巴眨巴眼睛，这是不需要她回避的意思吗？

其实倒也没什么要回避的，谢殊对小厮的吩咐无非就是一些寻常话，该抓紧做的，魏安王已经在信上吩咐过了。

谢殊方才之所以那么说，只是觉得宁和立一帮人太过吵闹罢了。

戚秋听着听着也琢磨明白了，稍稍松了一口气，想等谢殊吩咐完小厮走后再下马车。

这个小厮，戚秋清楚地记得，他那日和刘刚一同去了玉行典当铺，并没有留在客栈里。

后来谢夫人来的时候，为了戚秋的名声着想，下令让所有知情人士都封了口。

蓉娘此事事关重大，因为她也牵扯到了谢府，为了顾及这两者的名声，除了几名负责查案的锦衣卫知道戚秋的身份，其他的人是不可能会知晓此事的。

想来这个小厮也并不知道，那几日被困在客栈里的女子就是谢府新来的表小姐。

虽然并不知晓这个小厮为何会替她隐瞒那几日她在客栈里动的各种手脚，但至少现在不下马车，不被认出来，小厮并不知道她是谁，马甲兴许还能保得住。

小厮原只是魏安王府上的府丁，因在京城是个生面孔，又是个会武功的，这才得了去蓉娘客栈当眼线的差事。

因蓉娘的差事办得好，他这才被魏安王器重，今日这差事也才能落到他头上。

谢殊将信递还给他，对他道："告诉王爷，此事我已经知晓。既然王爷指定了你，这件事就有劳你多跑动了。春陵天高路远，路途加上差事，这一去一回怕是就要数十个月，要跟家里人说好。"

小厮擦了满头汗，连忙应声，心道，这谢公子也非传闻中不近人情。

戚秋听个正着，心下顿时一松。

只要她在这数十个月内，努力提高白莲值到五十分以上，就算是以后不小心被这个小厮认了出来，她也没有性命之忧了。

如此想着，戚秋端坐在马车里，等着谢殊打发小厮走。

可等来等去，谢殊突然敲响了她的马车壁沿。

戚秋猝不及防，心瞬间提到了嗓子眼。

"还没好吗？"谢殊淡淡的声音在外面响起。

小厮不走，戚秋哪敢说好，声如蚊鸣："还没有，表哥等不及不如先进去吧……"

谢殊皱眉。

这都过去两刻钟了，怎么会还没有梳妆好？

他想起临行前，母亲曾对他的吩咐。

"秋儿上次去长公主府的花灯宴受了委屈，此次前去你要好生照看着她，别让她再被人欺负了。"

难不成是上次参加宴会的阴影还在，所以害怕了？

谢殊如此一想，觉得是这个理，便体贴道："无妨，你再坐里面缓缓，眼下还早，等会儿进去也不迟。"

戚秋："？"

虽然不明白谢殊为何突然冒出来这句话，但此话正合她意，戚秋便半是敷衍地应了一声。

可戚秋万万没想到，谢殊留下来也就罢了，那个小厮竟也迟迟未走。

谢殊想得很明白，既然表妹紧张，那许是要再缓一会儿，他在一边干等着也是无趣，不如将该吩咐的话此时尽数说于小厮听，也省得过几日再跑去王府交代了。

如此想着，谢殊招来小厮，两人在马车不远处交谈起来。

一个说得认真，另一个听得仔细。

戚秋坐在马车里无语凝噎。

就这样一刻钟过去了，马车里仍是不见动静。

谢殊微微皱眉，但又不好多说什么，只好听着小厮滔滔不绝地汇报着自己此行的必胜决心。

说着说着，两刻钟过去了。

听着外面不间断的声音，戚秋双手握拳，眼神空洞地看着马车顶篷，满心绝望。

转眼间，三刻钟过去了。

谢殊犹豫着思考自己再催一催，会不会显得格外不近人情。

然后，半个时辰就这么过去了。

戚秋亲耳听着小厮从差事聊到身体，如今，已经开始跟谢殊讲述家有几口人，早上吃的什么了。

戚秋气到浑身直发抖，都没什么可聊的了，谢殊为什么就不能放人家走！

等小厮开始打算说后日中午吃什么的时候，谢殊终于有些坐不住了。

宾客已经来得差不多了，园子门口冷冷清清的，里头秦府的下人已经过来催问四五回了。

谢殊看着横在左侧的谢府马车，在心里沉吟。

这么长时间过去了，戚秋还没有缓过来，这是在长公主府里受了多大的委屈，能让戚秋留下这么大的心理阴影。

可满园宾客已来得七七八八，若是堵在门口再不进去，就实在是太过失礼了，谢殊觉得自己还是应当再催一催戚秋。

他走到马车跟前，还没来得及说话，就听里头的戚秋说道："表哥，你先进去吧，我稍后就到。"

谢殊不解，解释道："我也不是非要催你，只是我们已经在门口堵了半天，再不进去……"

顿了顿，谢殊试图给戚秋灌注心灵鸡汤："我知道你心里害怕，可既然选择来了就总要面对的不是吗？今日你下了马车，就等于跨过了心里这个坎儿，你……"

戚秋："……"

这个坎儿不能跨，会死的。

戚秋听得头疼，连忙止住谢殊的喋喋不休，气若游丝道："表哥，算我求求你了，你就先进去吧，不用管我。"

谢殊终于察觉不对。

戚秋为何非要赶他先进去？

难不成……

谢殊皱着眉回头看了一眼。

清风刮过，树叶齐刷刷地抖动着。他身后除了那名小厮，再无旁人。

谢殊喉结一滚，心道，难不成是有人趁他不注意时，钻进马车里挟持了戚秋？

京城里原也不是没发生过这样的事，有武功高强的恶人会钻进他人马车里，威胁马车里坐的人支走旁人，欲行不轨。

谢殊面色一凛，虽不记得京城里还有这号人，但也丝毫不敢松懈，低着声音问："表妹，你还好吗？"

戚秋心道，你再不走我就真的不好了。

见戚秋半天也没有回话，谢殊越想越觉得不对，顿了顿，径直伸手撩开了车帘。

戚秋吓得心都顿时猛地一缩，人差点没直接蹦起来，赶紧手疾眼快地拉住了车帘。

幸好那个小厮垂首，没有抬头看。

饶是此，戚秋仍是心有余悸。

她问："表哥，你这是做什么！"

虽然掀开帘子时，戚秋满脸惊惶失措，但马车里确实并无旁人。

可联想到戚秋迟迟不肯下马车，谢殊总觉得放心不下来，环顾着四周："表妹，若是无其他事，还是快点下来吧，不然我陪你一起坐在马车上面。"

谢殊打定主意，如果戚秋这次还是不应，他就闯进去一探究竟。

戚秋感受到谢殊的步步紧逼，瞬间也急了。

你倒是让你身后的小厮走啊！

戚秋气得坐不住，只要他一走，就是让她从马车的车窗钻下来也行。

然而无法，见谢殊把话说到这份上，戚秋知道自己若是再找不到一个合理的借口，定是糊弄不过去了。

为了避免弄巧成拙，戚秋在心里咬牙，手里拧着帕子，几番犹豫。

马车突然一沉，是谢殊上来了。

眼看谢殊就要掀开车帘闯进来，戚秋实在无法，彻底豁出去了。

她闭着眼，红着脸，声音小到如针尖落地："表哥，你别进来，我、我癸水来了，弄脏了裙子……"

谢殊身形猛地一顿，有一瞬间都怀疑自己听错了："什、什么？"

戚秋破罐子破摔，又红着脸小声哼唧了一遍："我来癸水了，表哥你先进去吧，容我在马车里换件衣裳。"

谢殊："……"

如果戚秋现在撩开车帘，就可以看见谢殊耳尖连同后脖颈都红了。

谢殊本冷淡的眉眼此时染上一丝无措，下马车的时候还险些绊倒自己。

送走了一旁不明所以的小厮，谢殊悻悻地站在马车边，摸着鼻尖同戚秋讲话："那、那我就先进去了。你你你……换吧。"

戚秋脸也还红着，几不可闻地轻轻"嗯"了一声。

等谢殊走后，为了圆这个谎话，戚秋只好让山峨下去守着，拿出马车里一直备着的衣裙换上。

这叫什么事！

戚秋在心里骂骂咧咧。

竹林园里头响着丝竹声，热闹声从里面传了出来，应是席面已经开了。

戚秋换了衣裳，下马车快步走着，进到园子里却彻底傻了眼。

因是竹林园，里面种满了竹子，放眼望去，整个园子修建得跟迷宫一样，戚秋只觉得眼前一黑，顿时窒息。

这……她能在天黑之前摸进宴会的地方吗？

本来就有些迟了，再不赶进去，指不定就要被人怎么说三道四。

可山峨和水泱也是头一次来这儿，秦家领路的下人也不见了身影，戚秋束手无策。

戚秋顿时有些急了。

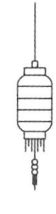

163

她完全没想到这竹林园里头竟是这个光景，早知道就不让谢殊走了。

踌躇着，戚秋又试探性地往前走了两步，路过一个拐角，脚步猛地顿住。

只见拐角处，谢殊腰杆子挺直，背手而立。

风吹竹叶，上面偶有残留的白雪尽数落到了谢殊的肩头，桀骜的少年意气却消失得无影无踪。

谢殊一动不动地站着，耳尖还红着。

戚秋一看，本平静下来的脸也又开始红了。

她走过去，低头看着脚尖，声音小得还没有远处的丝竹之音大："表哥，你在等我？"

谢殊这才勉强转过身，好似才反应过来一样。

平日里人隔八丈远都能听到响动的谢殊，如今戚秋都走到跟前了，也不见他发现。

谢殊听到戚秋说话，愣愣地点点头，咳了一声后结巴道："走、走吧。"

男、女两边是在不同的席面，虽然只隔着一座凉亭假山，但确实不在同一处。女子这边的席面，是由秦家嫡女秦韵操持的。

到了岔路口，戚秋和谢殊分走两路。

戚秋刚走进去，只见张颖婉就站在不远处的假山旁同秦家小姐一起有说有笑。

听到响动，张颖婉微微侧身，抬眸一看。

瞧见是戚秋，张颖婉眼里闪过一丝厉光。

她扭过头，不知跟秦家小姐说了两句什么，那边站着的贵女就一同看了过来。

在众目睽睽之下，张颖婉朝戚秋走了过来。

[31]

张颖婉笑盈盈地上前，走到戚秋跟前："戚妹妹，你来了，我们方才还正说起你呢。"

她一边说着，一边亲热地挽住了戚秋的胳膊，行为举止都好似和戚秋很熟悉亲密一样。

只是话落，站在不远处的几位小姐便有几个没忍住捂嘴笑了起来，剩下的也都似笑非笑。

瞧那神情便可想而知，刚才说的定不是什么好话。

这边本就招人耳目，她们这一笑，周遭的目光都落了过来，齐刷刷地聚集在戚秋身上，偷看着热闹。

京城贵女本就排外，眼下自是抱团，明知张颖婉等人这是刁难人的前兆，个个一言不发地瞧着。

不远处的秦家二小姐衣着华丽富贵，眉眼上扬，拿着帕子压嘴角笑道："原来这位就是戚家小姐，真是久闻大名，不如一见。"

她最后一个字拖得很长，敌对之意明火执仗地就冲着戚秋来了。

这莫名其妙的敌意就很眼熟。

戚秋无奈，继花灯宴之后，张颖婉这是找到霍娉平替了。

稍稍用力，戚秋将自己的胳膊从张颖婉手里抽出来，眨巴着眸子，佯装好奇道："不知张小姐和几位小姐方才都说起了我什么，不如说出来，大家一起笑笑。"

戚秋好似随口一问，说话的秦家二小姐和张颖婉却是神色一僵。

她们没想到戚秋竟然会这么直白地当众问出来。

想也知道刚才说的不是好话，若是换了旁人遇上这摆明了让人难堪的阵仗哪里还敢问，定要委屈地红着脸避过去。

然而戚秋不仅问了，还问得坦坦荡荡，站在那里笑盈盈的，好似真的不知道她们是在故意当众为难她。

戚秋敢问，她们却不敢答。

不看僧面也要看佛面，一个戚家她们不放在眼里，可谢府的面子她们不得不给。

若真是将刚才不上台面的话说出来了，打的也是谢府的脸。

若是因此得罪了谢家，岂不是罪过。

张颖婉只好笑道："自是夸你好的，还计较上了不是？"

她自是不甘心就这么算了，又故作疑惑地问道："妹妹怎么来得这么迟？方才听秦府的下人说，谢府的马车早就到了。"

提起这事，秦二小姐便有话说了："可不是？不知道的还以为是我们秦家招待不周，惹得戚小姐连马车都不愿意下。"

谢家不论在哪儿，都是万众瞩目的，因此谢家马车一到，便有下人进来通传。

本以为人很快就会进来，谁知左等右等却不见人影，派出去一打探才知道，原是这位谢府表小姐不愿意下马车。

秦二小姐捏紧了手里的帕子，重重地冷哼一声。

多大的架子，难道还要秦家亲自派人去请她不成！

戚秋浅笑："怎么会，秦小姐多心了。只是路上茶水浇湿了衣裳，耽误了点时间。"

"换身衣裳也用不了这么久吧。"秦二小姐冷冷道。

戚秋难为情道："原是用不了这么久，只是下了马车，却在园子里迷了路。"

戚秋笑得不好意思："我头一次来此处，在园子里绕了好半天都没找到路，倒是让各位姐姐看笑话了。"

此话一出，周遭贵女眼神各异。

这处园子是出了名的难走，但凡来此处宴请宾客的都会配有小厮引路，今日秦家也不例外。

可听这戚小姐一说，分明是没见引路人。

怕是秦家这几个刁难人，如今又当众羞辱，当真是无所顾忌。

秦家再家大业大，也总有看不惯她们的人。

安阳郡主便率先开了口："秦仪，这便是你们的不对了。"

安阳郡主幽幽道："这个园子便是我来过这许多回，也不能说一下就能找到来这儿的路，更何况戚家小姐是头一回来。你们既派了引路的小厮，为何到戚小姐的时候就不见下人了？别是起了捉弄之心，刻意刁难，这可不是秦家该有的待客之道。"

安阳郡主说得直白，直指秦家刁难人。

此话一落，满园皆静。

周遭贵女面面相觑，心道，今日真是来对了地方，还能看到这么一出好戏。

安阳郡主与秦仪本就相看两厌，此时乐得拱火，期盼着戚秋能和秦仪吵起来，她也能凑凑热闹，帮腔两句，说不定就能看见秦仪吃瘪。

众人的视线又落到了戚秋身上。

戚秋自然知道安阳郡主的那点小心思，但她求之不得。

初入京城，在这种贵女云集的宴会上，她自是不能软下去，要好好立属于她的威势，不然以后任何一个人受了张颖婉的揎掇都上来挑衅，她还过不过了。

眼眸微垂，戚秋好似这才明白过来自己被刁难了，面上挂着一丝难过："原来，本是有引路的下人，只我自己没有。"

秦仪一噎，顿时瞪大了眼睛，心道，分明是她在马车里磨磨蹭蹭不肯下来，进园后在门口就遇上谢公子，被他给带进来了，何时在园子里迷路了！

可这话，她不能说。

一说，她派人盯着谢殊的心思就全暴露于人前了。

而且，派去引路的小厮也确实是被她叫走的，这事就是说破天也是秦家没理。

秦仪咬牙，这戚秋果然如张颖婉所说那般，不是个安分的善茬！

戚秋抬起眸子，无奈道："怪不得几位姐姐如此咄咄逼人，原是我早先得罪了张小姐，这是来替张小姐出气的。如此，我受着便是。"

说完，戚秋转头看向张颖婉，哀哀戚戚地叹了一口气："张小姐，那日的事自有长公主决断，你也认了，如今又何必……"

戚秋欲言又止。

张颖婉也是没想到，戚秋竟然撇开秦仪，直接将矛头指向自己，而且还敢将那日的事大肆嚷嚷。

谁不知道那日花灯宴之后，宫里下了一道懿旨去张家，一同去的还有一位教习嬷嬷，便可见长公主用意。

这事谁不看热闹打听？他们只是不好当着张家的面提起罢了。

如今被戚秋这三分欲言又止、两分委屈地指出来，便有看热闹不嫌事大的人笑了起来。

安阳郡主便是头一个，不屑道："她没胆子去忤逆长公主，只好来教训你了。要我看，长公主殿下这道旨意下得好，某些人是该好好学一学规矩了。"

张颖婉顿时感受到周遭似有若无瞟过来的视线，脸皮火辣辣的，根本站不住。

她求救一般看向秦仪，却见秦仪低下头也不说话。

她顿时心中一梗，恨得牙痒痒，却也无可奈何。

可偏偏罪魁祸首戚秋还是一副委屈的样子，好似谁欺负了她一样！

刚欲和戚秋对戗，一旁突然传来一道温柔和煦的女声，柔美而不失和顺。

"这是怎么了，怎么都围在这里？"

众人一同看向声音处。

只见左侧石板拱桥上站着一位翩翩少女，看着年岁不大，头梳云鬓，顶上只簪上了一对珍珠簪和几朵新鲜的梅花，随着清冷的风还有淡淡的清香。

少女模样清秀温婉，一身气度不输人前，身上的绿衣和戚秋身上的这件还有些相像。

秦仪一见来人走上前去，心虚地唤了一声："姐姐。"

戚秋了然，原来此人就是秦韵。

秦韵走下来，拿手指点了点秦仪的额，无奈道："你啊！"

说着，她撇开秦仪，走到张颖婉跟前，给她一个台阶："张小姐的衣裳乱了，还是先去北厢房让下人理理吧。不然，岂不是失礼于人前了。"

秦韵先将张颖婉哄走，又走到戚秋跟前："戚小姐安好，今日是仪儿胡闹，我代她向你道歉。"

说着，少女笑着福身一礼，脸上丝毫不见勉强。

戚秋自然不能承了这个礼，微微侧过身子。

"起风了，都别在园子口站着了。北厢房已经备好了吃食，我们一道尝尝。"说着，秦韵笑着来拉戚秋，"这里有一道软酪，是江陵的特色。听说戚小姐是江陵人，我特意吩咐人做的，一会儿戚小姐可要好好尝尝，看正不正宗。"

跟张颖婉不同，秦韵虽然拉着戚秋，却没有越矩，反而给人一种如沐春风的感觉。

只是秦韵看着虽对人亲热和善，但系统却始终没有送来任务二完成的提示音。

戚秋在心里琢磨着"结交"两个字，看着秦韵姣好文雅的侧颜，沉默了下来。

到了北厢房，茶点已经备好了。

中午的宴席是男女同席，只是男席那边眼下正在比射箭，无人过来，这边只好先等着。

秦仪喝了一盏茶，便有些坐不住了，和张颖婉交好的小姐妹王跃春一唱一和，向众人提议玩猜珠子。

猜珠子顾名思义就是猜珠子的颜色，看着秦仪不断偷瞄过来的视线，戚秋便知道这又是冲她来的。

猜珠子总是要有赌注的，只是京城禁赌，于是每当参加宴席时，各位贵女都会提前备上一些不值钱的首饰和赏下人的玉佩。这些不值钱的东西，玩个有趣便罢。

戚秋是初次上京，怕是不懂京城的这个规矩，到时候……

王跃春看了看戚秋头上的华簪，眼里闪过一丝艳羡。

戚秋头上的簪子个个都价值不菲，抵得上好些银子了。

王跃春家本就官位不高，她又是个庶出的女儿，每次参加宴席用来撑场面的簪子都快用掉了色，对戚秋云鬓上的那几支华簪很是稀罕。

秦仪倒是不稀罕，可若是能恶心恶心戚秋，便也是好的。

她们在珠子上已经动了手脚，这回定要让戚秋有苦说不出来。

一呼百应，闲着也是无聊，在座的贵女大半都点了头。

开始之后，秦仪先故意猜错了两次，让丫鬟递出两块边角料玉佩递给赢的贵女，好似这才想到了什么，提醒戚秋："京城里这些把戏都只是玩个乐呵，输的只要拿出随身一些不值钱的东西就行，戚小姐不必担心输得太惨。"

一旁的张颖婉见缝插针地接过话，迟疑道："只是戚小姐来京城不久，会不会不太懂我们这边的规矩，别是没备下东西？"

秦仪在一旁皱着眉，故作不满："没备下就用随身的其他物事来抵。这都开始了，岂能扫兴。"

不等戚秋说话，两人就你一句我一句地逼着戚秋上前。

其实不过就是为了让戚秋自认倒霉，吃下这个恶心的暗亏。

在座的贵女都看得清楚，暗暗斟酌着，没有出声。

戚秋脸上倒是不见怒气，反而噙着笑，以一副懵懂的样子看着秦仪和张颖婉做戏。

戚秋刚想说"你怎知我没有备下东西"，却被身后之人抢了话头。

"张颖婉，多日没见，你还真是越来越上不了台面，如今连抢人东西的做派都有了，看来长公主殿下那位教习嬷嬷真是白被请去你家了。"霍娉扬着下颌，带着四五个丫鬟阔步走了过来，说话毫不客气。

秦家人皆是一愣。

秦家和张家是有远亲的，知道张颖婉和霍娉不对付之后，为了秦、霍两家面上过得去，她们虽然也给霍娉递了请帖，却没有料到霍娉会真的来。

霍娉冷眉冷眼地走了进来，丝毫不给张颖婉回嘴的机会："明知道人家刚来京城不懂规矩，主家却也不事先提醒着，反而不依不饶。怎么，秦家和张家已经落魄至此了，需要你们靠这种方式来挣银子了？"

秦仪叫她说得脸都红了，气得霍然起身。可偏偏秦韵去换衣裳了，也没个人出来打圆场。

在座的各位贵女谁不知道霍娉的脾性，唯恐被咬上，就算是与秦仪交好的小姐此时也缩着脖子，离霍娉远远的。

霍娉冷哼一声："都笑我家是靠我姐姐东山再起的破落户，可我家再落魄的时候，也不曾干出这种丢人现眼的事。偏偏有些人还理直气壮得很，殊不知别人在心里是怎么笑话你们的！"

秦仪气得涨红了脸，张颖婉在大庭广众之下就差被指着鼻子骂，顿时起身，也坐不住了："霍小姐，你说话何须这般难听，大家在一处玩闹，你又何必非来扫兴？"

霍娉在家日日回忆和张颖婉往常的相处，越想脑袋越灵光，也越恨张颖婉把她当刀使。

今日憋着一口气，本来就是冲着张颖婉来的，此时岂能就此罢休。

霍娉一连冷笑几声："你们既然做得出，竟也会怕人说，还是我哪里说得不对？那你和秦小姐倒是解释解释，你们拿出一些不值钱的破玉佩，为何就非要逼着人家拿首饰来抵？在座这么多位贵女，就非要让戚小姐陪你们玩吗？

"你们不过是看人家好欺负罢了！"

这话霍娉看似说得掷地有声，实则脑子里不断回闪着戚秋掐着她脖子的画面，着实打了个冷战。

但为了堵张颖婉的话，霍娉开了头，也只好硬着头皮把话说完。

秦仪和张颖婉被霍娉这一番话说得语塞，总不能直说她们并不稀罕戚秋的簪子，此举只是为了故意刁难戚秋。

她们的心思在座的谁都明白，却不能摆到台面上来说。

戚秋看着眼前霍娉这一战二的场景，缓缓吐出一口气，终于明白了为什么每一个白莲女配角都会在身边找一个嚣张女配角来组队。

这配合起来，一红一白，简直是输出拉满。

眼见秦仪和张颖婉都被霍娉噎得说不出来话，戚秋站起身来，轻轻拔下头上的两支簪子。

她咬着唇,微微抬眸递给张颖婉和秦仪,一副好说话的样子:"原来两位小姐是这个意思,这两支簪子就当是我送给两位姐姐的见面礼。其实两位姐姐若是直说,妹妹也绝不会吝啬的。"

这话刚落地,安阳郡主便没忍住"扑哧"一声笑了起来。

她一笑,便有憋不住的人跟着也一起笑了起来。

这也太羞辱人了。

秦仪气得肺都要炸了,指着戚秋,"你你你"了半天也没能哆嗦出来一句话。

便是张颖婉也攥紧帕子,脸色跟吃了死苍蝇一般很是难看。

可偏偏戚秋眨巴着一双圆圆的眸子,看起来很是真诚,丝毫不见嘲讽之意,好似她真是这么想的一般。

倒叫人不知她是真傻还是装的。

安阳郡主笑得合不拢嘴,促狭道:"秦小姐,人家都给你了,你还不赶紧接过。"

又是一阵笑声响起。

秦仪脸皮薄,哪里受得了这份委屈。

秦仪重重将戚秋手里的簪子打掉,怒瞪着双眸,怒声道:"滚开,谁要你的破东西!"

玉簪应声落地,摔成了两截。

戚秋瞬间红了眼眶,缩回手,不解地难过道:"秦小姐,您这是为何……"

秦仪听张颖婉说了不少关于戚秋的话,见状顿时火气就上来了,一个箭步冲上来:"戚秋,你敢在我面前装!"

就在这时,门口走进来一群人。

为首的那个男子见此情景,登时心中一紧,赶紧去看身侧男子的脸色,嘴里厉声呵斥着:"秦仪,不可无礼!"

众人这才注意到这边,只见秦家公子秦策领着一群男子走了进来,他旁边站着的正是谢家公子谢殊。

秦仪被谢殊的目光扫过,吓得顿时定在原地。

谢殊脸色很淡,走到戚秋身边,替她捡起来掉落在地的簪子,沉声问:"怎么回事?"

戚秋眼眶依旧红着,仿佛被秦仪吓了一跳,微微侧身躲在谢殊身后,声音里都带着哭腔。

她小小地唤了一声，就像是受了委屈的小猫一般："表哥。"

一副受了委屈，终于找到靠山的模样。

谢殊扫过戚秋红着的眼眶，脸色有些发冷，抬起眸子直直地看向秦策。

谢殊本就是一副桀骜冷淡的长相，如今再板着脸，就这么光盯着秦策，什么也没说，秦策面色便僵硬了下来。

戚秋终于明白为什么京城里有那么多人都害怕谢殊了。

见谢殊冷着脸，秦策心里顿时咯噔一下。

秦策还有事要求谢殊，如何敢得罪他，只好赶紧转身去训斥秦仪。

可秦仪本就性情倔，当着这多人的面，如何愿意低头，咬着牙，红着眼眶，却就是不松口道歉。

说话间，去换衣裳的秦韵终于姗姗来迟，见此情景也是一惊，只好赶紧替秦仪赔礼道歉，想要将事情圆过去。

她福下身子，向谢殊赔礼。

谢殊听着，却依旧不为所动。

她无法，只好又转向戚秋说好话。

可戚秋一直躲在谢殊身后，掩面垂泪，好似听不到她说话一样。

直到秦策领悟过来，知道这二人是齐了心，不见到秦仪低头是不会罢休的。

秦策实在无法，心一横，硬是按头逼着秦仪向戚秋道了歉。

等躲在他身后的戚秋慢慢止住了哭声后点点头，谢殊这才面无表情地微微颔首，冷淡道："都是一场误会，落座吧。"

秦策腹诽：逼着我妹妹道完了歉才道这是一场误会，不过是不想各打五十大板，让他这个表妹也出来还一句道歉罢了。

可谁也拿谢殊无法，他说落座，那此事就只能以"秦家当众丢人"为结局，就此揭过。

等众人都纷纷落了座之后，宴席终于开了。

因是冬日，席面上还备了温热的果酒。

这果酒酒劲儿不大，喝着香甜暖身。

戚秋见谢殊坐在身边，心里稍稍松了一口气，为自己斟了一杯酒想要暖暖身子。

谁知酒刚倒下来，却被一旁的谢殊阻止下来。

谢殊将酒端到自己桌子上，皱着眉，不赞同地看着戚秋，沉声道："你不能喝。"

戚秋一愣，以为是谢殊怕她喝醉，解释道："我就喝一杯，不会醉的。"

谁知，谢殊眉皱得更紧了。

谢殊声音又加重了一些，听起来有些凶："你不能喝。"

本来戚秋还在委屈。不能喝就不能喝吧，何苦凶人。

可看到谢殊红着的耳朵尖，她灵光一闪，突然就懂了。

戚秋想起在府外扯的谎，仍是有些难为情，将桌上的酒壶往远处推了推："那、那、那我不喝了。"

没想到，谢殊竟然还记得这件事。

戚秋红着脸，在暗暗腹诽。

谢殊紧皱的眉头这才松开，淡淡地应了一声，只是耳朵依旧红着。

他顿了顿，将自己桌上还没动过的茶盏放在了戚秋跟前。

等戚秋感受到眼前多了一片阴影，抬起头，就见面前多了一杯热气腾腾的白水。

戚秋一愣，不明所以地看向谢殊。

只见谢殊指着这盏热水，说道："别贪喝酒，喝这个吧。"

说完，谢殊又一脸严肃地补充道："你应该多喝热水。"

戚秋："……"

[32]

宴会无非就这些花样，席面上击鼓传花也好，饮酒作诗也罢，谢殊就在一旁闲闲地坐着，并不参与。

或许是卸了一身差事，谢殊不再像往常那般，连坐着腰杆子都挺得笔直，给人一股扑面而来的压迫感。

此时的谢殊坐姿慵懒，剑眉微微舒展，有些漫不经心。

戚秋能感受到周遭似有若无落过来的目光，大都是在偷瞄谢殊，偏偏谢殊无知无觉的样子，薄薄的眼皮微微垂下，好似有些困倦。

正想着，宁和立走到了谢殊跟前，在戚秋和谢殊两人座位的中间空隙坐下。

他先是对着戚秋一笑，随即拍了拍谢殊的肩膀，无奈道："你怎么回事，一到宴会上就犯困？"

谢殊缓缓睁开眸子，看着前头依旧热闹的席面，叹了一口气。

宁和立见他这副样子，笑了起来。环视了一圈席面后，他又问道："你表弟杨彬怎么样了？我听人说是病倒了，看来这次是病得不轻。他素来爱凑热闹，但凡身子好上一点，今日恐怕病着也要来。"

戚秋一听这话，瞬间打起了精神。

提起此事，谢殊脸色却有些冷淡，不咸不淡道："昨日还起不了身，今日恐怕也好不到哪儿去。"

宁和立见他这般神情，一愣，偷偷摸摸地打开折扇遮挡，压低声音问道："我听人说你表弟此次病倒是被人下了毒，此事是真是假？"

谢殊不置可否，只抬眸看着他，似笑非笑。

宁和立倔强地和谢殊对视了两秒，终是怂了。收回视线，他小声地嘟囔道："不说就不说，这事又不是光我一个人想打听。"

话落，前头却传来一阵骚动。

抬眸一看，原是从外头又进来了几位男子。

为首那个男子着一身靛蓝锦袍，气质温润，头束玉冠，长相儒雅端庄。

此时匆匆进来，脸上还带有急色和歉意。

见到秦策后，他拱手一礼："秦兄，实在抱歉，路上有事耽搁了，来得迟了。"

倒是他身后同样来迟的另两位金家公子，面色倨傲，背手站在后头，左右打量着席面。

秦策自是不会说什么，连忙将几人迎了进来。

谢殊的视线在为首那个男子身上停留片刻，微微侧身看向戚秋。

却见戚秋坐得四平八稳，木着一张脸，根本就没有注意到那边的动静。

谢殊咳了两声。

听到旁边的动静，戚秋这才从思索中回过神来。

对于杨彬的事，戚秋至今没有头绪。

方才听宁和立提起，戚秋一听"中毒"两字，不自觉地想起那日马车外突然出现的映春。

早知道会有这个任务，她说什么也要听听映春到底给谢殊说了什么。

记得那日，谢殊上马车之后就合上了眼，当时脸色就不怎么好看。

如今既然宁和立提了，戚秋也不用假装自己不知道此事了。

她看向一旁的谢殊，脸上挂上一抹担忧："表哥，方才听你和宁公子说话，杨彬表哥怎么病了？"

谢殊像是没想到戚秋会问起这个，顿了顿说道："不必担心，太医已经去瞧过了，养几日就会好。"

却没有直接回答戚秋的问题。

戚秋想起方才宁和立问的，越发坚定了自己内心的猜想。

杨彬怕是真的是因为中毒晕倒。

若真只是病倒了，谢殊何必连她这个表妹都不肯告知。

想起杨彬之前一连几日都宿在青楼里，映春又像是知情的样子，戚秋微微皱眉，难不成他是在青楼里被人下了毒？

知道问谢殊是问不出来什么了，戚秋也并不着急。

好似松了一口气，戚秋说道："没事了就好，没事了就好。只是杨彬表哥病倒，我这个做妹妹的理应前去探望，这几日却……姨母不会怪我吧？"

谢殊道："过几日母亲也要前去南阳侯府探望，你跟着一起就是了。"

戚秋见目的达到，乖乖地点了点头。

本欲转回身子，却见谢殊微微抬起下颌，对着不远处示意。

戚秋不明所以，跟着看了过去。

只见不远处坐着一位男子，和秦家公子秦策在一旁说话。

也没什么不对劲儿的地方。

戚秋不解。

谢殊见她这副神色，顿时挑了挑眉梢，解释道："秦策旁边的那位男子是韩言，韩公子。"

戚秋一顿，刚想说"那又如何"，脑子就突然反应了过来。

那是韩言！

她跟谢夫人扯谎，说自己仰慕他的韩言！

戚秋顿时调整了坐姿，手里捏着帕子，将脸憋红，时不时地抬眸向那边瞄一眼，含羞带怯道："原来这位就是韩公子，果然如传闻中一样温文尔雅。"

谢殊："……"

瞧着戚秋这红着脸娇羞的模样，谢殊无言以对。

这是不是变得太快了？

戚秋眨巴着眸子，一边尽量不让自己的仰慕显得那么突兀，一边无视着谢殊欲言又止的神色。

看得多了，那边的韩言也有所察觉，微微抬眸回看过来。

戚秋被这突如其来的对视吓得一愣。

许是因为没见过戚秋，韩言看过来之后也是一愣，随后朝她微微一笑，点头示意。

戚秋也只好回了一个笑。

等韩言收回视线后，戚秋悻悻地转过身子，却扫见一旁本该坐着的谢殊人已经不见了。

戚秋霍然起身，四处张望，不等寻到谢殊，前面几步远的距离却突然有人吵了起来。

一个头戴毡帽，一瞧就是喝醉酒的男子摔了茶盏，指着席上另一位男子怒骂道："姓程的，你别给脸不要脸，我今日跟你说话是抬举你，你还敢笑话我！"

旁边站着的人面面相觑，似乎不知道这是又闹哪一出。

那位姓程的公子看起来满脸无措，慌忙起身解释道："金公子，我没有……"

金明川却丝毫不听解释，阔步过来，当即就要动手。

在戚秋前面坐着的几名贵女纷纷惊呼，一旁的男子也赶紧让开了路，唯恐火烧到自己身上。

反应过来的秦策一脸牙疼，赶紧招呼着下人上去拦着。

拦得越狠，金明川火气就越大，一怒之下，便不分青红皂白，连秦府的下人也打了。

一时之间，宴席上鸡飞狗跳。

桌椅、碗碟碎了一地，还有躲闪不及的贵女被推搡倒地。

秦策的脸色也沉了下来，却也不好跟金明川这种喝醉了酒的人多说什么，只能亲自上去拦。

眼看就要打到自己跟前了，戚秋赶紧往后退了两步。

结果她往后退，战火也往后蔓延。

看着已经打红眼的金明川，戚秋暗骂一声，连退几步，却猛地好似撞到了一堵墙。

男子温热的气息就在上方，戚秋赶紧向左侧空地挪了一步，抬眸一看，却是谢殊。

他旁边还站着宁和立，正双手环抱，看得津津有味。

谢殊皱着眉看着眼前这一片狼藉和已经扭打起来的两人，转头问向戚秋："没伤及你吧？"

戚秋刚摇了摇头，身后的金明川却突然发力朝这边撞了过来。

秦策和与金明川扭打起来的程安赶紧侧身躲过，只留下站在他们后面不远处的戚秋。

戚秋已经来不及闪开，眼见人要撞过来，她身子一僵，下意识地闭上了眼睛。

想象中的疼痛却并没有来，只听身后"扑通"一声，是人跌倒在地的声音。

一股力道也同时将她拉到一旁。

等戚秋睁开眸子，只见金明川已经一屁股跌坐在她半个身子前的地方，自己也被谢殊拉到了身后。

这一跤，可不轻。

金明川顿时疼得龇牙咧嘴，半天都没能从地上爬起来。

爬不起来，他索性就坐地上，指着谢殊怒道："你敢踹我！"

谢殊眼皮都未动一下，淡淡地对秦策道："金公子喝醉了，让人扶下去醒醒酒吧。"

秦策反应过来，怕再生乱子，招呼了个小厮，亲自将金明川从地上扶起来。

金明川想反抗，可这一脚踹得他现在还在冒冷汗，打了一架后，腿上也用不上力气。

无法，只好任由人将他扶了下去。

金府的下人碍于谢殊，也不敢多说什么。

谢殊扭头，皱着眉开始教育戚秋："下次若是再遇上这种事，躲得远远的，若我刚才不在，你怎么办？"

戚秋低着头，弱弱地应了一声。

见谢殊还要再说，戚秋拉了拉谢殊的衣袖："表哥，你方才去哪儿了？我四处都找不到你。"

戚秋小声地嘟囔道："下次别留我一个人在原地了。"

谢殊一顿。

他猛地又回想起了那日在明春楼时，戚秋站在他跟前醉醺醺时说的话。

喉结上下一滚，谢殊皱着眉，终是又把教训的话给咽了回去。

等金明川被人一瘸一拐地扶走后，安阳郡主凉飕飕道："这场宴席办得好，一天下来尽看热闹了。"

这话虽让秦仪听得眼冒火，却也不得不说在这场闹剧之后，宴席确实进行不下去了。

不过一刻钟，便陆续有人告辞。

秦韵见状，出来道了歉，宴席也就随之散了。

谢殊领着戚秋走时，秦韵亲自送二人出了园子的二道门，又为上午的事替秦仪给戚秋道歉。

在戚秋表示并没有放在心上后，秦韵好似松了一口气，笑道："园子里还有宾客，不能送两位出园子了。这次没有让戚小姐和谢公子玩得尽兴，是我的不是，下次两位若是不嫌弃，我一定再好好招待两位。"

戚秋应了一声，系统的提示音应声响起。

"去往竹林园，结交秦韵"任务已完成，无任何任务奖励。因原著剧情设定，宿主的香囊遗落到了北厢房，请宿主前去拿回。

戚秋一愣，摸向自己腰间的香囊，只见刚刚还好好挂在这儿的香囊已经消失不见。

戚秋一阵无语。

为了剧情，系统真是不择手段。

只是……

戚秋让谢殊等着自己，扭头往回走的路上，却始终想不起来这一段有什么剧情。

毕竟原著是以谢殊视角为主，如原身这种女配角，其实在原著中戏份很少。

等到了北厢房，人已经散得差不多了。

戚秋在自己的座位上找到了香囊，却在回去的必经之路上的一处假山后听到了霍娉的怒吼。

"你弟弟死那是他咎由自取，你少拿这事来威胁我，我、我不怕你！"

戚秋脚步一顿，明白这应该才是系统让她回来拿香囊的用意。

示意山峨收声，戚秋躲在一旁静静地听着。

178

只听一道男声响起："你若不推他，他如何能滑下水去？我弟弟那可是一条活生生的命！此事你若是帮我，我弟弟的死因便无人会知，可若是你不愿意，那就别怪我不客气了！"

霍娉粗重的喘气声，戚秋隔着假山都能听到。

半响后，霍娉依旧是压不住火气："你休想！是你弟弟想要对女子欲行不轨，你把此事闹大，你们金家也别想好过！"

男子冷笑了两声，语气也不好了起来："霍小姐，你怎么如此天真？先不说你这话说出去死无对证，谁会相信，就说一个民女能和金府的公子相比吗？就算你是为了救人而导致我弟掉入河中，那又能怎么样？"

霍娉的呼吸声又重了一些。

戚秋已然明白。

恐怕原身知道这件事就是因为她的香囊掉在了席面上，回来取的路上却听到了两人的谈话。

后来，霍娉害死金杰川的事能传遍大街小巷，除了原身，说不定还有金杰川这个哥哥的功劳。

戚秋明白了大概，便带着山峨走远了两步，这才示意山峨开口说话。

山峨机灵，很快就明白了戚秋的用意，故意大声说道："小姐，您的香囊落在这儿了。"

此话一出，假山后面就安静了下来。

稍顿片刻，果然就见霍娉自己从假山后面走了出来。

戚秋佯装不知假山后面躲了两个人，惊道："霍小姐，你怎么在这儿？正好，我找不到回去的路了，不如我们一道走吧。"

霍娉面色一僵，点点头。

一路无话，等离假山远了，霍娉这才突然道："你都听见了对吗？"

这次戚秋是真的惊了，不过也没想瞒，直接承认了："你怎么知道？"

霍娉撇嘴："瞧你刚才那副样子，就知道了。"

戚秋沉默了一会儿，问道："那日到底是怎么回事？"

霍娉知道戚秋早已经知道此事，也就没了顾忌，讲道："那日宴会结束得有些晚，我的马车在金家的马车后面，我眼睁睁看着金杰川醉醺醺地下马车，轻佻地拽着街上一位姑娘就要硬拖上他的马车。"

"路上也没有别的人,我身为女子遇到这种事总不能袖手旁观吧?我上去阻拦,却被喝醉酒的金杰川打了一巴掌。"

说起这个,霍娉依旧愤恨:"从小到大,爹娘都没动过我一根手指。我气得不行,就还了他一巴掌,没解气,就又狠狠推了他一下。他当时并没有掉下去,站在岸边,是想要挣扎着过来打我的时候脚下一踉跄,这才……

"那几日刚下了大雨水深得很,他又喝了酒,等我反应过来的时候,人已经不行了。我姐姐当时还不受宠,我害怕金家找我麻烦,脑子一抽就跑走了。"

霍娉说着,脸色也淡了下来。

戚秋低声道:"那日我威胁你,你为什么不说?"

"那日人那么多,我要如何说?况且……"霍娉道,"谁会信?我就算那日跟你说,你能信我吗?

"我回到家之后,匆匆跟爹娘说了此事,便是他们都不信我,觉得我是在为了自己找说辞,更何况别人了。"

戚秋无言。

她想了想,如果那日霍娉告诉她,她确实只会半信半疑,毕竟霍娉在京城的名声和原著剧情摆在那儿。

不过现下想想,原著里也确实不止一次提到金杰川不是什么好东西。

霍娉神色黯淡,低着声音道:"其实这几日我有在家中好好反省自己了,我也真是蠢,被张颖婉糊弄了这么多年,被当刀使一样伤害了不少人。如今这个局面是我自己造成的,也怪不得别人不信我。其实就算不是我直接把金杰川推下水的又有什么关系,人终究是因我而死。"

戚秋叹了口气,反问道:"先不说金杰川的事,单论这些年,你欺负别人都是张颖婉的错吗?"

霍娉沉默了下来,好半天才挤出一句:"不是,我有时候总是控制不住自己。"

说完,她又有些不甘心,急道:"可我现在知道错了,想重新来过。"

戚秋道:"你当然可以重新来过,但能不能原谅你,就是别人的事了。"

霍娉低下头,顿了好久才道:"我会去道歉,求他们原谅。"

为了防止金家人又找上来,戚秋一路将霍娉送上了霍家马车,这才回身去找谢殊。

她让谢殊等在一座亭子里,那座亭子高,戚秋好找。

怕谢殊又不见了踪影,她故作委屈地一遍又一遍嘱咐谢殊要待在亭子里,就是有人找也不能离开。

不然,她今日就真的要在这园子里迷路了。

等戚秋摸过去的时候,一眼就看见了亭子里的谢殊。

许是方才装委屈装得太狠了,谢殊和她走时交代的那样,乖乖坐在亭子里的石椅上。好似自戚秋走后,他就一下也没动过。

瞧着谢殊坐得端端正正,戚秋不知为何便没忍住笑了起来。

等谢殊走过来,两人并肩往外走去。

今日天色尚早,园子里依旧亮堂。石子路两旁种满了竹子,偶有薄雪依旧停留在上面。

冬日多风,冷飕飕的,吹得人发凉。

两侧竹子也在冷风中发出"唰唰"的响声,听多了倒也别有韵味。

谢殊腿长走得快,每走一段路就见戚秋落后一截,只好停下步子等。

戚秋走得无聊,就偷偷踢着路上松动的石子,一个用力,石子飞出去,砸到前头的谢殊。

谢殊扭过头来。

戚秋立马装作不是自己干的,也左右张望起来,等意识到这条路上除了山峨,就只有谢殊和她的时候,谢殊已经无奈地弯唇笑了起来。

戚秋顿时有些不好意思,也笑了起来,快步走过去到谢殊跟前扬起小脸,她讨好地笑着,像一只仰头讨食的小猫。

戚秋抿着唇一笑:"表哥等等我嘛。"

谢殊这才放慢了步伐。

一路静谧。

两人伴随着竹叶声,一路快走到门口的时候,旁边的小路上却传来说话声。

"今日真是倒霉,姐姐你都没看到戚家那个是怎么欺负我的,只教训我一个人,明明她也有错。"

戚秋眨了眨眼。

"她果然如颖婉说的那般讨人厌,我不喜欢她,下次姐姐要给她发请帖我就不去了!"

另一个女声呵斥道:"住口,今日不是你先惹起的事端吗?今日这一遭你就当长长记性。"

戚秋听得出来，这是秦韵的声音。

秦仪还有些不服气，却也不敢再跟秦韵唱反调，不服气道："你看她，今日还跟姐姐撞衫，她分明就是故意的，满京城谁不知道姐姐爱穿青色的衣裳。依我看，她那件衣裙都是去年的了，哪比得上姐姐身上的这件，可是……"

去年的了？

戚秋纳闷地低下头，今日这件青色袄裙可是她从原身带来的木箱里扒出来的，足够暖和，原来已经是去年的款式了吗？

秦仪和秦韵走得快，声音渐渐小了。

戚秋郁闷地走着，看着一旁绷着脸的谢殊，却突然起了坏心思。

她可怜巴巴地拉了拉谢殊的衣袖，故意问道："表哥，我没有故意要跟秦小姐穿得一样。我只是喜欢青色，表哥觉得我穿青色的衣裙好看吗？"

谢殊顿了一下："身为男子，怎好议论女子着装。"

戚秋委屈地垂下眼："是我穿得不好看，表哥不忍心直说吗？"

谢殊皱眉道："自然不是这个意思，只是……"

戚秋立马道："那表哥就说，我穿上这件青色的衣裙好不好看。"

谢殊抿着唇，终是在戚秋期望的眼神中点了头："好看。"

戚秋眸子笑成了月牙："怎么个好看法？"

谢殊的眉头又皱了起来。他如何懂得这些？

可瞧着戚秋好似因为秦家姑娘的话而难过的样子，谢殊也不好什么都不说，只好无奈地想着。

从来没有人问过他这个问题，戚秋又问得急，眼看就要出了园子，谢殊看着戚秋水青的衣裙，脑子里不断地回想着与戚秋这身青裙的相似之物，想要先将戚秋给敷衍搪塞过去。

终于，他想到了。

正好，竹林园也有这东西。

谢殊拔下来一根递给戚秋，意简言赅："好看，像夏日的这个。"

戚秋："……"

戚秋低头看着手里已经枯黄泛白的狗尾巴草，不敢置信地瞪大了眸子。

偏偏谢殊还无知无觉，觉得自己找到了恰当的形容物："跟它在夏天时的一样，一身青。"

谢殊愣是又憋出了一句："很清新。"

戚秋："……"

深吸了两口气，戚秋才勉强忍住将手里这根狗尾巴草砸回给谢殊的冲动。

很好，是本人听了想提刀的夸奖。

[33]

鱼肚泛白的清晨，街上仍见薄烟，稀稀疏疏的人走在街上，冬日的冷风不断吹着。

谢府的马车里经常点着熏香，萦萦绕绕，闻得人心思安宁。

谢夫人坐在马车里却是止不住地叹气。

戚秋知道，谢夫人和南阳侯夫人虽为堂姐妹，但素来不对付，两人一见面就吵，出嫁后索性这些年能不来往就不来往。

想必，谢夫人这会儿正是头疼见到南阳侯夫人之后两人又吵起来。

尤其是还当着她这个小辈面。

但今天戚秋无法不跟着来。

离系统公布"查清杨彬晕倒的真相"已经过去了五日，戚秋对这个任务却依旧一筹莫展。

她手上有用的线索实在是太少了，不论是系统还是原著剧情都没有给予一点提示。

面对这个或许杨彬都不知道自己怎么中毒的任务，戚秋简直是两眼一抹黑。

戚秋跟着叹了一口气，只盼着这趟去往南阳侯府能有一些收获。

南阳侯夫人和谢夫人虽然不常来往，但两座府邸离得还算近，只隔了一条街。

仅一刻钟，谢府的马车就到了南阳侯府正门。

经下人通传过后，南阳侯夫人身边的安嬷嬷快步从府里走出来，将谢夫人和戚秋迎了进去。

南阳侯府说来也是世家大族，虽比不上谢家富贵，但在京城里也是有名有姓的大户人家。

眼下府上却是静悄悄的，从正门进来，这一路上府上的下人连一丝响动都不敢发出来。院子里的积雪、落叶不见人清扫，府上静悄悄得如寂寥冬日，不见一丝活气。

嬷嬷一脸苦笑："自从公子病了之后，夫人日日哭，侯爷也气急攻心病倒了。府上没了管事的人，只靠我们这些奴才撑着，却也是心有余而力不足。还请谢夫人一会儿见到我家夫人，能多劝两句。"

这位嬷嬷原是淮阳侯府的下人，淮阳侯府未分家时，她也曾在谢夫人身边伺候过，后来才被指给南阳侯夫人做陪嫁丫鬟。

到了南阳侯府，一连伺候了几十年。

因这过往的交情在，这些话她也能大着胆子说。

谢夫人叹了口气："我们两个你也知道，我劝了，她也未必会听我的。"

嬷嬷嘴唇嚅动，几番欲言又止后，最终却还是什么都没说。

一路走着，刚到南阳侯夫人的院子门口便能闻到满院子飘着的药味。

里头还传来阵阵哭声。

进到正屋，偌大的屋子里头凉飕飕的，也不见下人生炉火。

内室里，果然是南阳侯夫人正在垂泪。

瞧见谢夫人和戚秋进来，她这才拿帕子沾着眼角的泪水，从里头走出来。

强忍着哽咽，南阳侯夫人神色冷淡道："来了，坐吧。"

这是戚秋第四次见南阳侯夫人。

第一次是上京之后的拜见，当南阳侯夫人知道她居住在谢家后，本就冷淡的脸瞬间就耷拉了下来。

第二次是在谢府，南阳侯夫人找谢夫人帮忙救儿子。

第三次是在长公主的花灯宴上，她和谢夫人谁也没搭理谁，连带着谢夫人身边的自己也没得什么好脸色。

今日这就是第四次。

一连四次，三次都不怎么愉快，这次恐怕也好不到哪里去。

果然，只见南阳侯夫人的视线在戚秋身上打转了一圈后，不咸不淡道："原来你还认我这个姨母，我以为你眼里只有谢家这个姨母。"

这话意有所指，却不知从何说起。可还不等戚秋说话，南阳侯夫人又将话移到了谢夫人身上。

她一脸冷笑几声："劳烦谢夫人大驾光临，竟还能等到你登我南阳侯府门的一天。"

知道她没好话，谢夫人不愿接她这话茬，静静地端着下人奉上来的热茶。

南阳侯夫人恨恨道："彬儿病了这么久，你才想起来探望，也亏得彬儿叫你这声'姨母'！"

谢夫人皱眉："彬儿病倒，你瞒得这样严实，还特意嘱咐殊儿不准将此事说与我听。若不是如今压不住了，京城里都是闲言碎语，我去问了殊儿，如何能知晓此事？"

提起此事，南阳侯夫人更是大怒："你少在这里假惺惺的，你们母子俩分明就是一条心的！一个不闻不问，另一个袖手旁观，彬儿从今天起就没有你们这个姨母和表哥！"

戚秋的眉头微微皱了起来。

说谢夫人不闻不问就罢，可说谢殊袖手旁观又是何意？

戚秋不解。

在原著里，即使谢夫人和南阳侯夫人不睦，但谢殊和杨彬关系一直不错，怎么也不像是会在这件事上袖手旁观的人。

可……

戚秋抬眸，瞧着南阳侯夫人说得咬牙切齿，竟也不像是在说气话的样子，戚秋顿时陷入了沉思。

被当众这样说，谢夫人的脸色也不好看了起来，沉着脸将手里的茶盏放下。

眼见南阳侯夫人越说越过火，嬷嬷赶紧上前阻拦劝慰，心里却也知道劝不动。

这两人是在闺阁里就不对付，出嫁后更是处处比较。

这些年谢夫人吃斋礼佛，性情是好上许多，只是她家夫人却……

嬷嬷叹了一口气。

等嬷嬷劝慰住了南阳侯夫人，谢夫人这才开口说道："彬儿现在可好？他的病到底是怎么回事，我怎么听人传是中毒了？"

这些消息仅在一夜之间便传遍京城，且闹得沸沸扬扬的，不论是杨彬顶撞父亲，还是连宿青楼数日后中毒病倒，都在京城里传得有鼻子有眼。

南阳侯夫人是想压都压不住，心力交瘁，这几日也是需要日日喝补药补身体。

南阳侯夫人扭过脸，喘着粗气没说话。她身边的安嬷嬷见状只好赶紧道："确实是中毒了，太医说毒已经在公子的身体里好几天了。若不是公子那日喝多了酒，吐了后晕倒，又有大夫诊脉，恐怕现在都没人知道……"

谢夫人紧皱着眉头："究竟是谁如此大胆，竟敢在南阳侯府公子的头上下毒，可查出来是何人所为了吗？"

嬷嬷摇头："夫人已经派人去查了，只是至今仍无线索。"

南阳侯夫人狠狠地捶了一下手边软枕，气道："我若知道是谁所为，定要活活扒了他的皮！"

戚秋在心里暗暗吐了一口气，心道，此事果然没有这么简单。

自那日系统下达任务之后不久，她就派了郑朝去看守着怡红院和梨园的映春姑娘。

可一连几日，郑朝传回来的消息都是怡红院照常开着，并没有被查封，老鸨和里面的姑娘也都相安无事。至于映春，这几日一直在梨园里待着，并没有出来过。

如果杨彬真的是在怡红院里被人下了毒，端看南阳侯夫人这般咬牙切齿的模样，便可知她绝对不会饶了下毒之人。

依照南阳侯夫人的脾性，此事既然已经闹得沸沸扬扬了，那她就绝对不会轻易放过怡红院一干人等。

可如今怡红院风平浪静，映春也安堵如故，便知杨彬的晕倒与妓院确实无关。

戚秋叹气。这真是一朝回到解放前。

正想着，守在屋子外面的丫鬟进来通传："夫人，王太医来了。"

杨彬晕倒那天，谢殊就取了令牌让南阳侯府的下人进宫去请太医来诊脉。

因谢殊，太医也愿意卖这个面子，日日来给杨彬诊脉。

只是杨彬到现在依旧不见好。

听到王太医来了，南阳侯夫人也顾不上了，连忙出去亲自将人领去了杨彬的院子。

竟是丝毫不管里头坐着的谢夫人和戚秋了。

长辈的恩怨不牵扯到小辈身上。对于杨彬，谢夫人还是疼爱的，便也没什么好计较的，站起身，拉着戚秋跟着一道去了。

杨彬的院子里种了好几棵桃树，如今在冬日里桃树已经变成了枯树，树杈上还冻着冰碴儿。

正屋里，杨彬躺在床上，看起来很不好。

脸色苍白不见血色，有气出没气进的感觉，嘴唇还隐隐发紫。

典型的中毒症状。

王太医把完脉，叹气道："余毒未解，只能先拿参汤吊着。这几日下官已经和太医院的各位同僚翻看古书了，说不定能找到解毒之法。"

谢夫人皱眉："这到底是何毒？现在太医院就无人可解此毒吗？张院使也无法子吗？"

王太医低头恭敬地回道："是何毒现在还不清楚，张院使这几日回家省亲，山高路远，要一个月后才能回来。"

杨彬如何还能撑得了一个月！

谢夫人拧着眉，心中一口浊气始终吐不出来。

早在听到王太医叹气的时候，南阳侯夫人的心就咯噔提起来。

等王太医走后，南阳侯夫人再也忍不住又哭了起来，一下扑倒在杨斌身上："彬儿，到底是谁这么狠心想要害你，你醒醒，告诉母亲！"

南阳侯夫人趴在杨彬身上哭得撕心裂肺，还不等嬷嬷上前劝慰，她人就突然身子一歪，晕倒了过去。

屋子里顿时忙成一锅粥，下人纷纷吓了一跳，便是连谢夫人也顾不得旁的了，和戚秋赶紧上前搀扶。

好在王太医还未走远，忙将人又请了回来，给南阳侯夫人诊脉。

瞧着眼下乌青的南阳侯夫人，身边的嬷嬷也垂了泪："谢夫人，您也看到了，如今府上已经是一团糟。这几日公子病了的消息又传了出去，想必陆陆续续来打探看望的人不会少，可夫人这个样子，我们这些奴才也不顶事……"

她咬了咬牙，跪下说道："自从分了家后，夫人和淮阳侯府那边也不怎么走动，奴才实在是走投无路了，还请谢夫人看在已过世的四老爷的面上，帮帮我家夫人吧。"

谢夫人叹了一口气，将嬷嬷给扶起来："罢了，我知道你的意思，这几日我就留在府上照看着，等府上稳住了再走。"

到底还是同宗同亲，瞧南阳侯夫人这个样子，谢夫人也做不到袖手旁观。

等谢夫人派人去给谢殊递信时，南阳侯夫人刚刚醒来。

听嬷嬷说谢夫人要留住在府上，她头一次什么话也没说，疲惫地闭上眼，谁也不理，本保养得当的面容此时仿佛苍老了十岁。

她就这么一个儿子，千娇百宠地养大，如今若是出了什么事，她又怎么承受得住。

谢夫人叹了口气，劝慰道："若是连你也病倒了，彬儿还能指望谁？"

187

南阳侯夫人的一行清泪从眼边滑落。

谢夫人和安嬷嬷两人齐声劝慰着，等南阳侯夫人喝了药，谢夫人这才起身送戚秋离开。

回来的路上，马车里便只有戚秋一个人。

身边没有了人不用伪装，戚秋的坐姿也轻松了一些，半靠着马车壁沿，听着水泱在南阳侯府打探来的消息。

水泱心思巧，人也看起来软绵绵的，让他人不设防，最适合去打探这些消息。

"奴婢听院子里洒扫的小姑娘说，那日谢公子把杨公子送回来之后，人尚未离开，杨公子便'哇'的一声吐了出来。吐出来的腌臢之物里还夹杂着血，那血竟是绿色的！吐完之后人就昏迷了过去。"

绿色的血？

戚秋猛地瞪大眼睛，顿时身子一颤，声音都下意识地有所抬高："杨彬吐了绿色的血？"

水泱被戚秋吓了一跳："是、是啊，那个小丫头被派进屋打扫，亲眼看见的。"

戚秋的手都在抖。

她猛地回想起了她穿书而来的第一个夜晚。

那晚她被蒙面人掐着脖子灌完毒药后，瘫倒在地，几次吐血。

在弥留之际，她迷迷糊糊看到地上自己最后吐出来的血竟然是绿色的，可不等再看，她就两眼一黑晕死了过去。

当时若是没有系统，她恐怕已经没了命。

而令她没想到的是，杨彬竟然也吐出了绿血。

莫不是，当时的她和现在杨彬中的是同一种毒？

戚秋只觉得心怦怦跳得厉害，脑子里也是乱糟糟的，时而是杨彬惨白着脸躺在床上的模样，时而闪过许多疑问。

过了好久，戚秋才缓缓吐出一口气，沉下心来。

杨彬中毒这个剧情，本是原著里没有的。

她虽然半路弃文，但可以肯定在原身上京城之后的第一个冬日，杨彬还是活蹦乱跳的，还在竹林宴上和原身搭了话。

所以这段情节到底从何而来？

是她穿书之后，蝴蝶效应改变了原剧情，还是系统故意添了这么一段剧情，又故意给她布置下来这么一个任务。

可系统这么做的用意是？

难不成是……

戚秋抿了抿唇，手握得紧紧的。

正想着，马车却突然停了下来。

不等戚秋掀开帘子，只听一阵由远及近的脚步声。

随后，外面传来一道声音："戚小姐，我家姑娘想见你一面。"

[34]

戚秋掀开车帘，只见马车前站着一个模样清秀的小厮，瞧着年岁不大，低着头虽看不清神色，但戚秋确实没有见过他。

戚秋微微探出头，询问道："你家姑娘是？"

那小厮恭敬地回答："梨园，映春。"

映春？

戚秋一惊。

这倒是稀奇。

戚秋心中百转千思，面上却随即笑了："我与映春姑娘素不相识，也不曾见过几次面，不知映春姑娘是如何找到我的，又找我有何事？"

她今日出府是和谢夫人一起的。

映春既然敢派小厮来找她，想必就知道谢夫人不在马车里，不然映春不敢如此冒失。

可这就不免让人深思了。

映春到底是猜到谢夫人没跟着一起回来，还是派人跟踪她，对她的行踪了如指掌？

她派人盯着映春是因为杨彬的事，如果映春也派人跟踪她，那映春的用意是？

戚秋眼眸微垂。

小厮道："这小的就不知道了，小的只是奉命行事。"

顿了顿，小厮抬头左右看了两下，确认四周无人之后上前两步，压低声音道:"映春姑娘说此事事关南阳侯府的杨彬公子,尤为重要,不可让旁人知晓,还请戚小姐务必前去梨园一叙。"

事关杨彬?

映春到底知道什么?

戚秋掩在车帘下的眉头微微蹙起。

她不禁又想起那日寒雪北飘,映春拦着马车,红着眼眶对谢殊说的那句话。

"我不信别人,只信你。我都豁出了这条薄命,公子连下马车与我交谈都不愿意吗?"

所以映春到底知道什么,说出来竟会危及性命吗?

而且,映春为什么又找上了她?

是那日谢殊下马车后两人没谈拢吗?

一层薄汗浮在额上,戚秋放下车帘,果断道:"不去。"

小厮没想到戚秋这么干脆,竟是直接拒绝,当即有些急了:"戚小姐,杨公子可是你的表哥,如今他尚未清醒,你真打算对此事不闻不问吗?"

听到这话,戚秋却是又笑了。

戚秋又掀开车帘,看着马车外的小厮,嘴角轻扯:"比起映春姑娘对此事的上心程度,我确实算不上操心。就是不知映春姑娘到底为何对此事如此竭力,倒真叫我觉得奇怪。"

小厮被戚秋看着,竟然有种心虚的感觉,又把头垂下:"我家姑娘只是知道了一些有关杨公子中毒的重要事,觉得若是不说出来实在是有愧于心。"

这话说出来太轻飘飘了,实在无法打消戚秋的疑心。

戚秋淡淡道:"既然如此,那你就去回禀映春姑娘,明日可去东茶园一叙,梨园我是不会去的。"

虽无法打消疑心,可不说别的,为了悬在头顶的系统任务,映春如果真的知道什么,就算她和谢殊谈崩了,就算她真的想要在自己身上算计什么,戚秋也只能死马当活马医地见见她。

只不过,不能在梨园。

梨园是映春的地盘,又鱼龙混杂,去了后,若是映春要什么花招,谁知道会发生什么。

她不得不防着。

而东茶园不一样,东茶园是谢殊名下的产业,就算映春心怀不轨,她也不敢在东茶园动手。

小厮闻言便有些犹豫。

戚秋却不愿再纠缠，放下车帘，让郑朝驾起马车："映春姑娘若是同意，明日上午巳时三刻在东茶园见。"

映春显然是愿意的。

等戚秋回了谢府还未来得及用午膳，山峨就进来了，说是映春让人递了话，明日会准时在东茶园与戚秋见面。

戚秋早已料到，闻言并没有多大波动，倒是对谢殊不在府上的事有些诧异："又去办差了？表哥的差事不是已经办完了吗？"

刘管家满脸无奈："可不是？也不知道今日上午傅千户急匆匆地来了所为何事，一连几个时辰过去，公子到眼下也没有回来。"

刘管家犹豫着说道："锦衣卫不备炉火厨房，公子常常忙起来就什么都不吃。以前都是夫人派人去将公子叫回府上用膳，或是亲自去送膳食，不然由我们这些下人去，公子总是让我们放下食盒就走，奴才们也不敢不听，这膳食吃没吃，谁也不知道。"

他没吃。

戚秋心道。

除非由谢夫人亲自去盯着，或者谢殊回府用膳，其余但凡是下人送来让放下就走的膳食，谢殊统统交给了傅吉他们吃。

戚秋有些明白刘管家这一趟找来的用意了。

果然，就见刘管家弯着腰，恭敬道："夫人侯爷不在，奴才也是实在无法，这才来麻烦表小姐。表小姐若是得空，不知能不能去送一些膳食给公子，盯着他吃完。"

戚秋这才恍然意识到，府上除了下人，这几日竟是只有她和谢殊两个人。

刘管家还在期望地看着戚秋。

戚秋对于这个跑腿的差事自然是求之不得。

系统之前公布的"在两个月内给谢殊送荷包、做膳食提高好感度"的任务她还没有完成，此番，正好也能让她见缝插针地完成一下任务。

戚秋应承下来，送走刘管家就去了小厨房。

让山峨和水泱守着门，戚秋掏出食谱，依照原著记载的谢殊口味，给做了三道菜一份汤，打算一会儿随着刘管家送来的食盒一道给谢殊送过去。

知道院子里有耳目，为了避免被人议论，戚秋又照着谢夫人和南阳侯夫人的口味给做了四道菜一份汤，以"担心两位长辈在府上忙碌吃不好"为由派人送去了南阳侯府。

至此，也算是能阻止那些嘴碎的人嚼舌根，不然万一此事传到谢夫人耳中，又是一场麻烦。

在给谢殊送膳食的路上，戚秋就收到了谢夫人好感度提升的消息。

出乎意料地，还有南阳侯夫人的好感度提升。

戚秋心道，原来南阳侯夫人这个姨母，也没有想象中的那么油盐不进。

等到了锦衣卫府门口，戚秋拿着谢府令牌等人通传，本以为会是小厮出来领路，没想到一刻钟过去后，竟是谢殊出来了。

谢殊艳红的飞鱼服上留有皱痕，袍尾有些深，像是沾染上了污水，也不知方才是去了哪里。

他单手抱着官帽，白皙的面容存留些许戾气，缓步走了过来。

他昨日被苏和叫去淮阳侯府用膳，回来的时候已经是深夜，许是没睡好，眼下还残留着淡淡的困倦之意。

锦衣卫的门槛设得很高，戚秋和山峨的手里都拎着食盒，里面放着汤菜饭，很重，戚秋便没挪步子，等着谢殊走过来。

戚秋怕冷，一出门就披着厚斗篷，斗篷上的帽子严严实实地盖在她脑袋上。

那斗篷上缝了一圈白毛领，垂在额头上，衬得戚秋巴掌大的小脸更加小巧精致。

她杏眸微圆，穿了一身桃粉色的袄裙，裙摆上绣着缠枝而起的桃花，粉粉嫩嫩的娇嫩模样，只是盈盈地站在锦衣卫府门口，就与这压抑的锦衣卫府邸显得格格不入。

谢殊本是冷淡戾气的神色，现在却突然扯了扯嘴角。

他已经很久没见过戚秋穿青色的衣裙了。

自那日竹林宴之后，戚秋就把自己所有的青色衣裙都给放进木箱里锁起来，再也不打算穿了。

并且深深痛恨上了狗尾巴草。

那日，哪怕是谢殊说她穿得像青竹，她也能够自我安慰这是谢殊觉得自己品行端正，像青竹一样拥有良好的品质。

可人家谢殊偏偏就这么野，满园子的竹林看不见，愣是就从那不起眼的小角落里给她拔了一根狗尾巴草。

仅此一言，就给戚秋留下了无数心理阴影。

锦衣卫府门口两侧种了红梅，梅香四溢，却丝毫不添雅致，深沉的古朴大门更是带着扑面而来的威严。

谢殊从里头走出来，梅花香气变得浅淡，取而代之的是一股浓重的血腥味。

戚秋脸上的浅笑一顿，看着谢殊袍摆的深色痕迹这才明白，这不是什么污水，而是鲜血。

抿了抿唇，戚秋乖巧地叫了一声"表哥"。

谢殊接过戚秋手里的食盒。

锦衣卫比刑部小一些，但景致要好很多，种了不少花树，只是戚秋闻着空气中似有若无的血腥味，很是怀疑这些花树的作用是不是就为了掩盖这些味道。

谢殊将戚秋领到了房间里，里头还站着两位男子正在收拾着桌子。

见到谢殊，他们拿起桌上的一枚玉佩："谢大人，这枚玉佩好似是王……"

谢殊只扫了一眼，便打断道："送回去吧。"

那两人点点头，这才退下。

谢殊让戚秋坐下后，打开食盒，却见里头备着两副碗筷。

他一愣。

戚秋低声解释道："我也没用膳。"

谢殊揉着额头："是刘管家催你来的吧。"

戚秋点头应了一声。

谢殊便没再说什么，将膳食一一摆出来之后，将碗筷递给戚秋。

拿着筷子，戚秋却有些吃不下去，假模假样地浅尝两口，便放了筷子。

谢殊察觉，微微抬眸："怎么了？"

一顿能吃两碗饭的戚秋抿着唇，小声说道："我胃口小，吃两口就饱了。"

谢殊这会儿其实也吃不下什么东西，吃了两口便也跟着放了筷子。

好在他吃戚秋做的膳食最多，成功地让戚秋任务进度条加三，收拾残羹的时候谢殊还问了一句："这是府上的厨子做的？"

戚秋怕说是自己做的显得过于殷勤，也容易惹人遐想，到时候若是适得其反岂不是功亏一篑，于是便点了点头默认了。

谢殊低头嘟囔了一声："倒是比其他菜做得咸很多。"

戚秋："……"

幸好没说是自己做的。

戚秋扯开这个话题，说道："表哥，姨母这几日都不回府上。"

谢殊颔首："我知道。"

戚秋静静听着，却半天没听见谢殊下文。

戚秋："……"

这就没了？

那你呢？

你回来住吗？

能让我顺利开启府上只有你我二人的攻略日子吗？

戚秋憋了半天，眼见谢殊没有往下说的欲望，只好问道："表哥这几日差事可忙？会回府上住吗？"

谢殊一顿，抬头看着戚秋，不知她特意问此话的用意到底是希望自己回府居住，还是不希望。

索性他也不纠结，淡淡说道："没什么要紧的差事，自然会回府上。"

戚秋感觉到谢殊今日心情不怎么好。

虽然谢殊一直克制着，也没有要表露出来的意思，可戚秋还是莫名感受到了。

正想着，谢殊却弯曲手指敲了一下桌面，突然开口道："表妹，你可愿意帮我一个忙？"

……

今晚谢殊许是差事太忙，并没有回府居住。

府上只有戚秋一个人，偌大的侯府到了后半夜，便只有戚秋的院子里还点着烛火，瞧着不免有些苍凉。

戚秋手撑着脸，双眼轻合，在烛火边上坐了很久。

翌日一早，戚秋就出了府。

东茶园就在街东头，临近漕运，她与井明月上次一同去过。

戚秋到的时候，映春已经来了。

见到戚秋，她起身盈盈一礼，笑得温婉："戚小姐安好。"

说着，便张罗戚秋坐下。

"没想到戚小姐竟约了我来此处。"映春为戚秋斟茶,"记得我上一次来这儿的时候,正是春分那日,也是在此处遇到了谢公子。"

戚秋挑眉,不动声色地听着。

映春继续说道:"也是在这里,街东头的刘家来寻我麻烦,是谢公子特意跑来救了我。"

这话说得暧昧不已,说完,映春低头一笑。

戚秋:"……"

戚秋感到一阵窒息,手里的茶水都喝不下去。

映春说的这个情节,原著里也有写过。

这家茶园当时并没有记在谢殊名下,便鲜少有人知道这家茶园的幕后东家就是谢殊。

今年开春,街头出名的地痞和刘家来茶园找事,不仅砸了茶园的东西,还打伤了店里的小二。

掌柜的便赶紧派人找来了谢殊。

谢殊赶到,捶了地痞,收拾了刘家,此事圆满落幕。

原著里倒是也提到了映春,说是她见到刘家来到此处,唯恐被找麻烦,便特意躲得远远的。

所以……

映春说的英雄救美是从哪儿凭空蹦出来的?

戚秋不禁确认道:"可是今年开春?"

映春矜持颔首:"正是。"

戚秋:"……"

映春面带桃红:"也多亏了谢公子,不然我当时就真的要被刘家的给堵住了……"

戚秋看着眼前诉说着谢殊是如何救她的映春,听得是一脸蒙。

系统前几日还曾说过,原著剧情只会在她穿书之后才会发生改变。

书中今年开春的时候,戚秋还好好地在家里睡觉,甚至都没开始追看原著。

所以那时还是按照原著剧情一样发展,是不会改变的。

那么眼前这一出……

戚秋替人尴尬的老毛病又犯了,在心里开始疯狂地抠出了谢府别院。

原来有的时候知道剧情,其实也并不是什么好事。

虽然不明白映春为何要找她说这个，但戚秋听得是五味杂陈，勉强止住："映春姑娘，你今日找我来，不是只为了说这个吧？"

映春这才收了话。

她掏出一封信递给戚秋，笑盈盈道："知道戚小姐此行是为了杨彬公子的事而来，我已经将我知道的事的大致内容写在了这封信里，还请戚小姐帮我转交给谢公子。"

看着眼前这封递过来的信，戚秋盯了两下才缓缓抬起头。

心中大骇。

手上一抖，戚秋并没有直接接过信，而是强行稳住波动的心绪，问道："映春姑娘何不自己将信交给表哥，而要托我转交？"

映春眸中闪过一丝哀怨："谢公子误会我、怨我，不肯见我，我如何能将信递给他？"

戚秋顿了顿，又问道："可否请映春姑娘告知，这封信上到底写了什么？"

映春犹豫了一下，摇头道："此事事关重大，戚小姐还是不要知道的为好。"

戚秋努力做到表面淡然，缓缓说道："可若是我不知道信上写的什么，如何替姑娘你去递信，万一你写了什么大逆不道的话，我岂不是害了自己和表哥？"

映春咬着唇："姑娘也不信我？"

轻笑一声，戚秋垂下眸子："映春姑娘，这是我们第二次见面。"

言下之意——我要如何信你？

映春沉默下来。

等从东茶园里出来，戚秋却没有直接回谢府，而是去了千金阁。

千金阁是京城里的一家首饰阁，许多小姐都来这里订过首饰。

不仅如此，这里面的人消息也挺灵通。

见戚秋是乘坐着谢府的马车来的，里头的掌柜便立马知道了戚秋的身份。

他亲自将戚秋迎了进去，奉上茶后，得知戚秋是来买头面的，便将阁内值钱的头面都摆了出来。

戚秋挨个扫了一眼，没说话，倒是身后的山峨扬起下巴道："我们家小姐是来买红宝石头面的，你这里怎么没有？"

掌柜道："前几日，红宝石头面刚被王家小姐买了去。"

戚秋端起茶盏的手故意一顿，蹙眉，面露冷色。

掌柜的冷汗都要下来了。

这还是他头一次做谢府的生意，摸不清戚秋的脾性，唯恐得罪了人。

山峨将嚣张跋扈的丫鬟角色扮演得很好："那就赶制一副红宝石头面出来，十日后，我家小姐就要。"

掌柜的擦着汗，赶紧应声。

戚秋这才淡淡抬眼，扫了一眼桌子上摆着的其他款式的头面，轻声道："这些都包起来吧。"

"都包起来？！"掌柜惊得一愣，声音猛地拔高。

戚秋对掌柜的大惊小怪的样子微微皱眉，好似有些不悦。

呷口茶，她慢条斯理道："山峨，去结账。"

千金阁里不少人，戚秋这边排场本来就大，掌柜的这一嗓子更是把阁内其他人的目光给吸引了过来。

等戚秋从千金阁出来，谢府表小姐在千金阁内一掷千金的消息便顺理成章地传了出去。

街巷拐角处，有人侧身躲在墙壁后面，眼睁睁看着戚秋上了马车。

[35]

已至隆冬深夜，天气阴冷，京城数道长街之上人迹罕至，不见光亮，只听雾中偶有几声犬吠。

谢府秋浓院里，戚秋把窗户打开，只见天上一轮明月，皎洁的月色尽数洒在院子里的枯枝上。

她手撑着脸，斜倚着软枕，坐在烛火旁，手上还捏着映春给的信。

这封信她已经来来回回看了十几遍，顶上的每个字她都认识，到现在却依旧不解其意。

信上所述，直指魏安王。

映春在信上写，魏安王的属下跑到梨园捉逃狱的死囚时，因住的房间高，她不小心窥看到那名属下给死囚灌毒药的全过程。

死囚被灌了毒药浑身抽搐，不久后就"哇"的一声吐出了绿色的血水，慢慢便彻底没了气息。

映春慢慢说道："我当时看到被吓了一跳，还碰倒了花瓶，差点被那个下属发现。之后杨彬公子从牢里出来，因为先见了我，才去了怡红院，南阳侯夫人便以为是我撺掇杨公子不回府的。"

垂下眸子，映春叹了一口气："日日派人来寻我麻烦不说，等杨公子晕倒之后，甚至还非说是我下毒害的杨公子，还想让谢公子查封梨园把我抓回去，幸好谢公子明察秋毫。

"可南阳侯夫人依旧不放过我。杨公子晕倒那日，府上的下人还在梨园砸我的场子，找我麻烦。我也是那日听见南阳侯府下人说漏嘴，提起了杨公子晕倒之后吐了绿血，这才知道了此事。"

"这不就对上了！"映春抬起眸子，好似很是委屈，"这毒药世间罕有，那个下属又是在我面前用的毒，我岂能不怀疑。"

"只是……"映春扁了扁嘴，"那日我拦住马车与谢公子说了此事，谢公子却不信我，还让我不要插手此事。可我明明就看到了，而且我……。"

顿了顿，映春示意戚秋掏出信封里的玉佩："我还留有证据。"

戚秋从信封里倒出一枚玉佩，这玉佩做工还算精细，玉质也不错，是一般人家买不起的，上头还刻了大大的"魏安"两字。

映春解释道："这是魏安王那个下属不小心落下的，被我发现后藏了起来。这枚玉佩完完全全可以证明他的身份，只是那日我得知谢公子的行踪后走得匆忙，忘了拿，所以谢公子看我无凭无据不信我，也实属正常。

"今日我把这枚玉佩拿来，只需谢公子去查一查今年五月是不是有死囚越狱跑到梨园躲藏，那个侍卫是不是来过梨园，便可证明我没有说谎！实在不行……"

抿着唇，映春咬牙道："我愿意与那个侍卫当面对峙。我知自己身份卑微，与谢公子有天壤之别，可我也不愿意谢公子误会我。"

戚秋一边回想着在东茶园时映春说得信誓旦旦的样子，一边摩挲着手里的玉佩。

"魏安"两个字是魏安王爷的封号，普天之下除了魏安王府的人，哪户人家敢刻这样字样的玉佩挂在身上。

况且她方才询问了刘管家，皇家玉佩后面会刻有特殊的图案，是宫外任何能工巧匠都雕刻不出来的，而这枚玉佩后面便有这个特殊图案，可见映春所言确实不虚。

这枚玉佩真的是魏安王的下属落下的。

可……

198

外面明月皎皎，枯木的一枝没被修剪干净，隐隐有想要探进屋子里的趋势，上头落有白白薄薄的一层积雪。

原来外面不知何时又飘雪了。

戚秋望着外面纷纷扬扬的冬雪，眸子黑沉如夜色，心思百转。

可她并不相信映春说的话。

先不论别的，就说魏安王的下属为何要在梨园处置囚犯？又怎么会给死囚灌毒的时候不仔细排查四周，且真就这么巧正好让映春瞧见了。

这象征着身份的玉佩如此重要，在魏安王手下当差的竟会大意到如此地步吗？玉佩给落在梨园也不知道，过了这么长时间也不派人寻回。

就说映春拦住他们回程的马车时，杨彬刚刚晕倒不久。

就算是南阳侯府的下人奉命寻她麻烦的时候不小心说漏了嘴，可她又为何要提前探知谢殊的行踪，甚至能及时地在他们回程的路途上拦住谢府马车。

这未免也太过凑巧了。

而且此事既然扯到了魏安王属下的身上，那就必定与魏安王脱不了干系。

可不论是魏安王还是他的下属，毒害杨彬的目的是什么？

南阳侯府在京城虽然算不上低调，但在朝堂上也算与世无争，衷心为君，近些年来更是没有犯过什么大错，也不曾得罪魏安王一家，魏安王是闲着没事了跑去害南阳侯府世子试试毒性吗？

再说这毒世间罕有，若映春所言非虚，那就说不准是否只有魏安王府有这样的毒。

那原身一个家离京城甚远，且初入京城的小姑娘到底是哪里得罪了魏安王，要他特此派人来下毒杀人。

这些疑团在戚秋心中挥之不去。

而更重要的是……

戚秋低头看着信封上的娟秀小字。

这字迹很好看，下笔温婉且不失力道。

而这一手秀丽小字，她在蓉娘的客栈里也曾看到过。

那是她被下完毒，绑定系统的第二日，正是摸不着头脑的时候。她在下楼时就看见蓉娘拿着一封信在看，因在信上看到了一个"戚"字，她便下意识多扫了两眼。

没想到却立马就被蓉娘察觉。

蓉娘利索地收起了信，戚秋没看见几个字的内容，只记得这一手书写得很好的正楷小字。

就算上面戚秋的疑惑解开，单论映春和蓉娘有来往这一件事，就着实让戚秋无法相信映春这个人。

这种种情况，就如团团迷雾萦绕在戚秋心尖，始终无法散去。

长舒了一口气，戚秋站起身走到屋子里炭火旁，将信纸扔了进去。

炭火烧得正旺，信纸扔进去不过一眨眼便被烧成了灰烬。

戚秋转身上床，熄了蜡烛。

屋子里顿时一片漆黑，只余熏香在冒着袅袅青烟。

戚秋一夜都不曾合眼。

翌日一早，谢府侧门前已经备好了马车。

戚秋上马车时，谢殊已经坐在了里头。

除去官服，谢殊身上的袍子大都是深沉的颜色，若是旁人穿总会显得老气，放在谢殊身上却更显桀骜的少年气。

戚秋唤了一声"表哥"后坐下来，低声说道："昨日映春姑娘递过来的信我已经烧掉了。"

昨日从千金阁回来，戚秋就将信交给了谢殊，没想到谢殊只是扫了一眼，甚至都没打开来看，就吩咐她一会儿找个没人的地方烧毁即可。

就连疑似魏安王属下遗落下来的那枚玉佩他也没有拿走，而是吩咐戚秋让她收好。

谢殊并未睁开眸子，身子靠在马车壁沿上，坐姿板正，面色苍白，闻言只淡淡地应了一声。

他今日的脸色着实不算好，面无人色不说，连嘴唇都不见血色，微合上双眼可见病色和疲倦。

看着很没精气神。

戚秋面露担心，关心道："表哥，你没事吧，脸色怎么瞧着如此不好？"

谢殊这才微微抬起眼，揉着眉心坐直身体，示意车夫驾起马车，回道："无事，只是昨夜没有睡好。"

这看着可不像是没有睡好，不过见谢殊不想说，戚秋也就没有再问。

今日这趟还是去往南阳侯府。

谢殊不知在哪儿请来了一位民间的名医，打算领去再给杨彬瞧瞧，就算是死马当活马医也总要试一试。

戚秋自然也跟着一起去了。

原著里，杨彬一直活蹦乱跳到她弃文。

如今她这刚住进谢府不久，很多故事线还没展开，杨彬却眼看人就要不行了。

戚秋不懂。

她这刚穿书没多久，和杨彬又没有什么交集，杨彬的故事线到底是怎么和原著剧情跑偏这么多的。

不搞清楚这件事，戚秋心下总是不安，生怕错过什么细节就会出大乱子。

尤其是在一再询问系统，系统却装死消失的情况下。

谢殊果然是病了。

一路上，谢殊经常闷声咳，瞧着脸色是越来越不好。

戚秋看得心惊肉跳。

到了南阳侯府，谢夫人乃至于南阳侯夫人都一眼就看出了谢殊的病色。

南阳侯夫人难得关心了一句："殊儿的脸色看着也不怎么好，可是昨夜着凉了？不如一会儿也让大夫把把脉，开些药。"

谢殊摇了摇头，一句"没事"刚落下，便又抬起手握拳，掩着嘴咳了两声。

谢夫人看得眉头都皱起来了，恨铁不成钢地瞪着他。

好在谢夫人还有分寸，知道杨彬的事要紧，横了一眼谢殊后便说道："不用管他，他皮糙肉厚的，估摸着只是风寒，不打紧的，还是先让大夫给彬儿瞧瞧吧。"

提起杨彬，南阳侯夫人便又想垂泪，赶紧将大夫领去杨彬床前。

这位大夫是民间颇为出名的老先生，治病数载，救人无数，年轻时曾三次婉拒进宫当差，医术便是现在太医院里的一些太医都望尘莫及。

只可惜老先生年纪大了，便不再出诊，行踪也不定。

当时南阳侯夫人也曾动过请老先生来看看的心思，只可惜派出去的人竟是丝毫踪迹也找不到。

也不知谢殊用了什么办法，从哪儿将人给找出来的。

但总之不会很轻松就是了。

要不然也不会这都休息了几日，眼下却还是残留倦色，想必这两日没少操心。

果然是嘴上嫌弃，行为正直，戚秋心道。

看着谢殊那几日漫不经心的样子，还以为他真的不在乎杨彬的死活。

其实私底下没少忙活。

看着这位老先生，南阳侯夫人燃起了不少希望。

看着老先生诊脉，她紧张地握着手里的帕子，都不敢大口喘息。

老先生刚收回手，她便着急地上前两步，急切道："先生，怎么样，我儿还有救吗？"

老先生捋了捋胡须，收了诊脉的帕子："老夫可以一试，但不能担保完全可以治好。"

顿了顿，老先生补充道："总有个六七成的把握。"

这一句"六七成的把握"，瞬间稳住了南阳侯夫人的心神。

南阳侯夫人只觉得心下一松，连日来的紧绷情绪瞬间垮掉，天旋地转之后，人已经跌坐到了地上。

谢殊离得近，将南阳侯夫人给搀扶了起来。

戚秋看着谢殊凌厉的侧颜，心道，这真是男主角，一出手就知有没有。

谢殊出手，必是精品。

眼见一连困在南阳侯府几日的乌云终于要散了，连屋子里的下人都松了一口气。

只是虽然留下老先生诊治，但杨彬身边依旧需要人照看。

南阳侯夫人不信别人，只能自己留在杨彬身旁没日没夜地照看着。

南阳侯府这几日来探望的宾客不断，依旧需要有人出面张罗，谢夫人只能在南阳侯府多留几日。

趁着闲暇的工夫，南阳侯竟然从病榻上起了身，将谢殊喊去了书房。

戚秋注意到南阳侯的脸色很不好，算得上"阴沉"二字。

韩家来探望的人来了，谢夫人无暇顾及这边，戚秋只能眼睁睁看着两人进了书房。

两刻钟过去后，也不知两人在书房到底说了什么，再出来的时候南阳侯脸色好看了许多，语气也温和了许多。

倒是谢殊，脸色越来越不好。

等南阳侯被人扶回去之后，戚秋本犹豫着要不要上前，谢夫人身边的丫鬟玉枝就来唤戚秋："表小姐，夫人要您去前厅。"

戚秋不明所以，见玉枝传了话后，她自己却没有跟上来，而是让南阳侯府的下人去给戚秋领路。

到了前厅，一见到厅前坐着的人，戚秋就瞬间明白了谢夫人的用意。

韩家公子韩言随着谢夫人坐在下边，见到戚秋也是一愣。

戚秋缓步走过去，谢夫人一把拉住她，介绍道："这是我堂妹的女儿，名唤戚秋。秋儿，还不赶紧见过韩夫人和韩公子。"

戚秋心道，得，古代版相亲来了。

戚秋盈盈俯下身子，向韩夫人和韩言见过礼之后，谢夫人便笑着说道："秋儿是个好性子的，知冷知热，我真是喜欢得不得了，拿她当亲女儿疼。这不，她知道我和安青这几日吃不好，还日日做了膳食送来。"

安青就是南阳侯夫人的闺名。

如今杨彬有了大夫治疗，谢夫人心下也松了大半，见到韩言又起了心思替戚秋张罗。

韩夫人听到此言，打量了戚秋一眼，倒是笑了："我也一直想要个女儿，谢夫人倒是好运气。"

谢夫人一听顿时一喜，更是乐此不疲地夸着戚秋。

韩夫人也配合着。

倒是戚秋听得脸一红。

那日她做膳食做得匆忙，做好后自己也没尝尝味道，谢殊都觉得咸，也不知道南阳侯夫人和谢夫人是怎么吃下去的。

抬起脸，却正好撞上了韩言的目光。

两人听着长辈们的互相吹捧，都红了脸坐不住，正好谢殊那边派人传话，说要回府了。

谢夫人颔首，戚秋刚要离去，便听韩夫人道："言儿，去送送戚小姐。"

谢夫人脸上的笑都快遮不住了。

等韩言站起身，两人在谢夫人和韩夫人的浅笑注视下，并肩走出房门。

韩言着一身青松绿袍，越发衬得他面容温雅，一身温和气度宛如冬日青竹。

不骄不躁。

戚秋顿时有些嫉妒。

她要是也能将青衣绿裙穿成这个样子，怎么着也不会被谢殊说像狗尾巴草了吧。

正想着，身边韩言却是突然哑然失笑。

戚秋侧目。

韩言无奈摇头道："抱歉，我只是想起堂前母亲说的话，一时没忍住。"

韩言斟酌着用词："母亲的话实在过于……夸大其词。"

戚秋闻言想起谢夫人在堂前对她的夸奖，不禁也笑了："姨母也是。"

谢夫人说她脾性温顺、尊亲爱幼、针线活了得的时候，戚秋也是险些没有绷住。

还针线活了得呢，她前段时间闲着无聊，沉下心来绣了只鸟，愣是到现在还被山峨说是鸡。

看来古代的相亲见面，也是一个大型的要靠吹捧支撑的场面。

两人并肩走着，路上韩言果然如原著中描写的那般，连门槛高一些也会提醒戚秋，走路时也会自觉地慢半拍等着戚秋。

等快到杨彬的院子时，戚秋本想让韩言止步。

毕竟谢殊本就误会她心悦韩言，若是再让谢殊看到了韩言送她，这不是给她攻略的路上添堵吗？

谁知刚拐过游廊，不等戚秋说话，迎面就撞上了两个人。

走在前头的是谢殊，后面还跟着丫鬟玉枝。

戚秋和谢殊四目相对，又互相转移到其旁边的人身上。

梅花舒展之下，北风吹起，吹落了一片梅花花瓣。

天上慢慢飘着白雪，檐下四角挂着的铃铛在冷风中被悠然吹响，除此之外，南阳侯府一片寂静。

游廊之下，韩言向谢殊颔首："我来送戚小姐。"

玉枝福身对戚秋笑道："夫人说瞧着公子的脸色不怎么好，让奴婢跟着回府照料。"

戚秋："……"

等坐上回府的马车，戚秋还在心里盘算着。

这次是她略逊一筹。

玉枝跟着谢殊回府了，韩言可没跟着她回谢府。

输大发了。

正想着，就听见一旁的谢殊咳了两声后问道："表妹，你这是怎么了？"

谢殊已经看戚秋半天了，从南阳侯府出来的时候，戚秋的脸色就不怎么好看。

戚秋看着跟在马车外面一道回府的玉枝，照实回道："我烦心。"

谢殊一顿，不禁抬眸问道："烦心什么？"

戚秋木着一张脸，还能烦心什么？

烦心本该属于她大道奔驰的攻略道路上横加一人，烦心这个横加的玉枝还是本来原身的队友。

而现在，戚秋想起方才玉枝看谢殊的目光，心中顿感无语。

原身的这个队友，怕是保不住了。

她的攻略目标要是和原身的队友当着她的面勾搭上了，这算什么？

这不就相当于她未来的夫君跟她的搭档好上了。

这都叫什么事。

但这些话能跟谢殊说吗？

显然是不能的。

戚秋手上握紧帕子，只能硬着头皮回了两个字："没事。"

谢殊："……"

瞧着戚秋这个样子，谢殊心道，这怎么看也不像是没事的样子。

难不成……

谢殊在心里盘算着：人都气成这样了，总是有点原因的吧。

难不成是因为韩言？

因自己要回府，耽搁了她和韩言两个人的独处？

可这也不能怪他。

这眼看又要下雪了，再不回去，若是雪下得大了，就不好走了。

看戚秋气成这个样子，谢殊觉得自己有必要解释一下："今日下了雪，不得不早些回去，日后独处总是还会有的。"

戚秋被自己的脑补气得脑子嗡嗡的，注意力根本就没有放在谢殊身上，等反应过来谢殊说话时，就只听到了最后那句。

日后独处总是还会有的。

戚秋顿时便愣住了。

谢殊这话是什么意思？

他这是在向她示威吗？是吧，是吧？

这都直接告诉她，他和玉枝总会独处的。

戚秋不敢置信。

好你个谢殊，我一心想要攻略你，你却想要绿了我。

戚秋脑子一混沌，嘴上就没个把门的："谢殊，你好恶毒。"

谢殊："……"

这是头一次，谢殊愣是在人前没遮掩住自己的神色，震惊地看着戚秋。

不过是打搅了她和韩言的一次独处，这就算得上是恶毒了？

谢殊头一次感受到张口却不知道该说什么的茫然。

缓缓吐出一口气后，谢殊试图跟戚秋讲道理："我知道这样子做是耽误你了，这次也是我不对，可……"

戚秋咬着牙，觉得自己有些听不下去了。

知道耽误她了还这样子做！知道对不起她还这样做！

这不是挑衅是什么！

戚秋恨得牙痒痒，觉得自己有必要阻止谢殊继续说下去。

径直打断谢殊的话，戚秋眨巴着眸子，故意问谢殊："表哥，你看我今日穿这身桃粉的袄裙好看吗？"

谢殊："……"

戚秋坏心眼，诚心折磨谢殊。

她歪着头，佯装无辜："表哥为什么不说话，不好看吗？"

谢殊："……好看。"

戚秋笑了笑，又靠近了谢殊一点，继续"不耻下问"："哪里好看？"

谢殊："……"

看着一脸无辜的戚秋，谢殊额上青筋直跳。

[36]

面对戚秋咄咄逼人式的询问，谢殊身子往后一靠，嘴角轻抿，如雕塑般棱角分明的五官略显紧绷。

他合上薄淡的眼睑，端坐在一旁，打定主意无视戚秋的幽幽注视。

以沉默应对万全。

等到了谢府，马车停下。

谢殊和戚秋先后下了马车，前后而立。

谢殊转过身，抿了抿唇，刚想要说什么，眉头就紧皱了一下。

谢府府邸位于长宁街街口，这条街越往里头走越寂静。

隔条街就是京城集市，偶也有摆摊的商贩从此条街路口经过，因此街头比街尾热闹多了。

玉枝想去谢殊跟前搭话，但瞧着谢殊一副生人勿近的模样，又生了怯意，只好转头来向戚秋福身："表小姐，夫人吩咐奴婢回府之后去请大夫来给公子把脉，奴婢先行告退。"

府上养着的大夫前段时间刚请辞走人，只能去府外请大夫了。

戚秋刚点了点头，还没来得及说话，只觉头顶一片阴影落下，身上便重重砸过来一个人。

耳边顿时洒下一片温热的气息，一路向下，径直垂在戚秋白皙的玉颈间。

脖颈间一阵轻痒。

谢殊束起的白玉冠就杵在戚秋眼前，仿佛只要戚秋一低头，两人的呼吸就会交织。

谢殊倒下的那一刻，戚秋下意识地伸手揽住了谢殊。

谢殊身上的玄袍与戚秋淡色的披风纠缠，隔着衣物，戚秋也能感受到谢殊过于滚烫的身子。

戚秋尚没有反应过来，愣愣地侧目垂首一看。

只见倒在她身上的谢殊眼睑轻合，本桀骜冷淡的眉头紧皱，那张略显野性不恭的脸上此时病气几乎掩不住。

戚秋终于反应了过来，急急地唤了一声："表哥？"

谢殊这一下倒得猝不及防，府上的下人还在呆愣中，直到听到戚秋的这一声惊呼，这才反应过来。

刘管家急得三步并作两步冲下台阶，险些没将自己绊倒在地。

将谢殊从戚秋的身上扶起来，刘管家立马道："快去请大夫！"

府门前已经乱成了一锅粥，闻此言，几个腿脚利索的小厮赶紧跑了出去。

谢殊的院子里并没有种多少花树，一到冬日更是空荡荡的。

谢府下人腿脚麻利，谢殊躺在床上不过片刻，大夫便被拉来了。

戚秋等在内室外，一转身的工夫，就见下人端着一盆血水出来，四周顿时

207

泛起浓重的血腥味，遮掩住了院外的红梅淡香。

戚秋本以为谢殊只是风寒，可一瞧这阵仗心里不免一咯噔，连忙派人去南阳侯府通知谢夫人。

大夫从内室出来便不断摇头："余毒未清，余毒未清。"

这八个字吓得戚秋心里一紧，若不是下人端出来的血水是红色的，戚秋心中真是要起了不好的联想。

刘管家也急了："毒？什么毒？烦请先生把话说清楚。"

大夫解释道："谢公子胳膊上的那处剑伤上有残留的余毒未清，加上风寒，毒性便发作了。"

刘管家急得直擦汗："这是怎么一回事，公子是何时被淬了毒的剑刃给划伤的？身边伺候的东今、东昨也不知道吗？！"

可眼下已经顾不上这些了。

戚秋问道："先生可有把握解毒？"

大夫只有两三成的把握，若是旁人家也就算了，谢府门第高，没有十足的把握大夫怎么敢应承下来这个差事，当即摇头道："这毒罕见，又毒性强，各位还是另请高明吧。"

刘管家看出大夫话中留有余地，刚欲再行劝说，却没想到戚秋直截了当地说道："再派人去南阳侯府，若是那边不紧急，就让王老先生过来一趟。"

刘管家顿时一拍手。

是了，有王老先生在，何须再为难别的大夫。

刘管家赶紧转身，吩咐下人过去传话。

一刻钟后，谢夫人领着王老先生急匆匆地冲了进来。

王老先生看着谢殊惨白的脸色，知道轻重，并没有摆架子，坐下来就开始把脉。

谢夫人眼里含着泪，捏着帕子焦急地等着。

等王老先生收回把脉的手，谢夫人便急急地上前一步，慌张道："老先生，这……"

王老先生面色有些凝重："这毒甚奇。"

谢夫人的心瞬间往下坠了不少，仍是不死心道："那……"

王老先生道："难解，难解，但暂且能保住性命。"

谢夫人只觉眼前一黑，若没有戚秋手疾眼快扶着，恐怕也要栽倒在地了。

谢夫人颤声道："连老先生您也不能解此毒吗？"

王老先生谨慎道："还是请张院使回来一试吧。"

见谢夫人几欲昏厥的样子，王老先生赶紧道："夫人别急，有老夫在，虽解不了这毒，却也不会让它危及谢公子性命。待我开了药方，您只管让人去拿药、煎药，保准性命无忧。"

谢夫人从牙缝里挤出几个字："刘安，你亲自去拿药、煎药。"

刘管家赶紧应声，接过老先生递来的药方，急匆匆地走了。

等到晌午，煎好了药，给谢殊灌下去，戚秋陪着谢夫人又守了一天一夜，谢殊这才悠悠转醒。

戚秋从外面进来的时候，谢夫人正指着谢殊，大怒道："既知自己中毒了，为何瞒着不说，也不去看大夫，你是想要气死我吗！"

戚秋默然，原来谢殊早就已经知道他自己中毒了。

止了步子，戚秋没再进去，而是守在了门外。

谢殊刚醒，脸色尚有些苍白，咳了两声无奈道："已经让大夫瞧过了，也让人去请张院使回来了。这毒虽毒性大，却不猛，暂时不会危及性命。"

谢夫人一听，却更是气到坐不住："不会危及性命？那你为何在府前晕倒？你还敢嘴硬！"

不知里头的谢殊低声说了什么，谢夫人怒喝了几句后，逐渐冷静了下来。

只是声音依旧带着冷意："你是怎么中的毒？别又跟我说不记得了，你胳膊上可是新伤，顶多只有两三日！"

透过窗户敞开的缝隙，戚秋看见谢殊扯唇无奈一笑。

谢殊道："几日前抓犯人的时候，不小心被伤到的。"

说着，谢殊的声音又低了下去。

戚秋顿时想到她给谢殊送饭那日，谢殊浑身血腥气。

难道是那日受的伤？

又过了一刻钟，谢夫人阴沉着脸从屋子里出来。

见到戚秋之后，谢夫人稍稍收了怒气："这几日你累了，他人也醒了，你快回去歇着吧。"

一连几日过去，谢殊好好养着，脸色是好上一些了，没有前几日那么惨白吓人。

209

虽然谢殊体内还有毒性残留,但谢夫人于昨日接到了张院使的回信,说是已经在回京的路上了,不出三个月就会到京城。

有王老先生在,这三个月倒也不算长。

可还不等谢夫人松一口气,南阳侯那边又出了事情。

南阳侯夫人守在杨彬身边熬了这么些日子,终于是熬不动了。前几日给杨彬喂药的时候突然晕倒,已经卧床好几日了。

南阳侯府拢共就三位正儿八经的主子,可南阳侯这些日子需要人搀扶才能下地走两步路,南阳侯夫人卧床不起,世子又昏迷不醒。

府上的两名侍妾,一个病秧子,另一个不经事,还有一个庶子不在府上。

安嬷嬷知道谢殊病了,本也不愿意再来打扰谢夫人,可自己忙前忙后两天也确实是撑不住了,只能又派人来请谢夫人。

谢夫人有些犹豫。

谢殊放下药碗,说道:"去吧,我这边也不需要人照顾。"

谢夫人横了他一眼:"你现在毒没清,风寒也不见好,也敢说自己不需要人照顾!"

谢殊无奈道:"我又不是昏迷不醒,毒的事急不得,风寒左右不过是喝药就能好的事,南阳侯府那边却是眼看就要快撑不住了。"

谢夫人心里也明白,还是南阳侯府那边紧要一些。

她数落了谢殊几句,便让下人收拾了东西又赶去了南阳侯府。

走之前,谢夫人吩咐完玉枝后仍是不放心,知道戚秋细心,便又转头去嘱咐戚秋要好好盯着谢殊喝药。

谢夫人故意当着谢殊的面,交代戚秋:"他若是敢不听你的,你便只管让人来找我。"

看着戚秋乖巧地点了点头,谢殊低头无奈地扯了扯嘴角。

等到用完晚膳后,戚秋就按照谢夫人的吩咐,端着药去找谢殊了。

没想到在院子里撞上了玉枝。

玉枝穿了一身俏粉袄裙,头上簪了一朵别致的梅花,惹得淡淡香气萦绕在鼻尖,很是好闻。许是袄裙小了,紧紧勾勒着玉枝曼妙的身子,露出别致的腰身。

略施粉黛的面容,一眼便可见其娇艳。

谢殊已经在屋子里歇下了,玉枝只能在外面守着,正是不甘心的时候。

一看到戚秋手里端着药走了过来,玉枝瞬间眼都亮了。

跟着戚秋进了屋子后,玉枝就迫不及待道:"表小姐,您身份尊贵,还是让奴婢来伺候公子喝药吧。"

戚秋看着跃跃欲试的玉枝,在心里暗道:这药可是促进情感的利器,怎么能拱手让人?

戚秋当即温婉一笑,说道:"姨母既然嘱咐了我,还是我来吧。"

玉枝仍不死心,伸手拿起放在桌子上的药碗,快步走向谢殊床边:"您是表小姐,怎么能勉强您干这伺候人的活?这本该就是我们这些下人做的,表小姐不必客气。"

戚秋摁住她的手,将药碗夺过来,微笑道:"不勉强,姨母都做过,我有什么好勉强的,还是我来吧。"

玉枝刚挨住床,怎么会死心:"表小姐,您没伺候过人,这喂药一事也不熟悉,若是洒了可如何是好,您还是让奴婢来吧。"

玉枝仗着自己手疾眼快,就想要把药碗从戚秋手里抢过去。

戚秋怕药洒了,只能松了手。

玉枝却没想到戚秋真的松了手,手上没用力,一个没端稳,药碗便落在了地上。

药碗应声而碎,药泼了一地。

玉枝傻了眼。

戚秋叹了一口气。

正好外面刘管家来了院子,听见屋子里这噼里啪啦的动静赶紧推门走了进来。

看着这一地狼藉,刘管家一愣:"这是怎么了?"

玉枝怕被刘管家责骂,眼眸一转,握着被泼上汤药的手,泫然欲泣:"没事……"

她扫了一眼戚秋,几番欲言又止后咬着唇:"是奴婢……是奴婢不小心打翻了药碗,跟表小姐无关。"

戚秋:"……"

刘管家看了一眼戚秋,说道:"也不是什么大事,我再去煎一碗药端过来。"

玉枝看着戚秋,幽幽道:"表小姐,这次还是让奴婢来喂公子喝药吧,您刚才不小心打翻了……"

玉枝故意话说到一半，又自知失言一般赶紧止住了话，带着歉意看了一眼戚秋，连忙改口道："是奴婢……是奴婢打翻了药碗，但奴婢毕竟经常伺候人，还是让奴婢来喂药吧。"

戚秋："……"

戚秋深深地觉得这一幕有点眼熟。

刘管家倒是没有想特别多。

表小姐身为主子，身份尊贵，没干过伺候人的活，一不小心打翻药碗也不是什么大事。

谢府又不是缺这一碗药。

不过毕竟是主子，伺候喂药本也是为难。

如此想着，刘管家也道："表小姐不必忙活，还是让玉枝来吧。"

看着玉枝弯唇一笑，戚秋嘴角抽了抽。

她忘了。

原身和玉枝这对组合走的是相恨相杀的路线。

眼看着玉枝就要在谢殊床边坐下，戚秋正琢磨着怎么反将一军，就见谢殊撑起身子从床上坐了起来。

在玉枝呆愣的目光中，谢殊冷淡的眉眼带着一丝无奈，漆黑的眸子看着戚秋，缓缓地叹了一口气。

谢殊坐起身，揉着眉心，倒没有直接开口，而是先静了一会儿，面色虽有病气却不见苍白狼狈之态。

见谢殊坐起身，玉枝却是顿感一阵不安，也不敢在床边坐下了，站直身子弱弱地唤了一声："公子。"

谢殊脸上不见喜怒，只轻飘飘地看了一眼玉枝，就让玉枝心中一紧。

谢殊不咸不淡道："你先下去吧。"

玉枝脸色顿时一白。

刘管家不明所以："公子，还是让玉枝……"

谢殊抬眸："我醒了有一会儿了。"

这话也是对玉枝说的。

谢殊问："府上的规矩还记得吗？"

玉枝一听自知心虚，脸上也火辣辣的，有些挂不住。

谢殊淡道:"下去之后记得领罚。"

看着谢殊冷淡的面孔,听着冷硬的话语,玉枝几番咬唇,最终还是掩面哭着跑走了。

刘管家毕竟是个侯府老人了,仅凭这三言两语就明白了大致情况。

刘管家叹了口气,看着一直安安静静不说话的戚秋,心道,多亏表小姐是菩萨心肠,没跟玉枝计较。但凡换了旁人,敢跟主子耍心眼,方才一顿打是跑不了的。

收拾了地上的狼藉,刘管家退出去又煎了一碗药递给戚秋,这才转身走了。

戚秋手上捧着被刘管家塞过来的药,看着坐在床上的谢殊,心里顿时又有些茫然。

这真让她喂药了,她还真有点不知所措。

抿着唇,戚秋慢步走过去,小心翼翼地坐在了谢殊床边。

还不等戚秋抬手去拿羹勺,坐在床上的谢殊突然扯着嘴角笑了一声:"方才争得起劲儿,这会儿又不敢了?"

说着,谢殊身子往后一靠,抬眸看着戚秋,似笑非笑。

戚秋见自己的手足无措被谢殊看了出来,脸顿时有些红了,不敢抬眸,只能在心里头磨牙。

还不等她在心里暗骂谢殊,戚秋就感觉到手上一松。

抬眼一看,就见谢殊伸出手从她手上拿过了药碗,一饮而尽。

屋子里略显昏暗,烛火摇晃,月色静静地垂着,院子里的重重树影在夜色中交织缠绵。

为了喂药,戚秋坐得有些近,近到能清晰地看到谢殊上下滚动的喉结,能感受到谢殊扑面而来的冷冽气质。

喝完了药,谢殊无奈一笑:"方才就想说了,我又不是没手没脚的,为何需要你们喂药。"

戚秋想要将药碗拿过来,可屋子里没点几根烛火,她一时看岔了,手直接伸到了谢殊的手上。

戚秋的手到了冬日总是焐不热,冰冰凉凉的,倒是谢殊几日闷在屋子里,手都是温温热热的。

谢殊的手生得好,骨节分明,修长白皙,只是因常年练武,手指上有着老茧。

戚秋愣了一瞬，又如闪电般快速地将手收了回来。

谢殊也是愣了。

温软无骨的触感仿佛还停留在手心，酥酥痒痒的。

谢殊下意识地握紧了手。

咳了一声，谢殊自己把药碗放在了桌子上，说道："我喝完了药，你回去吧。"

戚秋闻言自是求之不得，埋着头，提起裙摆走了。

刘管家就在外面守着。

见戚秋出来，他松了一口气。

方才他自己出来后便瞬间后悔了。

公子和戚小姐孤男寡女共处一室，又是晚上，怎么看都不妥。

可他当时昏了头，把药给了戚小姐就出来了，现在也找不到借口再跑回去。

好在戚秋很快就出来了。

刘管家默默算了下时辰，心道，这才不到一刻钟，表小姐怕是连药都没有喂就出来了。

这样，刘管家反而放了心。

翌日一早，戚秋收到了郑朝递过来的信，说是映春跑去了怡红院，见了一位姑娘。

因不好跟得太近，那姑娘脸上又戴着面纱，郑朝没看清那姑娘长什么样子，只记得她额头上有一道疤痕。

老鸨亲自给看着门，两人从晌午坐到了晚上，再出来时只见到了映春一个人。

额头上带着疤痕的姑娘？

戚秋想了半天，愣是没在原著里想起这么一号人物。

无法，戚秋只好让郑朝继续盯着映春。

映春说的话不论真假，光她与蓉娘有来往这一件事，就够让戚秋提防的了。

一连几日，戚秋遵从着谢夫人的嘱咐，恪尽职守地监督着谢殊喝药。

玉枝倒是自那日挨了罚之后，缓了两天才出现。只是人还没来得及进谢殊的院子，就又被刘管家叫走了。

刘管家那日已经很给玉枝留颜面了，见她受了罚也就没再说什么，今日把玉枝叫过去也是看在她在夫人身边当差的分上，想要提点两句。

若是玉枝再不知好歹，怕是今后很难在府上继续当差了。

被刘管家好好说教了一顿，玉枝憋着一股气。

玉枝仍不死心，却也知道她不能得罪刘管家。

刘管家是府上的老人了，颇得谢夫人信赖。

玉枝不怕戚秋去谢夫人跟前说什么，却担心刘管家因为那日的事在谢夫人面前告她一状。

跟刘管家相比，夫人肯定不会信她，到时候她失了夫人欢心，就真的无依无靠了。

这样想着，玉枝便是再不甘愿，也只能暂时避避风头，不敢明目张胆地跟刘管家对着干。

又过了两日，天上飘了一场小雪。

这日，戚秋端端正正地坐在一旁的椅子上，监督着谢殊喝药。

谢殊喝了药，坐在一旁的书桌旁正在看书。

日光从敞开的窗户缝隙里尽数洒下来，谢殊手里握着一卷书，静静地看着，闻言眼都不抬，只淡淡地应了一声。

也不知道到底有没有在听她说什么。

戚秋撇了撇嘴。

戚秋今日监督完谢殊喝药后并没有急着走，而是在谢殊的屋子里闲坐了一会儿。

谢殊也没有赶她走，两人一个坐在书房，另一个坐在旁边一角，谁也不打扰谁。

戚秋在一旁装端庄装得挺直的腰杆子都酸了，实在是有些累了，眼看谢殊也没注意这边，便没忍住想要趴在桌子上歇一会儿。

谢殊的屋子里点的炉火烧得正旺，很暖和，戚秋昨日没有睡好，趴着趴着便有些困了。

可还没等她睡着，山峨就来敲门了。

"小姐，马车备好了。"

戚秋从混混沌沌中迷糊地睁开眼，愣了一会儿神，才慢慢朝外面应了一声。

那边的谢殊也放下了书，看了过来。

戚秋站起身，看着谢殊，抿了抿唇："表哥，我走了，去领前几日我在千金阁订的头面。"

谢殊淡淡地看着戚秋，漆黑的眸子如深夜的河水。

顿了顿，谢殊放下手中的书，沉默了一阵后，点了点头道："去吧。"

[37]

谢府门外，已经备好了出行的马车。

车夫倒不是以前那个，看着有些眼生。

刘管家解释道："陈家今日起来生了病，便放他休息一天。"

戚秋扫了一眼立在一旁长相老实忠厚的车夫，倒也没多说什么，转身上了马车。

已是腊月，新年将至，护城河边的梅花开得正旺。

因正是采买年货的时节，街上也格外热闹。街头两边卖着热气腾腾的熟食，腊肉、腊肠更是摆了一整个摊位。

因采买的人连绵不断，商贩也吆喝得格外卖力，一整条街都是吵吵闹闹的。

等马车好不容易挤过了集市，又转过一条小街，路上终于安静了下来。

千金阁的位置有点偏，去的时候，阁内的人倒是不少。

千金阁掌柜的本想亲自将戚秋要的红宝石头面送到马车跟前，没想到戚秋却自己下来了。

戚秋今日的排场依旧不小。

由山峨扶着，车夫在门口等着，戚秋进到阁内。

掌柜恭敬弓腰的架势惹得阁内的人都纷纷看了过来，有人认出这是谢府的马车，便看着戚秋，跟身边的人交头接耳起来。

偏偏戚秋好似无知无觉。

品着掌柜端上来的茶水，戚秋懒懒地用眼睛扫过掌柜奉上来的红宝石头面，一掷千金，又挑选了数根玉钗金簪，吸引足了目光。

等到戚秋起身走时，掌柜的看着收上来的沉甸甸的银票，恨不得当场给戚秋跪下来磕个头，高呼"财神爷"。

拿上买好的东西，戚秋却没有直接上马车。

一到冬日，街上总是少不了炒栗子的香味。

戚秋闻得嘴馋,让山峨买了一份回来之后,捧在手里,这才上了马车。

回程的路却走得格外快。

可眼看两刻钟过去了,还不见马车行到来时的集市街。

戚秋掀开车帘,往外瞧了一眼,只见马车行驶在一条陌生的街巷里头,无人的街道里还坐落着一个修得十分气派的高门大院。

这座府邸面积不小,瞧着比谢府都要大多了。

红砖青瓦,朱红大门,府门前还立着两尊威风凛凛的石狮子。

只是如今石狮子结着蜘蛛网,气派的府门上头还贴着两张大大的封条,府门前的牌匾也被人给摘了下来,放眼望去,多有破旧苍凉之感。

戚秋指着这户人家的大门,问车夫:"这之前住着哪户人家?"

闷头驾车的车夫闻言侧目一扫,眼神顿时猛缩了一下。

车夫又重重垂下头,沉默了一会儿这才低声回道:"回小姐的话,这原来是先帝的大皇子所居住的皇子府。"

大皇子?

戚秋微微诧异,抬头又扫了一眼如今这古旧陈腐的府邸。

原来这就是原著里一时显赫,差点造反成功当皇帝的大皇子所居住的府邸。

先帝在位时,一生勤勤恳恳于江山社稷,也算是一位明君。

只可惜先帝膝下子嗣甚少,且良莠不齐。唯一争气的四皇子,也于早年间平定边疆战乱时壮烈而亡。

先帝膝下,四皇子已死,三皇子早夭,朝堂之上只余大皇子和二皇子各握权势。

为了皇位,两人斗得如火如荼,搅得朝局一片大乱。

转眼三年过去,眼见二皇子不敌大皇子,逐渐失了先帝圣心。

就在二皇子要被大皇子赶往封地时,四皇子府曾经养的谋士却突然出现,跪倒在先帝面前以死状告大皇子,揭穿了大皇子隐藏多年的阴谋诡计。

原来当年先帝倚重四皇子,只等着他此次替君南巡归来之后就册封为太子,继承大统。

大皇子得知此事,如何能坐得住。

于是他便和周国勾结,故意演了这么一出戏。

当年的周国战乱,危及魏国周边百姓都是一场戏,其目的就是诛杀当时正在附近南巡的四皇子。

四皇子猝不及防之下，被当场伏击而亡。

后周国虽被灭，可人死如灯灭，再也换不回来当年英勇善战的四皇子了。

一朝被揭穿，大皇子眼见事情就要败露，不等先帝问责，先一步起兵谋反。先杀了即将出京的二皇子，又杀到了皇宫里面去。

好在皇宫守卫得当，又有先帝的胞弟，也就是魏安王勤王护驾，这才没有让他得逞。

大皇子本仗着先帝膝下子嗣除他外全亡，被捉之后依旧有恃无恐。

没想到先帝竟然把胞弟魏安王的儿子过继到膝下，并封为了太子，也就是如今的陛下。

大皇子被废黜关在大牢里，因先帝仍留有一丝父子之情，留下遗诏，这才让他留有一条性命苟延残喘至今。

当年的一朝荣宠，荣华富贵不断，连府邸都修建得雕栏玉砌、金碧辉煌，大了其他皇子府一圈。

可如今，只怕是府邸里头的草都有三米高了，也没人修剪。

看着从眼前掠过的府邸，戚秋收回视线，这才不咸不淡道："方才来时走的可不是这条街吧？"

车夫手上缰绳一紧，低头回道："来时的那条路太过拥挤，走这边虽然要绕路，但人少。"

戚秋淡淡地挑了一下眉，轻瞥了车夫一眼后便放下车帘，也没责问车夫为何自作主张。

这条街道很偏僻，路边长着荒草，四下也无人。

马车行驶在路上，跑得飞快。

可一刻钟过去了，两刻钟过去了，马车越跑越快，半晌过后却也始终不见马车回到谢府。

倒是外面人声越来越小、越来越远，到此刻几乎听不到马车外面交谈说话的声音，只剩北风呼啸。

山峨终于察觉到不对，连忙掀开车帘一看，只见外面层层树影从眼前飞过，枯草遍地，不见庭院阁楼，眼前只余一片广阔的山坡树木和片片飞雪。

这哪里还在京城内，分明就是出了城！

马车还在飞驰，车辘辘快速碾轧着地上的落雪，激起星星点点的泥泞。

山峨手里握紧车帘，眉头紧皱，顿时急了，对车夫喝道："我们是要回谢府，你这是去哪儿！"

眼见被发现，车夫也不急。驾马空余侧目扭头扫了山峨一眼，原本老实憨厚的人此时眯着眼，眼里闪过一丝毫不掩饰的厉光。

车夫嘴角勾着一抹不怀好意的冷笑，没再说话，而是重重挥动着马鞭。

一鞭子凌厉地破空甩了下去，像是警告。

骏马嘶了一声拖着马车越跑越快，快到山峨几乎看不清四周，也站不稳身子，整个人猛地往后一倒。

眼看又是上坡路，马车却不见停缓，依旧在野路上狂奔。

马车里的小熏炉已经顺着戚秋脚边滚了下去，砸在地上的石头上，顿时一分为二。

山峨和戚秋被颠簸得东倒西歪，连气都来不及喘，身子一歪差一点也跟着熏炉滑下马车。

马车驾得这么快，这又是条上坡路，若是真掉下去，只怕要没命。

山峨已知事情不对，眼前一黑，心里慌到不行，已经顾不及从地上爬起来。

她紧紧抓着马车壁沿的凸起，朝外面高声呼救："有没有人，有没有人，救命，救救我们，救救我们！"

可这荒郊野外哪里会有人，山峨奋力喊叫了两声，耳边却只有呼啸而过的北风呼应。

戚秋强忍着眩晕和颠簸，把山峨从地上拉了起来，还来不及说话，马车终于登了顶，慢慢地停了下来。

山峨和戚秋都被颠到头晕眼花，喘着气，坐在马车里几欲作呕，半天都缓不过来神。

经过前面的颠簸，马车停下来之后四周好似寂静了下来，马车外只余飞鸟展翅、沙沙落雪的细微响动。

连车夫也不见上前。

这样的反常更让人不安，戚秋握紧山峨的手腕，抿了抿唇。

就在这时，外面突然由远及近传来了一阵嘈杂的脚步声。

车夫跳下马车，迎着来人走了过去，搓了搓手谄笑道："老大，人都在里面，只剩个小丫头今日没有跟来。"

随后，"哗啦"一声，马车的帘子就猛地被人从外面扯下。

遮挡着外面的布帘被扯下,眼前顿时一暗。

只见马车外面站着几个五大三粗的男子,为首那个一道刀痕横跨在脸上,五官阴鸷,嘴角勾起一抹冰冷的弧度,略显狰狞毒辣,腰间还别着一把短刀。

来人正是刘刚。

山峨的脸色瞬间白了去。

刘刚拔出腰间的短刀握在手里,剑刃在冷风中闪烁着寒光。

他狞笑道:"戚小姐,你还记得小人吗?"

不等戚秋说话,山峨就哆嗦了两下:"我家小姐可是谢府的客人,你、你胆敢作恶,谢家是不会放过你的!"

刘刚闻言眼里闪过一丝阴寒:"谢家?连魏安王都不能奈我何,谢家小儿算得了什么!他若是敢来,我就新仇旧恨和他一起算!"

说着刘刚一只脚跨上马车,手放在膝盖上撑着,嗤笑道:"再说他这几日不是病倒了?哪里会有工夫来管你们?怕是等想起你们,你们已经被这野外的狼给分吃了!"

山峨的眼泪都要流下来了,死死攥着戚秋的手不敢松开。

刘刚目光阴毒地看着戚秋,嘴角生冷地向上扯了扯,目光却是一片冰寒。

他猛地拍了拍自己的右腿,短促地冷哼了一声:"戚小姐,我这条腿如今这样,可都是拜你所赐!"

戚秋方才就发现了,刘刚的右腿好似瘸了,走在路上一深一浅。

戚秋抿着唇,将山峨推到自己身子后面,没有说话。

刘刚也不需要戚秋说什么,冷冷地笑着:"我那几日当真是有眼无珠,没想到竟然栽到你这么个小丫头片子身上。不过你也算是个有能耐的,摆了我一道不说,竟然还把我逼到这个地步。"

话音刚落,刘刚身后跟着的一位男子就啐了口吐沫,上前说道:"老大,还跟她说什么,兄弟们今日被逼到如丧家之犬一般,都是被她给害的!今日就让我一刀劈了她,然后把她们两个挂在城墙之上,给兄弟们和蓉娘出口恶气!"

山峨顿时打了个冷战,身子哆嗦着,眼泪再也忍不住流了下来。

雪已经下了好一会儿,枯木树干上冻着冰碴,冷风夹着冰雪,黏黏稠稠地往人身上吹,顿时带起一阵哆嗦。

戚秋抬起眸子,扫过一旁的车夫:"这车夫好歹也在谢府三年有余,竟也是你们的人?"

刘刚没想到戚秋会问这个，随即狠狠一笑："可不只是谢府，便是魏安王府也都有我们的人。"

"你们能在锦衣卫的追查下躲这么久，看来你们安插在各个府上的人确实不少。"戚秋淡淡道，"只是这一折腾，恐怕被揪出来的也不少。"

刘刚目光陡然一寒："若不是你，怎么会有这一遭？！"

戚秋扫过刘刚身后站着的人，有些在客栈里见过，有些却是生面孔："你和蓉娘的背后之人看来确实是来头不小，能让这么多人为他卖命，想来南阳侯府世子杨彬也是你们下毒戕害的吧。"

"你倒还算聪明。"刘刚冷冷一笑，"南阳侯府的人查遍了青楼，却没想到人早就在牢里被下了毒。只可惜这小子福大命大，被发现得早，再晚几日怕是已经归西了。"

刘刚说完，戚秋一阵沉默之后，突然抬眸问道："刘刚，我入客栈时你不认得我吗？"

刘刚目光阴冷，闻言咬牙切齿道："我若是认得你，就该一早活剐了你！"

戚秋缓缓吐出了一口气。

她被灌毒药的那晚，那个蒙面人打晕了水泱径直朝她走来，可见是认识原身这副皮囊的。

刘刚到现在竟然依旧没有把此事拎出来说，那他应该不知道此事。

也就是说给她灌毒的人应该是另一伙人。

这个毒连王老先生这样的名医都说罕见，没想到还不止一伙人手上有，戚秋眉头微微皱了起来。

她又问："谢殊的毒也是你们下的？"

这次倒是轮到刘刚一愣，他看向一旁的车夫。

车夫恭敬道："小的正要说，之前打听到谢殊也中了毒，谢府请来了名医，却依旧没有治好，怕是命不久矣。"

刘刚顿时大笑了起来，连连叫好："好好好，真是苍天有眼，谢殊竟然命不久矣了！"

拍着自己的腿，刘刚阴恻恻地压低眉目："原以为那一箭之仇报不了了，没想到，他竟然要死在我前头了！"

刘刚大笑了几声，这才又把视线移到戚秋身上。

将短刀从刀鞘中抽出来，刘刚悠悠地说："戚小姐，你故意拖延了这么长时间，可等来了救你的锦衣卫？"

戚秋瞳孔顿时猛缩。

[38]

那日，戚秋去给谢殊送膳食，刚应承了帮谢殊的忙，转头出来，还没来得及上谢府马车，就被一个打扮富贵的小厮叫住。

小厮垂首恭敬道："戚小姐，我家王爷有请。"

说着小厮侧身退后了一步，露出身后的光景。

只见锦衣卫府不远处的茶楼里，一间房间的窗户被打开，一位鬓发微白、双目有神的老人站在窗口，对她微微颔首，象征着身份的金令牌更是在日光下闪烁。

王爷有请，戚秋只能上去。

上到二楼，戚秋人尚且没站稳，魏安王就直说了来意。

命戚秋协助，和锦衣卫里应外合抓捕刘刚。

魏安王不紧不慢地抿了口茶："你若是肯帮忙，事成之后，好处必定是少不了你的。"

戚秋不想要什么好处，就凭她和刘刚结下的梁子，若真是去当这引蛇出洞的人，实在是太过危险了。

可魏安王看出戚秋的不情愿，直接掏出了一道圣旨摆在戚秋面前的桌子上，冷声道："抗旨不遵，你可知道后果？"

话落，魏安王的手下就哐地一步上前，紧盯着戚秋，警告一般将腰间佩带的长剑往外拔了拔。

仿佛戚秋只要说"不"就会被当场拿下。

戚秋自然知道这是魏安王在恐吓自己，有谢家在，魏安王必定不会对自己如何。

可圣旨已下，若是抗旨不遵，就算有谢家保着，她也势必会得罪魏安王。

正踌躇之间，系统提示音骤然响起。

恭喜宿主，激发隐藏剧情，开启金玫瑰模式，请宿主协助魏安王抓捕刘刚，有丰厚奖励。

戚秋心想：得，这下也不需要纠结了，系统出来，直接帮她做好了决定。

却没想到系统一改往常，竟然直接揭晓了这些丰厚奖励。

任务奖励一，银子五百两，刘刚线索片段三个。

任务奖励二，额外替宿主增加十分白莲值，目前白莲总分二十六。谢夫人好感度增加十分，目前好感度三十分。

任务奖励三，抓捕刘刚之后，可得系统免费帮忙一次。

任务奖励四，获得三朵金玫瑰。集够十朵金玫瑰，可更换一次系统任务。集够三十朵，白莲值达到六十分以上，可改变终极攻略任务。

原来一直不知用处的金玫瑰是做这个的！

戚秋一惊。

任务一戚秋不稀罕，可任务二、任务三、任务四哪个不是金光闪闪地吸引人。

任务二增加十分白莲值。她即使此次任务失败，也可保住性命。增加谢夫人好感度，可以帮她快速完成两个月内谢夫人和谢侯爷好感度总和达到八十八分的任务，不用担心被赶出谢府，任务失败。

任务三可以让她下次做任务时少一些后顾之忧。

任务四就更不用说，不说集够三十朵了，若真是能集够十朵，下次她再遇到这种要命任务，就可以名正言顺地更改了！

这说明，只要她的金玫瑰多，她就可以不再受制于这个倒霉催的系统！

光是这最后一项任务的奖励，就让戚秋心动了。

天知道，她在面对系统想一出是一出的任务时有多厌烦。

戚秋手里紧紧攥着帕子。

此机会难得，宿主若是此次选择拒绝，任务四的金玫瑰更换任务将永久封存，不再开启。还请宿主仔细斟酌，接下任务，协助魏安王！

闻言，戚秋不再犹豫。

下定决心之后，戚秋在心里点开任务面板，正要选择"接受"，就见选择键蹦出来——

两个选择键都是"接受"。

戚秋："……"

这系统根本就没有给"不接受"的选项！

她白纠结了这么长时间！

虽然戚秋最终还是自己想要接受此任务，但被这狗系统又演了一回，她还是忍不住在心里磨牙。

等着，等挣到足够的金玫瑰，她就天天更改任务，折磨死系统。

戚秋心里愤愤，呼出一口气，点了"接受"。

检测到宿主已经接受任务，请努力完成任务，任务失败，奖励全无，任务四的更改任务也会被永久封存。

戚秋长舒了一口气。

魏安王还坐在对面不断地幽幽威胁着戚秋，戚秋听着，突然站起身来。

魏安王皱眉："你走也没用，圣旨已下，你敢抗旨……"

"不！"戚秋模样柔柔弱弱的，面色却坚毅，一脸即使身弱也要衷心为君的刚直，"臣女愿协助王爷和锦衣卫，拿下刘刚，为京城治安出一点绵薄之力！"

虽然不明白为什么刚才还一脸不情愿的戚秋会突然变脸，但这不妨碍魏安王听了很是感动，连道几声"好"。

向戚秋说了布局之后，魏安王叹气："这事我早先与谢殊商议过，可不论我怎么劝说，他始终不同意。我今日来找你，他不知情，但想来定是瞒不住他。"

魏安王道："你要好生劝说他，他那边就靠你来摆平了。"

戚秋抬起头，就见刘刚慢慢地擦着他那把短刀："在你身上栽过一次跟头，这次我怎么能不谨慎些？"

戚秋抿唇："你知道？"

刘刚哈哈一笑，目光阴狠："你十日前在千金阁大张旗鼓，是故意想要引起我注意。你和锦衣卫联手，一个当诱饵，另一个黄雀在后，不过是想要引蛇出洞，将我们这些人一网打尽。"

"可你看，我光明正大把你掳过来，可曾有锦衣卫来救你？"刘刚冷笑两声，"只怕今日锦衣卫都自顾不暇了！"

戚秋不动声色地朝外面扫了两眼，已经到了和魏安王约定好的时间，可外面一片寂静，确实不见人。

戚秋声音有些哑："你做了什么手脚？"

刘刚冷哼："不过是给京城里的几户住宅添了把火，烧死几个人罢了。"

戚秋眉头一皱，沉声道："你敢放火烧人！"

踩着地上的枯枝，刘刚撑着瘸了的右腿，略显吃力地翻身上了马车。

在山峨惊惧的目光中，他咬牙切齿道："你还有心思想这些，不如先想想自己吧！今日你落到我手里，我定要叫你求生不得，求死不能！"

戚秋一顿，身子挡着山峨："京城着火自有禁卫军去忙，锦衣卫的职责本就不在此，你怎么就敢断言锦衣卫来不了。"

刘刚顿时讥笑一声："着火确实不该由锦衣卫去救火，可若是点火的人是锦衣卫呢？"

戚秋手猛地握紧："你……"

不等戚秋说完，刘刚就眯着眼，阴恻恻地笑了起来："恐怕现在降罪的圣旨已经到了锦衣卫，禁军围府，谁还能顾得上你，自身都难保了。"

山峨躲在戚秋身后，闻言身子顿时微微战栗着。

刘刚猛地伸出手，拽着戚秋的衣袖一把将其拉下马车，扔倒在地。

随后，山峨也被车夫给拽了下来。

两人被扔到一块，周遭立着的人立马围了上来，山峨哆嗦了一下，赶紧护在了戚秋身前。

刘刚站着，居高临下地看着戚秋："我已经满足了你的好奇心，也算仁慈，现下该是你偿还的时候了。"

"我会慢慢把你放干血，等到入夜之后挂在城墙上，明日一早也算是我送给京城的最后一份礼品了。"刘刚冷冷地说着，蹲下身来，手上是擦拭干净的匕首。

系统警告——检测到宿主有生命危险，还请宿主立即自救，逃离危险。

系统警告——检测到宿主有生命危险，还请宿主立即自救，逃离危险。

系统警告——检测到宿主有生命危险，还请宿主立即自救，逃离危险。

系统的提示音突然在戚秋耳边炸响，如同雷声一般重击在戚秋心口，震得戚秋脑子生疼。

山峨的身子一直在打哆嗦，在危急关头她想护着戚秋，可四周都围着人，如几堵墙一样，她们两个退无可退。

戚秋深吸一口气，握紧拳："我好歹是官家小姐，身后靠着谢家。你们杀了我，就算没了锦衣卫，朝廷和谢家也不会放过你们！"

刘刚拿刀戳着地，幽幽地看着她："我们几个已经逃出京城，天高地远，朝廷上哪儿去捉我们？"

"至于谢家，"刘刚突然站起，拿刀直指戚秋，声音陡然凌厉，"那就等你死后再说吧!"

说着,刘刚眯着眼,眸中一寒,手中锋利的刀刃就要以雷霆之势落到戚秋身上。

戚秋按住想要冲上去替她挡刀的山峨,咬着牙,在刘刚落刀的时候,她猛然拿起藏在腰间的刀,先一步狠狠地刺向了刘刚!

车夫对她们两个没有防备,也忘了搜身,她这把短刀就一直藏在腰间。

"扑哧"一声,是刀划伤肌肤的声音。

戚秋将荷包里的辣椒面一把撒向刘刚的手下,顿时眯了一圈人的眼睛。

戚秋甚至来不及扭头看,拉住山峨,厉声道:"走!"

她一下撞开刘刚,趁众人都没有反应过来时,拉住山峨向林间跑去。

刘刚不防,胳膊上被划了一道又深又长的血痕,几乎见骨。

刘刚咬着牙,脸色彻底冷了下来。看着往远处跑去的戚秋,他寒声道:"愣着干吗,快去追!"

戚秋和山峨虽然不会武功,好在跑得还算快,却始终无法摆脱后面的脚步。

眼看越跑越吃力,腿也越来越软,戚秋终于开始慌了。

直到前面靠山的庄稼地出现了一个洞口。

这个洞是个山洞,前面被堆得满满的稻草完全覆盖,若不是山峨眼尖,根本无法发现。

山峨利索地把稻草推倒,和戚秋钻进去之后,又把稻草给盖上。

两人屏息以待,唯恐呼吸声大了,身子蹲在洞口一动不动。

只听外面啪嗒啪嗒的脚步声越来越近,之后停留在洞口处。

刘刚怒声问道:"人呢!"

底下的人连忙回道:"就是往这边跑了,应该就在这附近。"

刘刚高斥:"还不赶紧去搜,人丢了我要你们的脑袋!"

外面的脚步顿时四散开来,刘刚在原地踱步几圈之后,脚步声也越来越远。

不等山峨松了一口气,一只手突然拍了拍山峨的肩膀。

山峨顿时被吓得跌坐在地上,惊恐地望着身后。好在及时捂住了嘴,这才没有发出惊呼声。

眼前是一个乞丐。

他色眯眯地盯着戚秋和山峨打转,走过来,手就要不规矩起来,嘴里还哼哼唧唧地不知在嚷嚷什么。

戚秋赶紧上前捂住乞丐的嘴。

山峨被这突然冒出来的人吓了一跳，往外面瞅了瞅，见没把刘刚招来，这才咬牙从牙缝里挤出来十几个字："外面有朝廷要犯，不想死就安分点！"

偏偏乞丐无知无觉，见被戚秋捂住了嘴，就支吾地死命挣扎了起来。

连山洞上的石头都被他踹掉了几块。

男子毕竟力气大，山峨也赶紧上前，着急道："快住嘴，外面有……"

戚秋猛地打断她："不用说了，摁好他，他是个聋子！"

山峨一愣，果然见乞丐对她们说的话充耳不闻。

几番挣扎之后，"哐当"一声响，乞丐踢碎了他脚边的碗。

戚秋手顿时一松，知道完了。

她拉着山峨退后几步，从地上捡起几块石头。

果然脚步声重新响起，有人快步走到山洞口，稻草被人拿开，眼前顿时出现刘刚那张面目狰狞、气急败坏的脸。

乞丐见这阵仗终于知道怕了，哆嗦了一下，转身就往外跑，却被刘刚一把拦住，刘刚手起刀落，乞丐便被抹了脖子，瘫倒在地，脖颈滋滋地往外冒着血。

山峨的腿一下子就软了。

危险！启动紧急措施，即将为宿主开启挡刀模式！

危险！启动紧急措施，即将为宿主开启挡刀模式！

危险！启动紧急措施，即将为宿主开启挡刀模式！

系统刺耳的警告声再次响起，如鼓点一般猛戳人心。

戚秋的冷汗都要下来了，更搞不清楚这个挡刀模式是怎么一回事。

刘刚捂着自己的胳膊，目光阴鸷地看着戚秋。

山洞里腥臭，车夫几人粗暴地把戚秋和山峨从山洞里拽了出去，扔倒在地。

刘刚这次没有再废话，一只手拎着短刀就走了过来，双目赤红，如同破笼而出的狰狞猛兽一般，死死地盯着戚秋。

戚秋被按着，四肢根本动不了，眼睁睁看着刘刚一步步靠近，一滴冷汗从额上滑落，砸在地上。

"吧嗒"一声。

系统一直如影随形响起的提示音却骤然停下！

很快，几匹骏马飞驰之声由远及近传来，声音越来越重，取代了系统如惊雷一般炸响的警告音。

踏着泥泞，疾奔的骏马震得脚下的地都在颤抖，树上的积雪沙沙地往下落。

刘刚的手下惊呼："老大！"

刘刚猛然停了手，惊愕地环顾着四周，只听马蹄声越来越近，马狂奔而来。

在这荒郊野岭，怎么会有人骑马飞奔而来！

车夫立在一旁，冷汗直下，惊魂不定道："不会是锦衣卫赶来了吧！"

众人一听顿时便慌了，他们只有这几个人，如何是锦衣卫的对手，连忙道："老大，我们快走吧！"

刘刚看看倒地的戚秋，听着急促的马蹄声，始终无法挪步。

最终他咬着牙，举起刀猛地刺向戚秋："先杀了她再走！"

四处堵着人，戚秋避无可避，只能眼睁睁看着刘刚手中闪着利光的寒刀猛地刺向自己。

她再无计可施。

就在刀要落到头顶上的时候，戚秋才恍然想起自己应该闭上眼睛。

可眼睛闭上了，预想中的疼痛并没有到来。

只听一道破风之声自远处传来，随后便是"哐当"一声，刘刚痛苦地嘶吼了一声。

戚秋睁开眼时，刘刚手里的短刀已经落地，手上还被利箭穿了个血窟窿。

刘刚的手下都惊恐地看着前方，齐齐往后退了一步。

戚秋转过头。

冷风呼啸，半空中盘旋着秃鹫，只见她身后不远处列着四五匹骏马，马背上坐着的几个人个个着一身暗色的锦织官服，面带肃然，腰间佩剑。

除了打头那个。

不远处的松树下面，皑皑白雪停留在树梢上。

红色骏马之上，谢殊着一身玄袍端坐，身姿挺拔，眉眼桀骜生冷，下颌紧绷，锋利如剑，衣袍更是被冷风吹得猎猎作响。

他手上还拿着一把墨色大弓，而刚才射出去的箭直穿刘刚手背。

刘刚捂着自己的手嘶吼一声，突然暴起，再次冲向了一旁的戚秋。

见到是谢殊，戚秋就拉着山峨悄悄往那边退着，却不想还是被刘刚发现了。

寒风刺骨，不等戚秋拿出从地上捡起的刘刚的短刀挥舞，一支利箭再次破空射来。

只听"扑哧"一声,利箭径直穿过刘刚的膝盖。

刘刚猛地跪倒在戚秋面前,勉强抬起脸,面目狰狞,却是连话都说不出来,一张脸因疼痛而憋得通红。

确认他确实动不了之后,戚秋拉着山峨撒腿就朝谢殊跑了过去。

刘刚咬着牙,手上、膝盖上中了两支利箭,疼得他龇牙咧嘴,恨不得原地打滚。

饶是如此,他仍是不愿意眼睁睁看着戚秋逃走,朝身后的人嘶吼着:"还愣着干吗,杀了她!"

却不想,他底下的人早就在谢殊到来之后溃不成军,眼下正忙慌着跑路,哪里还会听他吼叫。

谢殊眉眼结冰,如冬日冰凌。

他扬起下巴,身后的人顿时听令,驾起马如箭一般冲了出去。

几匹烈马从戚秋身边呼啸冲过,戚秋一路跑到谢殊跟前,谢殊跃身下马:"可曾受伤?"

戚秋勉强地摇了摇头,倒是山峨见已经脱险,腿一软顿时跌坐在地。

谢殊找了两块干净的石头让她们两个坐下,自己站在不远处,脸色很冷。

把刘刚绑起来之后,傅吉走过来就瞧见谢殊这副脸色,顿时吓得心中一紧,却也知道谢殊这次该气。

越过谢殊肩头,看向他身后坐着的两位姑娘,傅吉心中也尚有愧。